남대천 개미의 유랑

남대천 개미의 유랑

초판 1쇄 인쇄일 2023년 08월 10일
초판 1쇄 발행일 2023년 08월 18일

지은이 문상훈
펴낸이 양옥매
디자인 표지혜
마케팅 송용호
교   정 김민정

펴낸곳 도서출판 책과나무
출판등록 제2012-000376
주소 서울특별시 마포구 방울내로 79 이노빌딩 302호
대표전화 02.372.1537   **팩스** 02.372.1538
이메일 booknamu2007@naver.com
홈페이지 www.booknamu.com
ISBN 979-11-6752-350-1 (03810)

* 이 책은 강원특별자치도, 강원문화재단 후원으로 발간되었습니다.

남대천 개미의 유랑

문상훈 에세이집

책과나무

책머리에

5월 어느 봄날 산책을 나섰다. 시냇물을 건너다 우연히 물에 빠진 개미를 발견했다. 떡갈나무 잎에 올라타면서 주인공이 된 개미는 시냇물의 흐름에 몸을 맡긴다. 유흥과 고난을 반복하며 남대천 강물에 떠밀려 바다에 이르기까지 단맛 짠맛 다 보면서 끝까지 살아남았다. 그 험한 세상을 헤쳐 나가는 과정이, 우리가 겪는 희로애락과 다르지 않다는 생각으로 이 책의 제목이 만들어졌다.

제1부는 남대천을 낀 내 고향 마을과 남대천 수계 주변 마을을 소개하면서 함께 살아가는 동물들을 불러들였다. 동식물 없이는 인간도 존재할 수 없음을 깨닫는다. 지금까지 함께 살아왔듯이 앞으로도 그들과의 '공생' 관계를 이어갈 것이다. 강은 살아 있는 모든 것들의 어머니로서, 인간이든 동식물이든 그 생명의 원천인 양양 남대천이 늘 존재하고, 함께할 것이다.

이처럼 동식물과의 공생에 이어, '인연, 일상, 자연, 여백'의 다섯 가지 키워드를 가져와 본다. 여기에 내 삶의 향기가 깃든 소소한 이야기들을 담아 이 시대를 함께 살아가는 사람들과도 공감을 나눌 수 있지 않을까 싶다.

2부에서는 어머니를 비롯한 가족 간의 사랑과 애환 등 끊을 수 없는 인과因果관계를 맺으며 살아온 소중한 삶을 통해 우리 시대의 사회적 관계를 조명해 보고, 짝꿍과의 웃픈 이야기들도 꺼내 본다.

3부는, 난데없는 팬데믹 코로나가 우리에게 겸손과 지혜를 깨우쳐 주면서, 코로나 이전과 이후의 바뀐 일상에 삶의 의미를 돌아보고 주변에서 일어나는 소소한 이야기들을 담았다.

4부에서는 흐르는 물과 같이 대자연의 순환 법칙에 따라 적응하며 삼월, 희망, 봄, 꽃, 음양의 균형 등 자연과 더불어 마음의 안정과 힐링을 찾아 나선다. 아울러 10년, 20년이 지나도 기억이 생생한 구제역 르포와 태풍 루사 이야기를 다시 가져와 못다 한 이야기를 추가했다.

5부는 물질문명의 기계화, 전자화, 인공지능화되어가는 세상에서 여유와 여백을 그리며, 건강 · 가정 · 일 · 친구 등 어느 하나 소홀히 할 수 없는 사회적 틀에서 바쁘게 살아가는 매 순간순간이 인생 최고의 나날이라는 깨우침을 얻는다.

끝으로 "인생의 비극은 목표를 달성하지 못하는 것이 아니라 달성할 목표가 없는 것"이라는 '나탈리 뒤 투아'의 말을 인용한다. 목표가 있으면 언젠가는 이룬다. 이번 두 번째 에세이집도 그렇게 만들어졌다. 목표는 곧 희망이기 때문이다. 그 희망을 먹고 산다.

2023년 7월, 구탄봉에서 남대천을 바라보며
문상훈

목차

제5부   내 마음의 여백

제1부
고향, 양양 남대천

내 고향 원일전 마을과 양양 남대천 수계 주변 마을을
소개한다. 물에 빠진 개미가 주인공이 되면서 고난을
헤쳐 나가는 과정이, 우리가 겪는 희로애락과 다르지
않다는 생각으로 이 책의 제목이 만들어졌다.

그리고 개미에 이어 남대천 주변에서 함께 살아가는
동물들을 불러들였다. 어떤 동물은 '유해 조수'라는 이
름으로 불명예를 씌웠지만, 일부분에 불과하다.

동식물 없이는 인간도 존재할 수 없기 때문이다.
지금까지 함께 살아왔듯이, 앞으로도 그들과의 공생 관
계를 이어갈 것이다.

강江은 살아 있는 모든 것들의 어머니다.
인간이든 동식물이든 그 생명의 원천인 양양 남대천이
존재하고, 늘 함께할 것이다.

황금 눈의 이무기

양양 읍내에서 59호선 국도를 따라 남쪽으로 17㎞를 가면 원일전리 마을이 나온다.

그곳 마을회관에서 서쪽으로 계곡과 하천을 따라 1.2㎞ 거리에 '칡소'라는 이름의 폭포가 있다. 폭포 높이가 약 20m로 높은 편은 아니지만, 소(沼) 주변에는 나무가 울창하여 햇볕이 들지 않는다. 그래서 맑은 물이지만 검푸르게 보인다. 바닥이 보이지 않으니 수심이 얼마나 깊은지 알 수가 없다.

폭포 옆으로 6, 70년대 지엠시 트럭이 다니던 산판길이 놓여 있다. 그곳을 지날 때는 나무가 우거진 계곡 사이로 언뜻언뜻 폭포를 바라보게 된다. 그럴 때면 누군가 뒤따라오는 듯하여 머리카락이 곤두서면서 소름이 끼친다. 그래서 일부러 노래를 부르거나 "야호!, 호랑이 나와라!"라고 내 위치를 알리며 소리를 지르곤 했다. 그곳이 무서운 이유는 어릴 때 아래와 같은 이야기를 들었기 때문이다.

그 옛날 이 마을에서 밭을 개간하고 가축을 기르며 사는 농부가 살았다. 평소와 같이 칡소 주변에 10여 마리의 소를 풀어놓아 풀을 먹였다. 그런데 그날 소 한 마리가 없어졌다. 처음이 아니라 한 해에 한두 마리씩 소가 없어지곤 했다. 그날도 사방을 찾아 헤맸지만 찾지 못하여 손실을 보고 말았다. 그 일 때문에 늘 고민에 빠진 농부는 갑자기 떠오르는 바가 있었다. 시퍼런 그 폭포 속이 베일에 가려져 있어 평소 그곳을 의심하곤 했다. 그래서 생각했던 바를 실험해 보기로 했다. 어느 날 일부러 칡소 가까이에 소 한 마리를 묶어 놓았다. 밭에 일하러 갔다 저녁에 와 보니 이게 웬일인가. 고삐가 끊긴 채 소가 없어진 것이다.

그때 깊고 시커먼 칡소를 들여다보다 번들번들 광채가 나는 두 개의 물체를 발견했다. 징 2개로 보이는 물체였는데 그것이 무엇인지 도무지 알 수가 없었다. 비가 쏟아지는 어느 날 그곳을 지나는 어떤 사람이 폭포 아래에서 용처럼 생긴 큰 괴물체를 목격했는데 그것이 나중에 알고 보니 이무기였다고 한다. 물속에서 번들거리는 두 개의 황금빛 물체는 이무기의 눈이었다고 한다. 징만 한 눈을 가진 어마어마한 놈이다. 한편, 남대천 본류인 원일전리 남쪽에 있는 일명 '돈 뜰(이꾸지 보 위)' 소재에 시퍼런 물속 바닥이 보이지 않는 깊은 소가 있었다. '이꾸지 소'라고 불렀다. 이 소로 통하는 물속에 암반 동굴이 있어 그놈이 폭포에서 1㎞가 넘는 동굴로 드나들면서 가축을 잡아먹었던 것이라 했다.

이 소식을 듣고 마을에서 일진이 좋은 날을 받아 제물로 소를 잡아 바치고 큰 제사를 지냈는데, 그해 여름 며칠 동안 심한 폭우가 내려 물이 불었을 때 이무기가 용으로 변하여 폭포를 타고 하늘로 올라갔다고 전해진다.

칡소폭포는 전국 여러 곳에 존재한다. 이곳에서 가까운 어성전 2리 자연휴양림에도 폭포를 구경할 수 있다. 내가 태어난 원일전 마을

남대천 개미의 유랑

의 칡소폭포는 어릴 때부터 땔나무하고 뱀 잡고 봉양 캐러 다닐 때 저만치서 바라보며 드나들던 곳으로 그 전해 내려오는 이야기가 신기할 정도다. 지금도 여름철이면 녹음이 우거진 그곳 주변 길을 지날 때면 황금 눈의 이무기가 살았던 칡소폭포의 전설에 소름이 끼친다.

칡소폭포

그 이름 양양 남대천

양양은 '남대천의 선물'이다.

전국에 남대천으로 부르는 하천이 여러 군데 있다. 남대천(南大川)은 남쪽으로 뻗은 큰 하천의 이름이다. 그런데 양양 남대천은 지도를 보면 북쪽으로 뻗어 있고, 북쪽으로 흐른다. 어찌 보면 북대천으로 불러야 하겠지만 남쪽, 즉 따뜻한 남향을 선호해서 붙여진 이름이라 생각된다. 예전부터 배부르고 등 따시면 부러울 것이 없다고 했듯이 따뜻함은 곧 평안이고 낙원을 의미한다.

강은 생명의 근원이다. 고대 이집트 도시도 강에서부터 비롯되었다. 아프리카의 나일강, 남아메리카의 아마존강, 중국의 양쯔강이 있다면 우리나라에는 한강이 있다. 눈부신 발전상을 라인강의 기적, 한강의 기적이란 이름이 붙었다. 그렇듯 최근 양양의 발전은 남대천을 중심으로 낙산 일대와 연계하여 놀랍도록 발전하고 있다. 양양 남대천은 발원지가 오대산 기슭에서 발원하여 낙산 앞바다에 이르기까지 56㎞에 걸쳐 3개면 20여 개 마을을 통과하는 하천이다. 유역 면적은 474㎢이다.

남대천 주변 마을 이름도 그냥 붙여진 것이 아니듯, 저마다 유래와 의미가 있다. 아래의 이야기는 양양군청 홈페이지 '지명유래'를 일부 참고하였고, 그간 알려지지 않았던 어릴 때 들은 이야기를 떠올려 나름대로 정리해 보았다.

상류 마을 법수치리(法水峙里)는 물 흐름이 불가의 법수(法水)와 같다는 뜻에서 지은 이름으로, 하천 바닥이 대부분 암반으로 이뤄졌다. 그러므로 구불구불한 작은 계곡으로 여울과 소를 반복한다. 암반 속에서 샘물 터지듯 그 맑은 것은 말할 것도 없다. 부근에 용화사 절이 있어 마을과 연관이 있는 듯하다.

면옥치리(綿玉峙里)는 용모가 옥같이 淡白한 사람이 살았다 하여 붙여졌고, 어성전리(漁城田里)는 고기가 많다고 해서 붙여진 이름이다. 지금도 이 마을에는 암반 낙차로 물고기가 더 오르지 못하는 소(沼)가 있는데 '종기웅댕'이라고 부르는 곳이다. 그곳에 종지처럼 생긴 너래 바위가 있어, 한번 거슬러 오른 물고기는 쉽게 도망칠 수 없는 여건으로 반도만 있으면 쉽게 잡을 수 있다. 또한, 이 마을에 '명주사'란 절이 유명하며, '운문암(雲門庵)'이라고 부르는 바위에 신의 지문처럼 새겨진 형상이 지금도 존재한다.

내가 태어난 원일전리(元日田里)는 元日이라는 화전민이 입주하여 마을을 이루었다는 데서 붙여진 이름이다. 본 하천에서 서쪽으로 갈라진 소하천에는 칡소폭포의 전설도 있고, 아랫마을의 굴곡진 벽상에도 장사 발자국이 있었다. 어릴 때 물도랑을 따라 만들어진 길을 지날 때마다 그 발자국을 보면서 호기심을 가졌는데 80년대 신설 도로를 개설하면서 없어진 것으로 안다. 또한, 아랫마을이 삼팔선 경계를 이루고 있으며, 이 부근을 '당성개미'라고 불렀다. 6 · 25 때 군인들 밥을 지어 머리에 이고 하천 건너 가파른 산을 오르내렸다는 이야기를 할머니한테서 전해 들었다.

이어서 노루가 많이 서식하는 노루골, 장리(獐里) 마을. 그 마을에는 눈이 내려도 항상 먼저 녹아 없어지는 자리가 있었는데 이곳에 노루가 자주 머물다 가는 吉地로 장흥사(獐興寺)라는 절이 있었다고 전해 내려온다. 도리(陶里)는 점토가 많이 있어 토기를 생산하던 마을이라 붙여진 지명이다. 내현리(內峴里)는 마을 중간에 산이 있어서 內峴, 속칭 '안고개'라고 불렀으며 서쪽으로 솥처럼 생긴 '정족산'이 있다. 남대천 중하류 마을 중 수리(水里)는 한자 그대로 물 건널 곳이 많아 물골 마을에서 붙여진 이름으로 지금도 교량이 많이 세워진 마을이다. 특히, 내현리~수리 구간에는 크게 굴곡진 S자 하천을 이룬다. 잘 알려지지 않았지만 높은 산에서 바라보면 독사가 웅크리고 있는 모양이 도로와 어울려 절로 탄성이 나온다. 내현교와 수리교는 이 굽은 하천을 가로질러 도로를 이루었어도 S자 선형은 그대로 유지된다. 하천과 도로의 어우러짐이 장관이라서 향후 명소가 될 것으로 기대한다. 용천리(龍泉里)는 용이 하천에서 솟아올랐다는 전설을 가진 마을이다. 오래전부터 복숭아 주생산지로 4월이 되면 마을 전체가 복숭아꽃으로 온 마을이 붉게 덮힌다.

양양읍 월리(月里)는 마을 산이 半月形으로 생겼다고 붙여진 이름으로, 2016년 개설한 소방서 앞에 용바위가 있었다. 용처럼 생긴 신성한 기운이 도는 바위였나 보다. 그곳은 물이 부딪혀 두 군데 큰 소용돌이가 생겨 빨려 들어가므로 수영이 미숙하면 빠져나오지 못했다고 한다. 명주실을 돌멩이에 매달아 띄우면 끝이 닿지 않을 정도로 깊은 소를 이루고 있었고, 여름철 다이빙 장소로 유명했다. 그곳에 장어, 메기, 게, 잉어 등 대어를 잡아 올렸다고 한다. 아쉬운 점은 사랑과 이별 등 여러 가지 재미있는 이야기가 전해 내려오고 있으나 용바위가 없어진 후 그 전설도 세월 속에 묻혔다. 이곳부터 남대천을 낀 양양읍 시내 중심지를 이룬다.

이처럼 양양 남대천은 유유히, 또는 굽이쳐 흐르며, 오랜 전설을 간직한 채 하천 주변 마을을 이루었고 물과 함께 발전해 왔다. 남대천은 양양읍 지역에 들어서면서 구룡령과 오색령에서 내려오는 후천과 합류한다. 이곳 59호 국도상 용천 1교로부터 남대천 하구까지 약 6km 구간은 원만한 유속을 이루며 바다에 이른다. 남대천에는 다양한 어족이 살고 있다. 회귀 어류인 연어, 송어, 황어, 은어가 대표적이다. 요즘은 찾아보기 어렵지만, 칠성장어도 서식한다. 그중 연어는 우리나라에서 가장 많이 회귀하며 '연어 축제' 행사도 큰 볼거리다.

2002년 한·일 월드컵이 있던 해에 태풍 '루사'가 영동 지방을 휩쓸었다. 아이러니한 것은 양양에 총 25명의 사망자가 발생함에도 양양에서 제일 크고 긴 남대천 56km 구간에서는 단 한 명의 희생자도 발생하지 않은 것이다. 기적처럼 신기할 뿐이다. 오래전부터 이 수계에 사는 사람들은 살아오면서 자연스럽게 물의 지혜를 터득했기 때문이라고 생각된다.

남대천 하구를 '황계목'이라 부른다. 남대천 상류에 있는 법수치, 어성전으로부터 베어낸 황장목黃腸木을 운반해 온 종착 집하장에서 따온 지명이라 한다. "황장목은 '누런 창자 나무'란 뜻처럼 속이 붉은 나무이며, 임금의 관을 만드는 데 쓰이던 질이 좋은 소나무"를 말한다.

그리고 낙산대교에서 북쪽으로 700m 거리에 동해신묘(東海神廟)

가 있다. 고려시대에 만들어졌고 조선시대부터 국가에서 제사를 지내던 역사적 의미가 깊은 곳이다. 참고로 한반도 서쪽에는 황해도 풍천의 서해신묘, 남쪽에는 전라남도 영암의 남해신묘에서 제사를 지냈다고 한다. 또한, 양양의 도로망을 연결하면 한반도 모양을 이루는데 그 중심에 양양이 있다. 한반도의 중심이 강원 양구군이라 한다면 무게 중심은 양양이다. 제주도를 제외한 한반도 지도를 스티로폼에 붙여 도려낸 후 볼펜 받침대로 무게 중심을 재 보았더니 7번 국도상 양양대교가 그 중심이었다. 공교롭게도 양양의 한반도 도로의 중심도 이 지점이 된다.

최근 "남대천 르네상스 프로젝트 사업"이 완공 단계에 있다. 시대에 걸맞게 운동 · 휴양 시설, 명품 벚꽃길, 자전거 도로, 소공원, 나룻배 시설, 연어 자연 산란장 등 자연과 인간이 공존하는 공간으로 거듭나고 있다. 특히 이른 봄에 만들어 놓은 샛강에는 지난 4월이 되자 황어가 떼 지어 오르는 광경이 놀라웠다. 이번 가을에는 '어머니의 강(母川)'을 찾는 연어를 아주 가까이서 만날 수 있기를 기대한다. 그 녀석과 동무하여 샛강을 걸으며 알래스카 바닷물 속 비밀 이야기를 들어보면 어떨까 상상해 본다.

본 사업은 오래전부터 구상해 왔던 것으로 최근에 와서 수백억 원의 국비를 지원받아 성공을 이룬 대형 사업이다. 하드웨어적인 동시에 아기자기하면서도 治水 利水 親水 및 친환경의 소프트웨어적 이용 시설을 만들기까지는 3선 김진하 군수의 인문학적 지혜를 짜냈기에 가능했다. 그야말로 다시 태어난(르네상스) 양양 남대천의 기적이다.

남대천 개미의 유랑

이 책의 제목이기도 한 '남대천 개미의 유랑'은 남대천 수계의 어느 작은 골짜기에서 뜬 나뭇잎으로 배를 띄워 보내면서 시작된다. 생사의 갈림길에 처한 개미가 나뭇잎 배에 올라타면서 위기와 기회, 고난과 유흥을 함께하면서 남대천을 흘러 바다에 이르기까지 온갖 어려움을 극복하고 살아남은 여정을 그렸다. 미물에 불과한 한 마리 개미의 여정이 인간 삶의 희로애락과 크게 다르지 않다는 생각으로 세상을 바라보게 된다.

　그리고 개미에 이어 남대천 주변에서 함께 살아가는 동물들을 불러들인다. 그중 어떤 동물은 '유해 조수'라는 이름으로 불명예를 씌웠지만, 일부분에 불과하다. 동식물 없이는 인간도 존재할 수 없듯 그들과의 공생 관계를 이어갈 것이다.

　또한, 강은 살아 있는 모든 것들의 어머니로서, 인간이든 동식물이든 그 생명의 중심에 양양 남대천이 존재한다. 지금까지 함께 살아왔듯이 앞으로도 유유히 흐르는 남대천과 늘 함께할 것이다.

남대천 내현리～수리 소재 S字 하천 및 도로의 아름다운 선형

남대천 개미의 유랑

5월 어느 봄날 모처럼 산행에 나섰다.

양양 남대천 중류에 있는 원일전리 '칡소폭포'로 가는 길이다. 폭포는 남대천 본류에서 갈라진 소하천의 상류에 있다. 국도 59호선에 접해있는 원일전리 마을회관에 주차하고 준비물을 챙긴다. 서쪽 소하천을 따라 개설한 임도를 걷는다. 구불구불 약 1㎞ 걷다 보니 폭포가 있는 소하천은 왼쪽으로 갈라진다. 이곳에서 북쪽 언덕으로 오르는 임도에서 벗어나 서쪽 산골짜기로 접어든다.

조금 걷다 보니 작은 개울이 나온다. 이곳에 자연 친화적인 돌 징검다리가 몇 개 남아 있다. 예전에 등 지게를 지고 건넜던 길이다. 그리고 산판차인 GMC('제무시'라고 불렀다) 트럭이 다니던 길이기도 하다. 그 옛날 지엠시는 급경사를 오르내렸다. 칡소폭포 옆 자락에는 일부 구간이 그야말로 40도가량 되는 급경사길로 놓여 있다. 지엠시는 통나무를 가득 싣고 굉음과 함께 검은 연기를 내뿜으며 그 길을 오갔다. 지금은 나무가 우거져 사람만 겨우 다닐 수 있는 오솔길이 되었다.

폭포에 이르기 전 그 징검다리를 건너뛰다가 물속을 가만히 들여다본다. 경사진 곳에서는 물 흐름이 새끼줄처럼 꼬이며 여울을 만든다. 언뜻언뜻 나뭇잎 사이로 햇빛이 들어와 아롱거린다. 물속은 자갈과 너래 바위가 훤히 보인다. 골짜기의 깨끗한 물이라 마셔도 된다. 간간이 봄바람이 불어와 낙엽을 떠내려 보낸다. 돌을 흔들어 보니 버들치와 기름종개 등 물고기들이 잽싸게 도망친다.

주위에서 떡갈나무 잎을 뜯어 배를 띄운다. '낮에 놀다 두고 온 나뭇잎 배는….' 어릴 때 배운 동요가 생각난다. 나뭇잎은 이곳저곳 바윗돌에 부딪히자 우회하며 지그재그로 떠내려간다. 곧 경사가 있는 여울을 만난다. 갑자기 유속이 빨라지기 시작한다. 잎은 썰매 타듯이 빠른 속도로 미끄러진다. 내가 배를 탄 것처럼 재미있다. 이번에는 작은 폭포를 만난다. 나뭇잎은 곤두박질쳤다가 하얀 물방울과 함께 위로 솟구치면서 모험과 짜릿한 즐거움을 함께 체험한다. 이처럼 여울과 폭포를 반복하면서 소용돌이를 벗어난 나뭇잎은 소(沼)에서는 유유히 흐른다.

한적한 산골짜기라 보는 사람도 없다. 누군가 숨어서 나를 훔쳐본다면 꽤 할 일도 없는 싱거운 녀석이라 생각할 것이다. 망중한의 즐거움을 알 턱이 없을 테니까. 그러니까 여기서만큼은 나도 노자의 '무위자연' 상태로 돌아온 듯하다.

자유자재로 흐르는 물을 바라보니 '최상의 선은 물'이라는 노자의 '상선약수'가 생각난다. '나서지 않고 누가 보든 말든 묵묵히 낮은 곳에 머무른다. 장애물이 있으면 피해가고 앞다퉈 흐르지도 않는다. 물은 액체지만 때로는 얼음과 수증기의 고체, 기체가 되어도 본질은 변하지 않는다. 그러면서 만물을 이롭게 한다'고 했다.

어디선가 어린 개미 한 마리가 떠내려가는 떡갈나무 잎에 올라탄다. 나뭇잎은 승선자가 있고부터 온전히 배가 되었다. 그러고 보니 개미가 마치 선장처럼 보인다. 우쭐해진 기분에 개미는 세상 구경도 할 겸 기나긴 남대천 유랑(流浪)길에 나섰다.

때로는 나비와 잠자리도 내려앉는다. 이처럼 개미와 잠자리와 나비가 번갈아 가며 선장이 된다. 개미는 살기 위해서 나뭇잎 배를 탔지만, 나비와 잠자리는 여유와 유흥을 위해서다. 서로 천적이 될 수도 있지만, 한배를 타기도 한다. 잠자리와 나비는 잠시 쉬었다가 날아가고 개미는 남는다. 개미도 무임 승선했지만, 유흥에 빠져 끝까지 버티면 안 된다. 떠내려가다가 산기슭에 잠시 멈출 때 배에서 탈출해야 한다. 그렇지 않으면 바다에 이르기까지 너무 험난한 여정이 될 것이기 때문이다.

개미는 소하천을 지나 폭넓은 남대천 본류에 이른다. 남대천은 뚜거리, 메기, 꺽지, 칠성장어 등 여러 토종 어류가 서식하는 맑은 하천이다. 특히, 회귀 어종인 은어, 황어, 연어가 오르는 양양 남대천은 56㎞의 긴 물길을 지니고 있다. 개미는 나뭇잎 배에 의지한 채 유유히 흐르다가 어느 모래밭에 이르러 잠시 멈췄다. 먼저 떠내려온 나뭇가지에 배가 걸린 것이다. 그 가지를 타고 간신히 뭍으로 기어오른다.

잠시 일상을 탈출했지만 갈 길은 아직 멀다. 모래, 자갈밭을 거쳐야 하기 때문이다. 곳곳이 함정이다. 삿갓을 뒤집어놓은 듯 움푹 파인 개미귀신 집이 군데군데 보인다. 굴러떨어지면 그날로 끝이다. 요리조리 함정을 피해 가며 달려왔으나 다시 강물이다. 알고 보니 퇴적으로 만들어진 삼각주를 가로지른 것이다. 이곳에는 동료 개미도 살

　　　　　　　　　　　　남대천 개미의 유랑

지 않는다. 겨우 살아남았다고 안도했는데 다시 물을 건너야 한다니, 앞이 막막하다.

신세를 한탄하며 절망에 빠져 있을 무렵 봄비가 내린다. 큰비가 내리면 삼각주는 언제 물에 잠길지 모른다. 되돌아갈까 망설이고 있을 때 비가 그치며 파란 하늘이 드러난다. 마침 강물이 불어나면서 떠내려온 푸른 나뭇잎 하나가 잠시 멈춘다. 기회다 싶어 그 나뭇잎에 무작정 올라탔다. 다시 정처 없는 남대천 유랑 길에 접어든다. 가끔 여울과 소를 만나 빠르게, 때로는 유유히 흘러간다. 흐르는 남대천은 하류로 내려갈수록 강폭도 넓고 잔잔하다. 개미는 다시 태평성대를 이룬다.

그러나 현실에 만족하며 나뭇잎에만 계속 의지하기에는 미래가 불투명하다. 그간 빳빳하던 나뭇잎 배도 시들해졌다. 그 푸르던 잎도 누렇게 변하고 있다. 개미는 위태로움을 느낀다. 이제 굵은 나무토막이나 스티로폼 등 큰 부유물로 옮겨 타야 한다. 남대천 중하류 부근에 이르렀다. 거기서 다행히 떠내려온 큰 스티로폼을 만났다. 나뭇잎 배에 비하면 항공모함급이다. 훈풍이 불어와 그 스티로폼에 나뭇잎 배가 닿는 순간 개미는 잽싸게 옮겨 탈 수 있었다.

어린 개미도 이제 세상을 헤쳐갈 수 있는 장성 개미로 자랐다. 남대천 하구 황계목(黃腸木 : 임금의 관을 만드는 데 쓰이던 질이 좋은 소나무, 황장목의 종착 집하장)에 도달하기까지 유유히 노닐면서 미래를 꿈꾸고 있었다. 그러다 보니 푸른 바다가 보인다. 그간 강물도, 세월도 흐르고 흘러 조산 앞바다까지 떠내려갔다. 더 넓은 세상을 만났으나 보금자리가 아님을 깨달았다. 중간에 탈출 기회도 있었지만, 유흥과

자만의 유혹에서 빠져나오지 못했다.

다시 위기를 맞았다. 강에서 바다로 환경이 바뀐 것이다. 짠물과 파도 등 낯선 환경에 적응해야 한다. 개미는 스티로폼의 갈라진 틈을 비집고 들어가 몸을 맡겼다. 바닷물에 질식하지 않고 살아 있다면 기회는 한 번뿐이다. 큰 파도를 만나 뭍에 오르는 것이다. 얼마간 바다 위를 떠다니다가 남동풍이 불어 낙산 앞바다까지 흘러갔다. 그때 기회가 왔다. 파도가 일기 시작한 것이다. 한참 후 높은 파도에 밀려 스티로폼과 함께 뭍에 정착했다. 개미는 '꽈당' 소리를 들으며 기절하고 말았다. 잠시 후 깨어났지만 기진맥진하여 스티로폼 속에서 잠이 들었다.

새날이 밝았다. 파도도 바람도 멈췄다. 주변이 너무 고요하다 싶어 밖을 살짝 내다보았다. "세상에, 이럴 수가!" 눈앞에 새로운 세상이 기다리고 있었다. 저만치 꽃들이 피어나고 새들도 노래를 부르고 있었다. 풀숲과 나무 그늘도 보인다. 개미는 드디어 스티로폼을 비집고 밖으로 나왔다. 이게 꿈인가 싶었다. 그야말로 구사일생으로 살아남은 것이다. 그곳은 꿈을 이룰 수 있는 지상 낙원이다. 저만치에 '꿈이 이루어지는 길'도 열려 있다. 지금까지 개미의 길고 긴 여정을 끝내고 이처럼 넓은 세상을 만났다. 이제 동료 개미들을 만나 소통하며 어울려 새 삶을 꾸려가면 된다.

유랑에 나선 개미는 그간 행운도 만났고, 고생도 했고, 유흥도 즐겼다. 이 모두 나뭇잎 배 덕분이다. 남대천을 따라 바다에 이르기까지 그 짧지 않은 유랑 중, 내가 뜯은 푸른 나뭇잎은 햇빛에 바래져 갈색으로 변했다. 바다에 떠다니다가 어느 순간 육지로 밀려와 말라 부서질 때까지 임무를 다했다. 죽어서도 다른 식물의 밑거름이 된다. 낙엽, 즉 지난날 내가 띄운 나뭇잎 배의 일생이다. 시냇물의 흐름을 관찰하면서 망중한을 즐기는 건 좋은데 살아 있는 나뭇잎을 괜히 뜯었나. 나뭇잎에도 영혼이 있을까?

자연의 순환도, 인생도 이처럼 순탄치 않다. 가다 보면 중간중간 위기도 닥치고 기회도 생긴다. 온갖 모험을 이겨 내며 유흥도 즐긴다. 개미의 유랑처럼 고난과 평온을 반복하면서 인생의 희로애락을 맛본다.

목적지를 찍고 돌아오는 길에 휘파람새가 운다. 고요한 가운데 구슬프게 들린다. 흉내 내기 어려운 맑고 신비한 울음소리에 명상이 저절로 된다. 울음의 높낮이가 예술이다. 발걸음이 가벼워진다. 멀어져 가는 산새 소리를 듣다 보니 슬슬 졸음이 온다. 모쪼록 신록의 5월과 함께 나도 힐링 한번 잘했다.

나뭇잎 배와 개미의 유랑을 상상하면서….

늑대와 개

앞서 '개미의 유랑'을 쓰고 나니 내가 너무 작아 보인다.

호랑이 곰 늑대 다람쥐 등 내가 좋아하는 동물들도 많은데 그 작은 개미가 주인공이 되었으니 말이다. 그렇다고 고래 코끼리 기린 등 가장 큰 동물을 이야기하자니 '동물의 왕국'에서 본 것이 전부다.

그래서 이번엔 중간 크기인 늑대를 불러왔다. 주변에서 볼 수 없지만 좋아하는 동물 중 하나이다. 좋아하는 이유는 '동물의 왕국'을 시청하면서부터다. 시베리아 동토에서 살아남는 강인한 동물이고, 맑고 신비에 가까운 특유의 울음소리를 듣고 좋아하게 되었다.

그 녀석의 울부짖음은 소름이 돋는다. 그 속에 숨겨져 있는 신비 슬픔 비장함을 느낄 수 있다. 동료들과 의사소통을 하는 신호겠지만 긴 울음소리만큼은 여운이 남는다. 눈 내린 벌판을 무리 지어 뛰놀며 먹이를 찾는 모습을 TV에서 재미있게 보아왔다. 그리고 날카로우면서 위엄있는 듯한 맑은 눈동자를 좋아한다. 맹수지만 먹이를 찾아 들판을 헤매는 것을 보면 때로는 슬퍼 보이기도 한다.

한때 작은 아이를 강하게 키운다는 의미로 핸드폰 별칭을 '늑대'라고 등록해 놓았다. 아내가 이를 발견하고 그 많은 동물 중 하필 늑대냐고 핀잔을 주는 바람에 바꾸기는 했지만 말이다. '늑대 같은 놈'이라는 성적, 사회적으로 좋지 않은 이미지 때문일 것이다. 딸아이 별칭은 '여우'라고 해도 뭐라 하지 않을 터인데 말이다.

늦대를 이야기하자니 먼저 그 녀석과 사촌인 개를 떠올려 본다. 개도 야생 늑대를 붙잡아 집에서 키우면서 길들어져 온 것 같다. 모양도 닮았고 유전자도 거의 같다고 한다. 울음소리만 완전 다를 뿐이다. 늑대는 하늘을 쳐다보며 '우~워~~' 하고 강약 고저가 들어간 울음소리에 긴 여운이 남는다. 그러다 개로 길들여 오면서 멀리까지 소리전달이 필요 없게 되었을 것이다. 그래서 '우~워'가 웡이 되어 짧게 '웡, 웡'하고 진화해 온 것 같다. 그러던 것이 더욱 길들어져 집 안에서 애완견으로 대우받게 되었다. 개한테는 호강인지 속박인지 모르겠다.

농촌에는 집집마다 개 한두 마리씩 키웠다. 우리 집에도 강아지를 한 마리 사 왔다. 초교 2학년 때로 기억한다. 검은색으로 이름을 그 흔히 부르는 '바둑이'라고 지었다. 몇 개월 지나서 30㎝ 정도 자랐다. 한창 애교 부리고 뛰어놀 때다. 어느 날 학교에 다녀와서 바둑이와 놀아주려 했는데 보이지 않았다. 안타깝게도 쥐약을 먹고 죽은 것이다. 쥐는 식량을 축내는 동물이므로 농촌에서 '쥐잡기운동'은 국가적인 행사였다. 밥에 약을 섞어 집주변 구석에 숨겨 놓은 걸 강아지가 훔쳐 먹은 것으로 흔히 있는 일이다. 어린 강아지였기에 미쳐 목줄을 하지 못한 탓이다.

같이 놀아 줄 친구를 잃게 되어 매우 슬펐다. 어머니께서는 애타는 표정으로 나를 시켜 저쪽 산비탈에 버리라고 했다. 나는 차마 그냥 버릴 수가 없어 삼태기에 담아 삽을 가지고 뒷동산에 올랐다. 산 중턱

쯤 집과 남대천이 내려다보이는 양지쪽에 멈췄다. 진달래 나무 사이에 땅을 팠다. 그놈을 묻으면서 "바둑아, 잘 가~!"라는 마지막 말을 건네면서 눈물이 쏟아졌다. 또래와 싸우거나 몸이 아파서 우는 것과 전혀 달랐다. 감정이 실린 내 첫 번째 눈물로 기억된다.

어릴 때 겨울이 되면 눈 오는 날이 좋았다. 개들은 내리는 눈이 얼굴을 간지럽힐 뿐 보지 못한다는 이야기를 들었다. 그래서인지 십여 마리의 크고 작은 개들이 함께 논밭에 뛰어다니며 즐겁게 노는 구경도 많이 했다. 큰 황색 개를 키울 때였다. 일명 누렁이다. 어릴 때는 개와 놀아주는 것이 아니고 개가 나를 데리고 노는 듯했다. 줄을 붙잡고 가지만 덩치가 커서 내가 끌려다니다시피 한 것이다. 눈이 50㎝ 정도 쌓이면 그 녀석과 함께 끌어안고 나뒹굴고 눈을 뿌리며 놀던 기억이 생생하다. 영화 '러브스토리'의 명장면이 떠올려진다. 연인이 아니라 큰 개를 안고 나뒹구는 그때가 참 행복했다.

에피소드도 있다. 이웃 마을에 사는 형은 개를 얼마나 좋아했는지 개와 밥도 같이 먹는다는 이야기를 들으면서 웃음을 감추지 못했다. 왜냐하면, 개를 밥상 옆에 앉혀 놓고 같이 밥을 먹으면서 '개 한 숟갈 떠먹이고, 그 수저로 본인도 한 숟갈 떠먹고' 뭐 이런 식이다. 웃지 않을 수 없다.

'개미의 유랑'으로 작아진 마음이 개나 늑대 이야기를 쓴다고 해서 커진 것도 아닌가 보다. '늑대의 여정'을 쓰려 했는데 우리나라에 서식하지 않으니 늑대의 습성과 살아가는 과정을 알 수도 없다. TV에서 본 그대로다. 그리고 보니 늑대 예찬이 되어 버렸다. 그래서 제목도 바꿨다. 개와 늑대는 전혀 다른 종류인지도 모르겠지만, 늑대에서 들개가 되었다가 집에서 기르면서 반려견으로 진화하는 과정을 상상해 본 셈이다.

지난 3월 1일 영동지방에 3년 만의 첫눈이자 폭설이 내렸다. 어릴 때 시골에서 누렁이와 함께 눈 속을 나뒹굴던 추억이 떠오른다. 요즘 집에서 온갖 귀염받는 반려견보다 또래들과 함께 들판에서 뛰노는 개들이 더 행복하게 보인다. 그렇다면 다음에 늑대만큼 큰 개를 길러 눈 내리는 날 그놈과 함께 뛰어놀고 싶다. 예전처럼 눈밭에서 그 녀석을 껴안고 놀자고 하면 녀석이 응해 줄까. 아니면 "어른하고는 안 놀아!"라며 도망칠까. 하여간 세월이 지날수록 어린 시절의 추억은 즐겁다.

고라니의 변명

　텃밭에 고추 묶어 주러 갔다. 어린 고추는 바람에 흔들려 잘 자라지 못한다. 바람 또는 비를 맞으면 쉽게 쓰러진다. 반드시 지주에 묶어 주어야 수확을 얻을 수 있다. 그런데 묶을 고추가 몇 개 보이지 않는다. 줄기만 남은 고추는 바람의 저항이 없어 뻣뻣하게 잘 서 있었고 태풍이 와도 끄떡없을 정도다. 고추 상순이 대부분 잘려나간 것이다. 어제까지 멀쩡했는데 이런 황당한 꼴을 당하고 나니 화가 치밀었다.

　고라니 소행이다. 작년에는 고추 이파리만 조금씩 뜯어 먹기에 그런대로 버티고 그물을 치지 않았는데 올해는 절반 이상 잘라먹은 것이다. 발자국을 보니 새끼들을 데리고 여러 마리가 온 것 같다. 소 잃고 외양간 고친다던데 남은 것이라도 살리기 위해 당장 그물을 사다가 쳤다. 그물은 처음이다. 올해는 고추 곁가지를 키워 먹어야 할지 고민하던 중 다시 심으라는 이웃 분들의 조언을 들었다. 다음날 72개들이 모종 한 판을 새로 심었다. 나머지는 새순이 돋기를 기다려 본다.
　고라니 잘못이 아니다. 그물을 치지 않은 내가 잘못이다. 남대천에는 고라니가 대낮에도 뛰어다닌다. 산에 근거지를 두지 않고 강가에 내려와 서식하는 이유를 모르겠다. 물 먹으러 내려왔을까. 수질 1급수인 양양 남대천이다. 그 녀석도 물 좋은 줄 아는가 보다. 아니면 꽉 막힌 산은 갑갑해서 싫고 사람들처럼 전망 좋고 탁 트인 보금자리 집을 선호하는가 보다.

지난봄 제방에서 개들과 같이 노는 고라니를 봤다. 밭에 도착하여 차에서 내렸더니 30m쯤 앞에 개 몇 마리가 놀고 있었다. 그런데 서로 눈치 보며 서먹서먹하게 움직이고 있었다. 이상하다 싶어 다가갔더니 다들 옆으로 슬금슬금 피하고 한 마리는 껑충껑충 하천으로 도망쳤다. 그 녀석이 고라니였다. 한참 뛰다가 뽀오~하고 나를 돌아본다. 가소로운 녀석.

수년 전 밭 주변에서 '해에~, 해에~' 하는 이상한 소리가 들렸다. 주변을 둘러봐도 소리의 진원을 찾을 수가 없었다. 한참 후에 U형 플륨관 용수로에 빠진 고라니 새끼를 발견했다. 60×60㎝의 수로관에서 탈출하지 못하고 어미에게 SOS를 치며 헤매고 있었다. 고라니는 농작물을 헤친다는 의미로 사람들이 다 싫어한다. 유해 야생 동물이다. 그냥 놓아주었다고 말하면 농사짓는 사람들은 왜 살려 주었느냐고 무어라고 할 것 같다. 어쩌나, '이 녀석을 그냥…?' 하다가 생각을 바꿨다. 고라니와 나와의 어떤 약속이나 비밀이라도 간직한 것처럼 말이다. 살려 주기로 맘먹고 용수로에 들어가 그놈을 두 손으로 움켜쥐었다. 강아지를 붙잡은 느낌이다. 체온이 따뜻했다. 혹시나 뒷다리로 내 배를 걷어찰까 봐 팔을 앞으로 주~욱 뻗은 채 움켜쥐고 제방 사면을 급하게 올라 슬쩍 놓아주었다. 잠시 머뭇거리더니 '날 잡아 봐라' 하고 제방 비탈을 지나 풀숲으로 사라졌다. 남대천 풀숲이 녀석들의 근거지인가 보다.

이들과 공생하면 안 될까? 고라니는 멧돼지와 함께 유해 동물로 지정되어 있다. 멧돼지는 고기도 먹고 쓸개는 약이 되므로 집에서 키워 농장을 운영하기도 한다. 그러나 고라니는 맛도 없고 재수 없다 하여 먹지도 않는다. 하지만 곡식에 피해를 주는 것 말고는 다른 나쁜 점은 알려지지 않는다. 온순하게 생겨서 데려다 키워 길들이면 되겠는데 강아지처럼 재롱도 없으니 인기가 없는 것이다. 그러하니 공생하기란 쉽지 않은가 보다.

고라니 잘못이 아니라면 녀석들의 변명이나 들어보자. "며칠 전 아가들과 인간이 만들어 놓은 어느 밭에 들어갔어. 가끔 가던 곳이지. 이번에는 상추 고추 도라지 등 맛있는 햇순이 많이 자랐더라고. 온 밭을 뛰어다니며 잔치를 벌였어. 오랜만에 포식했지. 훔쳐 먹은 것이 아니야. 먹을거리가 있기에 그냥 먹었을 뿐이거든. 근데 며칠 있다 다시 가 보니 그물을 쳐 놓은 거야. 나는 뛰어넘을 수 있지만, 애들이 울타리 속에 갇힐 수도 있으니 어쩌겠나. 그물 주변으로 뱅뱅 돌다가 냄새만 맡고 왔지. 그래도 그물은 전기 철선보다는 나아. 철선은 몸에 닿으면 찌릿찌릿 전기가 들어와 소름이 끼치거든. 어느 곳에는 고약한 냄새나는 약 주머니도 매달아 놓았더군. 더 심한 것은 차에 깔려 죽은 동료 시체를 밭 주위에 끌어다 놓은 곳도 있어. 기절할 뻔했지. 이제 큰일 났어. 최근에 밭 주인이 우리의 정체를 알아 버렸거든. 발자국을 보고 우릴 잡으려고 벼르고 있을 거야. 어디엔가 올가미를 쳐 놓았을지도 모르지. 이제 인간과 만나면 우린 죽은 목숨이야. 그러니 어서 산으로 돌아가야겠어. 길 건너다 차에 치이지 말고 조심해서 말이다. 오늘 밤에 이동한다!" 고라니들이 자기네끼리 뭐 이런 얘기를 하지 않을까? 하하하. 그 녀석들이 위기감을 인식하고 그렇게 산으로 돌아갔으면 얼마나 좋을까.

꿀벌아, 미안해

'저리 가 이놈!'이라고 외치며 분무기 붐 대로 고춧잎 가지를 툭툭 친다. 그 녀석을 살리기 위함이다. 2~3초 후 녀석들이 꽃에서 물러난다. 그 녀석은 부지런함의 대명사로 불린다. 부지런하기 때문에 죽는다는 것은 안타까운 일이다. 그 녀석들은 다름 아닌 꿀벌이다. 부지런한 꿀벌은 이른 아침부터 고추밭 이꽃 저꽃을 누비며 꿀을 모은다. 고추 탄저병약을 치다가 날아가는 벌을 보면서 이 녀석들까지 피해를 주면 안 되겠다는 생각으로 벌에게 도망갈 시간을 주기로 한 것이다. 붐대로 고추 가지를 툭툭 건드린 후 탄저병약을 뿌린다. 방제 시간이 조금 더 걸렸으나 마음이 뿌듯해진다. 모처럼 큰 자비를 베푼 느낌이다.

자연계에는 여러 종류의 벌들이 있다. 주로 말벌 바다리 꿀벌 땡삐다. 그 외 등벌과 나나니가 있지만 보기 드물다. 초교 시절, 산딸기 오디 등 먹을 것을 얻으려 산과 들을 거닐다 보면 벌에 쏘이기 일쑤였다. 고개 숙인 해바라기 모양으로 나무에 걸려 있는 것은 일명 바다리 집이다. 벌의 색에 의해 노랑 바다리, 검은 바다리로 불린다. 제일 흔하다. 쏘이면 따갑지만, 말벌이나 땡삐처럼 강하지 않다. 그리고 나뭇가지나 폐건물에 매달려 있는 열기구처럼 생긴 것이 말벌집이고 제일 독한 놈이다. 말벌은 땅속이나 나무 구멍에 집을 짓기도 한다. 땡삐는 반드시 땅속에만 집을 짓는데 건드리지 않으면 발견하기 어렵고 한두 방 쏘여 봐야 벌집이 어딘지 알게 된다.

　노출된 벌집은 그냥 두지 않는다. 돌팔매로 파괴하며 통쾌함을 맛본다. 말벌집이 퍽 하는 소리와 동시에 땅으로 떨어지며 벌들이 모두 나와 주변을 맴돈다. 윙윙거리며 난장판이다. 어지럽다. 가만히 엎드려 있으면 쏘지 않으나 움직이면 달려와 쏜다. 그러기에 겁에 질려 도망치다가 벌에 쏘이기도 한다. 땅속의 벌집은 위치를 기억해 두었다가 친구들과 함께 작전에 들어간다. 호기심 많고 들판에서 놀 궁리를 찾던 시절에 벌집 부수기는 하나의 놀잇감이 된 것이다.

　장대를 구해와서 불쏘시개로 만들어 놓은 속갱이(소나무 옹이) 가지를 장대 끝에 동여맨다. 그리고 표범처럼 살금살금 다가가서 속갱이 가지에 불을 붙여 벌집에 들이댄다. 속갱이는 송진이 있어 자작자작 소리를 내며 잘 탄다. 이때 집을 드나들던 벌들의 날개가 불에 그슬리면서 바닥에 나뒹군다. 오늘날 전기 모기 채를 휘두르는 것과 같다. 벌에 몇 방 쏘이면 며칠 동안 몸이 퉁퉁 부은 채로 일상을 보낸다. 얼굴을 쏘이면 못 알아볼 정도로 붓고 헐크처럼 변신하기도 한다. 여름철 땡삐 2~3방 쏘임은 시골에 살면서 가끔 있는 일이다. 때로는 말벌에 쏘여 온몸에 두드러기 돋는 모험을 감수해야 한다.

　최근 겨울만 되면 발뒤꿈치가 시리다. 움직일 때는 못 느끼지만 멈춰 있을 때만 그렇다. 어느 분이 벌침을 맞아 보라고 했다. 운동 부족이겠지 하고 잊어버렸다. 그러면서 겨울이 지나고 지난여름 이웃마을 지인을 만났다. 이런저런 사는 이야기를 하던 중 벌들이 날아들었다. 주변에 양봉 농장이 있기 때문이란다. 벌침 이야기를 떠올리며 그놈을 붙잡아야겠다는 생각을 했다. 놈들을 손으로 움켜잡을 수도 없고, 몇 마리를 어떻게 붙잡을까 말했더니 마침 그 집에 매미채가 있다면서 가져왔다. 벌통 가까이 갔더니 수백 마리 벌들이 날아다닌다. 매미채를 허공에 몇 번 후렸는데 실패였다. 안 되겠다 싶어 쏘임을 감수하고 윙윙거리는 소리를 들어 가며 벌들의 출입구 가까이에서 매미채를 휙 낚아챘다. 포획에 성공했다. 한 번에 6마리가 들어 있었다. 망 안에서 탈출하려고 난리다. 앵앵거리며 설설 기는 걸 보니 힘이 너무 왕성하여 침 맞을 엄두가 나지 않았다. 그놈들을 조금 진정시키려고 방에 두고 외출했다.

몇 시간 후 귀가하여 그놈들을 보니 기는 속도도 느려지고 힘이 없어 보였다. 그중 두 마리는 죽어 있었다. 내 살자고 그놈의 생명을 헛되게 빼앗는다는 죄책감이 들었다. 나머지 네 마리마저 헛되게 죽으면 안 된다는 생각에 벌침 맞기 실행에 들어갔다. 한 마리씩 핀셋으로 몸통을 집어 발목 아킬레스건과 복숭아뼈 사이에 댔다. 곧바로 쏘지 않았다. 눈을 질끔 감으면서 반복해서 살에 댔더니 그래도 날아가려고 버둥거린다. 그러다가 나를 적으로 인식하고 따끔한 맛을 보여주려는 듯 내 살을 찔러 댔다.

코로나 주사를 맞는 것보다 번거롭고 두려웠다. 주사는 한번 따끔하면 끝나는데 이 녀석은 살아 있는 몸으로 피스톤 운동하듯이 몸을 여러 번 반복해서 찌른다. 따끔따끔 아픔을 견뎌야 한다. 그러다 도망치려고 촉을 내 몸에 꽂은 채 360도 돌며 안간힘을 쓰지만, 촉이 빠지지 않는다. 하는 수 없이 벌을 핀셋으로 분리했다. 몸통은 분리되었는데 박힌 촉이 내 살을 반복해서 들쑥날쑥 움직이는 것이 아닌가.

이를 들여다보는 나도 강심장인가 보다. 이렇게 양쪽 발목 네 군데 살아 있는 벌침을 맞았다. 그러니까 벌침을 강제로 네 번 쏘이기, 네 마리 모두 벌 촉은 박혀 있고 꿀벌은 나를 위해 희생했다. 남들에게 벌에 쏘였다고 하면 하나같이 "보약 한 첩 먹었네, 감기 안 걸리겠다."라고 한다. 그렇게 말하는 것을 보면 효과가 있겠다고 생각하던 중, 마침 그날 벌을 본 김에 강제로 벌침을 놓아 본 것이다. 그나저나 올겨울에는 조금 괜찮아지려나.

텃밭이 작은 데다 농사 초보라서 주변 사람들이 산책하다가 나의 밭을 가끔 둘러본다. 뭔가 어리숙하고 힘들게 일하는 내가 딱해 보였던지 가끔 농사 방법을 알려 주기도 한다. 씨 뿌리고 거름 주는 시기, 병충해 방제와 제초 방법 등을 가르쳐주며 소통하니 고마울 따름이다. 낮에는 덥기 때문이기도 하지만, 꽃이 있는 작물에는 이른 아침 벌들이 날아오기 전에 병충해 방제를 해야겠다는 생각을 해 본다. 모든 작물의 열매를 맺게 해 주고 인간에게 큰 도움을 주며 함께 살아가는 꿀벌을 살리기 위함이다.

농협에 고추 탄저병약을 사러 가면 한 가지만 선뜻 내주는 일은 드물다. 보통 세 가지를 안내한다. 살충제 살균제 영양제이다. 고추 탄저병 방제는 보통 이 세 종류를 섞어 친다. 살충제가 들어 있어, 벌이 헛된 죽음을 하지 않도록 배려하고 있는 내 마음도 착한가 보다. 하지만 여섯 마리나 되는 벌의 생명과 맞바꾼 내 간사한 욕심은 어떻게 용서받아야 할지 막막하기만 하다, 글을 쓰는 한순간 울컥한 기분이 든다.

꿀벌아, 정말 미안해!~~ 그리고 고마워!

비둘기와 들깨

전봇대에 새 몇 마리가 앉아 있다. 두리번거리지도 않고 나를 등지고 먼 허공을 바라보고 있으니 얌전한 새라고 생각했다. 비둘기나 콩새 같기도 하다. 별 관심을 두지 않고 하던 일을 계속했다. 여름부터 시작된 늦장마가 10월까지 이어진다. 벼가 누렇게 익어 황금 들녘이고 올해도 벼농사는 풍년인가 싶다. 그런데 잦은 비로 수확 시기를 놓쳐 이삭에 싹이 난다고 아우성이다. 그러기에 농사는 아무리 풍년이 들어도 집안까지 들여놔야 내 것이 된다. 농사의 반은 하늘이 지어 준다.

6월 무렵 들깨를 심었다. 잡풀을 수차례 뽑아 주었고 9월이 되니 흰 꽃이 핀다. 이맘때면 이곳 양양에 송이버섯이 올라온다. 추석 전후가 성수기지만 올해는 버섯 종류의 작황이 좋지 않다. 10월에도 3~4일 연속해서 비가 내린다. 어느 날 아침 모처럼 맑은 하늘이 드러났다. 깨 꺾을 때가 되었는가 싶어 밭에 갔더니 노랗게 물든 깻잎은 대부분 떨어지고 깨 꼬투리가 80% 정도 검어졌다. 수확 시기가 지난 것이다. 비가 자주 내려 일조량이 적은데도 열매는 익는가 보다. 대를 건드려 보니 촤르르 소리를 내며 깨알이 떨어진다. 더 떨어지기 전에 당장 꺾어야 한다. 전에는 깨를 꺾어서 단을 묶어서 세우고 비닐까지 덮어 말린다. 대부분 그렇게 한다. 최근에는 그냥 꺾어서 그 자리에 눕혀 놓았다가 며칠 후 다 마르면 바로 탈곡한다. 나도 나중 방법을 택했다. 깨 꺾는 방법 중 예초기로 벨 수도 있지만, 진동 충격으로 깨가 많이 떨어져 낫으로 일일이 꺾었다.

다음날 밭에 가 보니 깨를 쪼아먹던 새가 몇 마리 날아갔다. 그놈은 멀리 날지도 않고 2~3m씩 뛰어 결국은 전봇대 위로 오른다. 날개를 힘겹게 젓는 걸 보니 알에서 깨어난 지 얼마 안 되는 새끼 비둘기인가 보다. 비행 연습을 우리 밭에서 한다고 생각하니 기분이 나쁘지는 않다. 어제 깨 꺾기 전에 본 그 녀석들이었고 왜 전봇대에 앉아 있었는지 이제야 깨달았다. 깨알 먹으러 온 것이다. 몸집이 작아 비둘기라는 생각을 하지 못한 것이다. 알았더라도 녀석들을 쫓아낼 방법은 없다.

우둔하고 머리가 잘 안 돌아가는 사람을 흔히 '새대가리'라고 비하하는 말을 들어보았지만, 녀석은 머리가 둔하지는 않은 것 같다. 나름대로 먹고살 궁리는 다 하는 것이다. 들판에 먹을거리가 꽉 찬 가을, 그놈은 어쩌다 농사지은 깨알을 먹으려고 몰려드는가 말이다. 곡씨 축내기는 참새가 더하다. 참새는 곡식이 영그는 가을이 되면 자주 눈에 띈다. 수십 마리씩 떼 지어 다니는 참새들은 요즘 보이지 않는다. 다 어디로 갔을까.

새 중에 참새, 비둘기, 까치, 까마귀는 유해 조수다. 그들이 곡식을 먹는다는 것을 빼고는 벌레를 잡아먹는 등 유익한 점도 많을 것이다. 자연계에서 새들도 나름대로 살아남은 목적이 있겠지만 말이다. 생각해 보니, 주로 곡식을 먹는 이들은 꾀꼬리나 종달새, 두견새, 휘파람새 등 벌레를 잡아먹는 새들처럼 울음소리도 곱지 않게 들린다. 그러니 정이 가지 않는다.

새들은 먹이를 저장하지 않는다는 말을 들었다. 있으면 먹고 없으면 안 먹는지, 없어서 못 먹는지는 모를 일이다. 그렇다면 그들은 오직 오늘만 있을 뿐, 미래를 걱정하지도 않는가 보다. 인류도 처음에는 그렇게 살아왔을까. 지금은 만물이 풍요로운 시대인 반면, 경쟁 시대다. 눈부신 경제 발전으로 내일 먹을 것을 걱정하는 사람들이 많이 줄어든 것 같다. 더 가지려고 경쟁하며 온갖 잔머리를 쓰는 사람들만 늘어날 뿐….

그다음 날도 자고 일어나면 비가 내렸고 10월 중순이 되어도 쾌청한 가을 날씨를 찾아볼 수 없다. 다시 며칠이 지나고 이틀간 맑았다. 다음날은 또 비가 내린다기에 오후 4시 늦은 시간이지만 다급히 깨 타작을 결정했다. 잠시도 쉬지 않고 300평에 늘어놓은 깨를 모두 털었다. 농협에서는 올해 처음 도입한 깨 타작 기계를 지원한다고 했는데 전화해 보니 주문 예약이 밀려 15일 이후 가능하다기에 수작업인 도리깨로 턴 것이다. 날이 어두워져서 뒷정리를 못 하고 내일 아침 일찍 마무리하기로 마음먹고 집에 왔다.

그런데 이게 웬일인가. 잠이 깨니 이른 아침부터 비가 내린다. 군 생활 5분 대기조처럼 벌떡 일어나 밭으로 달려갔다. 비 맞으면서 부랴부랴 털어놓은 깨를 일부 젖은 상태로 마대에 넣고 천막을 덮는 등 응급조치를 했다. 이틀째 날이 맑아 젖은 깨를 급히 풀어 헤쳐 볕에 말리면서 마무리 지을 수 있었다. 정말 하늘이 먹으라고 해야 먹는다는 어르신들의 말씀이 실감 난다. 그러니 수확이 이리 줄고 저리 준다. 자연적으로는 벌레가 먹고 비바람에 떨어지고 새들이 먹는다. 인위적으로는 병충해 방제 시기 놓치고, 잡초를 못 뽑고, 거름 주는 시기, 수확 시기를 놓치다 보니 결실이 줄어들 수밖에 없다. 마지막에 남겨진 것을 사람이 먹는다. 그래도 고맙기만 하다. 이게 어딘가.

깨를 타작하기 전까지는 그렇다. 원숭이가 나뭇가지를 흔들어 열매를 떨어뜨려 먹는 것처럼, 새들이 베어 놓은 깨 섶을 이리저리 흔들며 알갱이를 털어서 먹지만 않는다면 더 나무랄 것도 아니다. 어차피 떨어진 깨는 주워 담지 못한다. 떨어진 것만 먹을 바에는 "그래, 실컷 먹어 이 녀석들아!." 라고 한마디 내뱉는다. 수확이야 이리 줄고 저리 줄지만, 사람이나 동물이나 같이 먹고사는 주제에 자비를 베푼다고 생각하니 내 마음이 여유로워 보인다. 이 풍요로운 가을만큼이나. 이게 농심인가 보다.

염탐자

누군가 집안을 들여다보고 있었다.

언제부터 그 자리에 있었는지 미동도 하지 않는다. 입추가 지났으니 가을이 왔음을 알리려는 걸까. 염탐자는 '당신이 간밤에 한 일을 알고 있다.'라고 엄포를 놓는 것 같다.

이른 아침 새들의 울음소리에 잠이 깼다. 비가 그쳐 상쾌하다. 집 옆 아카시아 숲에서는 매미 울음소리가 한창이다. 가을 메뚜기도 한철이 있듯이 8월은 매미가 한철이다. 창밖을 보니 방충망에 한 녀석이 가만히 붙어 있다. 그러고 보니 염탐자는 다름 아닌 참매미였다. 8월 들어 녀석 울음소리가 절정이다. 날씨가 더울수록 더욱 격하게 울어 댄다. 요즘 5시부터 날이 새고 잠시 후면 해가 뜬다. 새날이 온 줄 어떻게 아는지 날 새자마자 울어 대며 잠을 깨우는 것이다. 매미는 이슬만 먹고 자란다는데 우리 집에 먹을 것을 구걸하러 온 것도 아니라면 왜일까. 우는 놈은 수컷이라 한다. 그렇다면 붙어 있는 이 녀석은 울지 않고 조용히 붙어 있으니 암컷일 가능성이 크다. 아니면 한낮에 숲속에서 실컷 울다가 밤이 되자 천적을 피해 방충망으로 피난을 온 것일 수도 있다.

돌아보면 예전 시골에서 매미 잡으러 다니던 때가 생각난다. 참매미는 집 주변 감나무에 많이 붙어 있다. 초가지붕과 두엄 속에 굼벵이의 서식 환경이 좋은 탓인가 보다. 매미채를 구하지 못해 폐그물로 직접 만들었다. 몇 마리 낚아채어 건드려 보고 울지 않는 녀석은 날려 보냈다. 어떤 때는 매미가 방 안까지 들어올 때가 있다. 문을 서둘러 닫고 녀석을 붙잡아서 가지고 놀았다. 손가락으로 배를 가볍게 누르면 울고 떼면 그치기를 반복하는 것이 재미있었다. 그 녀석 다리를 실에 매어서 마당에서 가지고 놀던 때가 그립다.

산과 들에서 만나는 매미는 주로 참매미, 말매미, 유지매미 정도다. 말매미는 주로 개울가 높은 미루나무에서 운다. 찌르르! 하며 여러 마리가 합창할 때는 정말 시끄럽다. 붙잡아 보니 참매미보다 크고 검은색을 띠며 날개 다리 몸통이 딱딱하고 튼튼해 보인다. 참매미나 말매미는 나무 기둥에서 많이 울고 몸집이 작은 유지매미는 주로 작은 나뭇가지에 붙어서 울고 있어 발견하기가 쉽지 않다.

여름날 구탄봉을 오르다가 머리 위 소나무 가지에서 참매미 울음소리가 났다. 한참 서서 그 녀석을 관찰한 적이 있다. 그놈은 한자리에 붙어 우는 것이 아니라 한 뼘 정도의 거리를 두고 좌우 상하로 기면서 운다. 내가 보고 있는 줄 아는지 가지 뒤로 숨는 듯하다가 나뭇가지를 한 바퀴 돌기도 한다. 신기해서 동영상을 찍어 보았다. 보통 한차례 울고 가까운 이웃 나무로 옮겨 다니며 우는데, 이 녀석은 나를 의식하고 뽐내기라도 하듯 한차례 울고 잠시 머물다가 한 번 더 울고는 날아갔다.

매미는 천적들도 많다. 새가 잡아먹을 때는 다급한 소리를 낸다. 소리가 끊겼다 이어졌다 투박하고 불규칙하게 운다. 말벌도 매미를 잡는다. 일생을 다하고 땅에 떨어진 매미는 수십, 수백 마리의 개미 떼가 달려든다. 이를 잘게 분해한 후 개미집으로 옮겨 겨울 양식으로 저장한다. 어린 시절 시골에서 자라다 보니 주변 사물들이 놀잇감이 된다. 매미뿐 아니라 가축, 산짐승, 새, 뱀, 벌 등 곤충과 동물을 접하면서 이들의 성장과 쇠퇴 과정을 지켜보면서 자랐다.

어렵게 살다가 성공한 후에 거만해진 사람을 보고 '개구리가 올챙이 적 생각 못 한다'는 말을 한다. 개구리는 물속에서 자라다가 밖으로 나와 들판을 뛰어다니는 것이 성공이라면, 매미는 한 수 위다. 땅 위로 올라와서는 온 세상을 날아다니기까지 하니 말이다. 두 동물의 비교 자체가 무리지만 '뛰는 놈 위에 나는 놈' 아닌가. 매미는 굼벵이로 7~10여 년을 땅속에서 견딘다. 땅 위로 올라온 매미는 암컷을 찾아 짝짓고 알을 낳은 후 약 3주 정도 살다가 죽는다. 매미가 우는 이유는 종족 번식을 위한 것이다. 매미의 수명이 3주 정도라는 것을 알고 난 후 사람들에게는 그 매미 울음소리가 슬프게 들릴 뿐인지도 모른다. 오랜 기간 살아남아 땅 위로 올라와 우는 그 20여 일이 매미의 일생으로 봐서는 최고의 나날인 것이다. 그 화양연화가 너무 짧을 뿐이다.

올여름은 말복이 8월 15일이다 보니 더위가 물러가기는 아직 멀다. 엊그제 처서가 지나니 아침저녁으로 선선하다. 오늘 아침 무심코 창밖을 내다보다가 방충망에 붙어 있는 매미를 발견했다. 녀석은 호기심이 대단한가 보다. 우리 가정이 행복한지 불행한지 들여다보고 싶었던 것일까. 평소 싸울 일이 많지 않지만, 싸웠다면 모두 탄로가 날 뻔했다. 이 녀석이 이 집 저 집 옮겨 다니며 '맴맴' 울면서 우리 부부의 일상을 마구 퍼뜨릴 것 아닌가. 염탐하는 이 녀석 때문에 요즘은 부부 싸움도 못 하겠어!

모기와의 동안거

동안거(冬安居)는 스님만 하는 줄 알았다.

동안거는 음력 시월 보름부터 정월 보름까지 3개월 동안, 한적한 절의 독방에서 추위를 견디며 도를 구하는 스님들의 종교의식이다. 얼마나 힘들까. 동상을 입지나 않을지, 잠자는 시간은 얼마나 되며 공양은 하루 몇 끼 먹는지, 온종일 가부좌를 틀고 명상이나 불경만 외는지, 아니면 체온과 몸을 유지하기 위해 독방에서 팔 굽혀 펴기나 윗몸 일으키기, 스쿼트 등 운동을 하며 견디는지, 반드시 화두 하나를 얻어 나오는지 자못 궁금하다.

일반인들이 동안거 한다는 이야기는 들어보지 못했다. 있다면 몸을 다쳐 움직이지 못해 겨울 동안 쉬면서 치료하는 행위도 동안거로 봐야 할까. 또한, 스스로 깊은 산속에서 자연에 적응하며 수행을 하거나 겨울을 나는 행위도 동안거라 할지 모르겠다. 동식물들도 동면(冬眠)에 든다. 문득 동식물들의 동면을 보면서 이들의 겨울잠을 동안거로 볼 수는 없을까 하는 엉뚱한 생각을 해 본다. 사람은 동안거를 통해 마음의 양식을 얻고 동식물은 생존을 위해서 동면을 하지만, 굳이 구별하자면 의식이 있고 없고가 다를 뿐이다.

겨울잠을 자는 동물은 개구리, 뱀, 다람쥐, 곰, 오소리 등이다. 식물은 어떤가. 밖에서 기르다가 겨울이 되면 방안을 차지하는 다육이나 화분을 들 수 있고, 잎줄기를 떨어트리고 견디는 초목들도 살아남기 위해 대지에 뿌리를 내리고 겨울잠에 빠져드는 것인지도 모른다.

그런데, 겨울잠을 자는 동물 대부분은 식용이고 영양 만점이다. 이 중 어릴 때 먹어 본 오소리는 최고의 맛으로 기억된다. 오소리는 겨울이 오기 전 양지쪽에 굴을 파고 보금자리를 만든 후 겨울잠에 든다. 한 굴에 두세 마리가 들어간다. 가족 단위인가 보다. 이듬해 봄이 오면 겨울잠에서 깨어난다. 그렇다고 즉시 활동을 하지 않는다. 바깥 날씨에 적응하기 위해 가끔 굴을 드나든다. 굴 입구가 반질거리거나 드나든 흔적이 보이면 오소리가 있다는 증거다.

어린 시절 늦가을이나 이른 봄이 오면 동네 어른들과 오소리 굴을 찾아 나선 적이 있다. 오소리가 굴에 들었다는 징조가 보이면 굴 입구에다 불을 지핀다. 오소리는 영리하다. 지면 아래로 파면 흙을 배출하기 힘들 뿐 아니라 눈비가 들어가지 않도록 산비탈 경사를 따라서 파는가 보다. 오히려 이것이 그들에게는 결정적인 실수가 된다. 지하로 굴을 판다면 아무리 불을 피워도 연기가 들어가지 않을 텐데. 동물보다 영리한 인간은 바로 이점을 이용한다. 일부러 연기가 많이 나는 속갱이(소나무 옹이)를 준비하고 생솔 나무를 꺾어 태우면서 많은 연기를 굴속으로 들여보낸다.

환웅의 곰이라면 몰라도 오소리는 한두 시간 지나면 참다못해 마침내 굴속에서 엉금엉금 기어 나오고 만다. 오랫동안 웅크리고 활동이 적다 보니 빨리 도망가지도 못한 채 어슬렁거린다. 이때 잽싸게 오소리를 포획하는 것이 요령이다. 오소리 굴은 발견하기도 어렵고 포획할 확률도 2~30%에 불과하다. 어쩌다 운이 좋아 성공할 따름이다. 인간의 보양식으로 희생된 오소리를 잡아 오는 날이면 용케도 소문을 들은 동네 주민들이 하나둘 모여든다. 양념이라 봤자 무가 전부다. 제사 때 소고기탕 끓이듯 무를 듬성듬성 굵게 썰어 넣고 오소리를 큰 가마솥에 끓이면 그야말로 노란 기름이 동동 뜬다. 오소리잡이에 동참했던 4~5가구가 모여 축제를 벌이듯 맛있게 나눠 먹는다. 남은 국물은 조금씩 배분하여 집에 아이들까지 맛본다. 산촌에 겨울나기의 추억이다.

전혀 반갑지 않은 동안거도 있으니 그 녀석들은 '모기'다. 겨울의 문턱에서 모기라니…. 녀석들은 추워지는 날씨에도 살아남아 어느 구석에 숨어 있다가 새벽녘에 앵앵거리며 잠을 깨운다. 이불을 덮지 않는 얼굴이나 목덜미를 깨문다. 맹수도 아닌 것이 말이다. 모기는 사람의 체취를 감지하고 숨 쉬는 소리도 듣는가 보다. 그러나 겨울 모기는 그렇게 모질지가 못하다. 피부를 깊게 뚫지 못해 여름 모기처럼 따가움이나 날카로움이 덜하다. 겨울 모기가 도를 깨우치려고 동안거를 하는 건 분명 아닐 테다.

그렇지만 녀석을 우습게 보면 안 된다. 호랑이에 물려 죽는 것보다 뱀에 물려 죽는 일이 많고, 뱀보다는 모기에 물려 죽는 사람이 더 많으니까 말이다. 말라리아는 모기가 옮기기 때문이다. 사람도 수명 연장이 늘어나는 추세이듯 이 녀석들도 살아남기 위해 겨울잠 자는 동물처럼 진화하는 것인지도 모른다. 하찮은 모기도 분명 존재 이유가 있을 것이다. 모기의 유충으로 인해 개구리, 새 등 다양한 동물들의 일차적인 먹잇감이 되어 살아남는다.

　　　　　　　　　　　　　　남대천 개미의 유랑

어제 11월 7일, 절기가 겨울로 들어서는 입동(立冬)이 되니 갑자기 스님들의 동안거가 떠오른다. 생각해 보니 동안거는 스님만 하는 것이 아님을 깨닫는다. 자연의 동식물도 동안거를 한다. 어쩌면 인간과 동물이, 동물 중에서도 하찮은 곤충들까지 함께 공생하는 생태계의 환경을 보전하기 위한 대자연의 섭리가 여기에 있는 게 아닐까 하는 철학적 고민에 깊이 빠져든다.

구피의 환경 적응
- - - - - - - - - - - - - - - - -

구피를 기르고 있다.

구피는 영국 생물학자 '구피'가 1850년 발견한 작은 민물고기라고 한다. 이 물고기가 세계의 각 가정이나 관공서 등 휴식 공간에 이르기까지 관상용으로 기르고 있으니 그 이름값을 톡톡히 하는 셈이다.

구피를 기르기 전까지는 그 이름도 몰랐다. 몇 년 전 짝꿍이 이웃집에서 작은 물고기 몇 마리를 가지고 왔다. 관상용치고는 너무 작았기에 호기심을 가질 만하다. 마트에 가서 어항을 사 왔다. 물론 먹이와 공기 생성기도 함께 사 왔다. 이들이 크면 어떻게 감당하려고 가지고 왔느냐고 탐탁지 않게 생각했다. 많이 크지 않을 거라고 아내가 말했다. 그런가 보다 하고 별 관심을 두지 않았다. TV 옆 거실 장에 올려놓고 보니 생동감이 있어 생기가 도는 듯했다. 다행히 3센티 정도 되니 그 이상 자라지 않아 안심되었다. 새끼를 낳고 번식하여 30마리 정도 늘었다.

그해 겨울이 되자 숫자가 적어 보였다. 모르는 사이 한두 마리씩 어항 바닥에 내려앉아 있다. 물을 갈아 주어도 소용없고 날씨가 추워얼어 죽는가 싶어 전기 온도 조절기도 설치했으나 그것도 허사였다. 마지막엔 열 마리, 다섯 마리로 줄었다. 그때부터 한 마리라도 살려보려고 어느 녀석이 살아남는지 유심히 관찰했다. 화려한 무늬가 있는 수컷 두 마리가 남았다. 경쟁도 없어지고 휑한 어항을 느릿느릿 헤

남대천 개미의 유랑

엄쳐 다니더니 어느 날 아침 전멸하고 말았다.

　전에 강아지를 길러 본 적이 있다. 녀석과 잘 놀아 주지도 못했고 명을 다하니 애석하기만 하여 다시는 동물을 기르지 않겠다고 마음먹었다. 생물을 또 가져왔다고 짝꿍에게 짜증스러운 말을 했는데 "당신이 기를 거야? 밥도 주지 않을 거면서, 인정머리도 없는 인간이 뭘 투정이냐"는 대답이 돌아왔다. 하하, 맞는 말이다. 어쨌건 구피를 모두 잃고 나니 섭섭하기보다는 마음이 후련하기도 하고 한편 잘됐다는 생각도 들었다.

　그런 일이 있고 몇 년 후 마트에 갔다가 예쁜 어항이 짝꿍의 눈에 들어온다. 나야 내색하지 않고 있었는데 매장 몇 바퀴 돌더니 다시 그 어항 앞에 머뭇거린다. 내가 눈치를 채고 마음에 들면 사라고 했다. 아내에게 늘 '당신 가지고 싶은 거 있으면 맘껏 사라'고 말한다. 그렇다고 살림 9단인 아내는 내가 사라고 해서 사는 건 아니지만 말이다. 갖고 싶었다니 충동구매는 아닌 것 같다. 기존 어항보다 조금 크다. 이번에는 어항 안의 인공 수초, 물레방아 등 장식물도 더 좋은 것으로 준비했다. 며칠 후 이웃집에서 구피 열 마리를 분양받아 거실에 올려놓았다. 퐁퐁거리는 작은 물방울이 오르고 구피가 자유롭게 몰려다니는 걸 보니 지난번보다는 더 화려하고 거실 분위기도 다시 살아나는 듯하다. 이번에는 나도 만족스럽다. 물은 풍수적으로 재물을 의미하고 그보다는 여러 색상이 보기 좋고 생동감이 있어 좋다.

　수년 동안 새끼를 낳아 기르다 보니 이번은 성공인가 보다. 겨울 동안 온도 조절기도 제거했지만, 지금까지 잘 적응하고 있다. 며칠 전 아내와 함께 물을 갈아 주면서 세어 보니 100마리가 넘었다. 매일 아침 한 번 먹이를 주려고 어항 앞에 서면 내가 움직이는 대로 이리저리 모여든다. 주둥이를 옹고지처럼 위로 발름거리며 먹이를 달라고 애원하는 듯하다. 강아지처럼 꼬리도 흔들며 반긴다. 밥을 주면 녀석들이 일사천리로 흩어지며 먹이를 쟁취한다.

최근 집을 비울 일이 생겼다. 타지에 가 있는 동안 구피가 걱정이 되었다. 전에 애완견을 10년 길러 봤다. 여행 5일 만에 돌아와 보니 강아지가 아파했다. 먹이를 너무 많이 주었는지 방을 난장판으로 만들어 놓고 급체하여 이틀 만에 생을 달리했던 적이 있었다. 그런 경험이 있던 터라, 처음으로 구피 걱정을 했다.

일주일 만에 돌아와 보니 두 마리가 죽어 있을 뿐 괜찮았다. 그런데 구피의 행동이 전과 같지 않음을 감지했다. 동작이 느림보다. 먹이를 주려고 어항을 톡톡 터치해도 반응이 별로다. 그럴 만도 했다. 어항 옆에 TV가 있어 음악도 듣고 말소리도 들었는데 밤낮 조용하니 환경이 바뀐 탓으로 여겨진다.

그러면서 나도 움찔한다. 활동성이 떨어지고, 경쟁이 적고, 외부 스트레스도 없으면 좋은 줄만 알았는데 그게 아닌가 보다. 매사 희로애락을 반복하며 부대끼며 사는 자체가 행복이 아닌가 생각해 본다. 녀석들도 환경을 타다니….

새매의 자유

- - - - - - - - - - - - -

어릴 때 새매를 길렀다.

경쟁이라도 하듯 친구들 대부분이 그랬다. 놀잇감을 찾기 어려운 그때 자연 동물을 기르는 것이 일상화되었다. 시골 마을에는 소, 닭, 개, 토끼 등 식용을 제외하고도 집집마다 무엇인가 기르고 있었다. 새매를 기르는 가정이 많았고 대부분 어린이의 놀잇감이 된다. 요즘으로 말하면 도마뱀, 자라, 뱀 등 애완동물을 기르는 것과 크게 다르지 않다.

내가 사는 마을에서는 새매를 많이 길렀다. 높은 나뭇가지에 둥지를 틀고 사는 새를 어떻게 붙잡아 오는지 궁금했다. 나무에서 어미가 떨어트린 건지, 돌팔매질로 둥지를 떨어트리거나 나무를 베어서 새끼를 가져오는 것인지는 알 수 없다. 입이 길고 붉은 호반새나 노란 꾀꼬리 집을 부수다가 머리를 쪼여 본 적은 있다. 아랫마을에서는 부엉이도 기른다기에 일부러 구경하기도 했다. 부엉이는 털이 길고 몸집이 둥글다. 머리 모양은 윤곽이 있고 큰 눈을 가진 사람 얼굴을 닮았다는 생각에 깜짝 놀란 적이 있다. 부엉이는 웅크리고 있는 곰처럼 몸집이 크게 느껴졌다.

어느 날 아버지께서 새매를 붙잡아 오셨다. 지금 생각해 보니 천연기념물인 황조롱이였던 것 같다. 우리는 이를 새매라고 불렀다. 하얀 털을 가진 새끼로 병아리만 했다. 새매를 토끼장 빈칸을 이용하거나 철망으로 조그만 집을 만들었다. 학교 갔다 오면 소 여물 먹이는 일 외 새 먹이를 찾아다니는 것도 한 일과다. 솜털 시기에는 올챙이나 옹고지를 잡는다. 그러면서 조금 자라면 검은 깃털이 나기 시작하면서 작은 물고기나 개구리를 먹이로 한다.

개구리는 돌로 찧어서 부드럽게 만든 후 일일이 부리 속으로 집어넣는다. 새는 씹지 않고 넘기기 때문에 목을 서너 번 구부렸다 펴기를 반복하면서 삼킨다. 먹이가 커서 넘기지 못하면 토해 낸다. 매가 커 갈수록 작은 개구리는 통째로 삼킨다. 어떤 때는 날카로운 발톱으로 움키고 있다가 부리로 찢어 먹기도 한다. 새매는 새를 사냥하듯 맹 조수의 본능이 살아 있다. 조금씩 날기 시작하면 발목에 줄을 묶어 놓는다. 도망갈까 봐서다. 하지만 길러준 정을 아는지 쉽게 배신하고 떠나지 않는다.

드디어 날개를 움직여 나는 연습을 하다가 공중으로 뜨면 어미 새가 되는 것이다. 솜털 갈이를 한 지 꽤 되었고 부리가 완전 굽어지고 발톱은 날카로우며 날개가 힘차고 수정처럼 맑은 눈에서는 광채가 난다. 드디어 자연으로 돌아갈 때가 된 것이다. 주로 초여름에 새끼와 인연이 되어서 가을에 날려 보낸다. 줄을 풀어놓으면 처음엔 2, 30m 주변을 맴돌다 제자리로 온다. 그 날갯짓을 며칠 동안 반복하다가 주변 하늘을 날아오른다. 주변에 먹을 것이 많이 있어 자연에 쉽게 적응한다. 학교 갔다 돌아왔을 때 새매가 없으면 무척 서운하다. 초등학교를 졸업할 무렵이다. 사춘기가 접어드는 그때 이별의 감정을 배운다. 중학교에 들어가면서 새로운 사물을 대하면서 새를 길렀던 감정이 어느새 잊힌다.

　이제 자연의 품으로 돌려보내야 한다. 하교 후 식구들과 함께 줄을 풀어 날려 보낸다. '죽지 않고 부디 잘 살아가라'고 몇 번이고 되뇌며 친구처럼 정든 그 녀석을 떠나보낸다. 어느 날 학교에 다녀오니 아버지께서 말씀하신다. "그 녀석이 멀리 가지도 않는단다. 오늘도 밭에서 일하는데 몇 번이고 날아와 지붕에 내려앉아 한참씩 머물다 가곤 한다, 너희들이 보고 싶은가 봐"라고. 그렇게 매일 한두 번씩, 며칠에 한 번씩 집을 찾더니 소식이 없었다. 한 달 정도 지났다. 가을비가 촉촉하게 내리는 어느 휴일, 무심코 밖을 보니 그 녀석이 왔다. 집 앞 소고삐 매는 말뚝에 앉아서 나를 바라보고 있는 것이 아닌가. 얼마나 감격스러운지. 한편 처량하다는 생각도 들었다. 떠나보낸 새매의 정이 내 마음을 훔쳤다.

　겨울이 되어도 그 녀석은 우리 집을 찾지 않았다. 온전하게 야생의 자연으로 돌아간 것이다. 늦가을 비나 눈 오는 겨울이면 생각나는 시골 마을의 정경이 가끔 뇌리를 스친다. 지나친 욕심과 욕망을 꿈꾸며 하늘을 날았던 '이카로스'처럼 인간도 언젠가는 인공 날개를 달고 새처럼 날 수 있을까 상상해 본다.

쌀바구미의 일방통행

쌀바구미의 일방통행을 지켜봤다.

여름철이면 쌀에서 까만 벌레가 생겨난다. 쌀바구미다. 기온이 20도 이상 되면 어느 곡류를 가리지 않고 생긴다. 그래서 곡물 벌레라고도 한다. 장수하늘소처럼 생겼고, 크기는 새끼 개미만 하다. 그래서인지 이곳에선 지금도 '바개미'라고 부른다. 어려서부터 보아 왔고 먹는 곡식에서 생겨서 그런지 무섭지는 않다. 바구미는 쌀 속을 파먹는다. 겉으로 보면 표가 나지 않지만, 쌀을 씻을 때 물을 부으면 속이 빈 쌀이 둥둥 뜬다.

바구미의 퇴치 방법이 마땅치 않다. 제일 쉬운 방법은 쌀을 헤쳐 놓아 녀석들이 스스로 도망가도록 조건을 만들어 주면 된다. 아파트 옥상에 큰 천을 깔고 쌀 포대를 쏟아부었다. 쌀 속에서는 잘 움직일 수가 없어 수가 많지 않아 보인다. 그러나 쌀을 쏟아 놓으면 다르다. 쌀을 펴고 1분 정도 지나니 바닥이 새카맣다. 수백 마리의 바구미가 경쟁하듯 기어 나온다.

여기서 놀라운 광경을 목격했다. 녀석들은 일사불란하게 서쪽으로만 도망치고 있다. 마치 서쪽에 영적인 지도자라도 나타난 것처럼 말이다. 아니면 동쪽에 와서 도를 구하고 서쪽으로 되돌아가는 달마를 본 것일까. 리더 바구미를 따라가는 것도, 길을 탐색하는 것도 아니었다. 잠시 머뭇거림도 없이 그냥 하나같이 서쪽으로 직행하는 것

남대천 개미의 유랑

이다. 방향을 어떻게 감지할까 궁금하다. 3m 거리에 문지방만 한 벽이 가로막고 있다. 어떻게 넘을까 한참 동안 지켜봤다. 높이 30㎝ 정도 되는 수직 장애물이다. 녀석들은 무조건 기어오른다. 방수 페인트를 칠해 놓아 매끄럽기에 오르다 떨어지고 또 오르다 떨어짐을 반복한다. 녀석들의 행동을 지켜보다 그대로 두고 내려왔다.

몇 시간 후 이들의 행동이 궁금해졌다. 우회했을까, 아니면 뒤돌아 방향을 바꾸어 도망쳤을까. 옥상에 다시 올라가 봤다. 결과는 내 상상과 달랐다. 이들은 처음과 같은 방향으로만 움직이고 있었다. 황소고집이다. 그때까지도 장애물 오르내리기를 반복하고 있었다. 오르다 떨어져 바닥에 새카맣게 뭉쳐 있는 것이었다. 쓸어 모으면 한 움큼은 된다. 어느 영화에서 보듯 성문을 사다리 놓고 기어오르다 떨어져 죽은 병사들이 연상된다. 또한, 도망치는 바구미의 행동은 마치 아프리카 세렝게티의 누 떼 이동광경처럼 보인다. 멈추면 죽는다. 악어가 서식하는 강물이든, 낭떠러지 언덕이든 계속 가야만 하는 것이다. 간혹 벽을 넘어 탈출하는 바구미도 몇 마리 보인다. 소수에 불과하다.

쌀바구미의 탈출 과정을 지켜보면서 우리의 삶을 돌아보게 된다. 벽이 문이라고 내밀면 곤란하다. 사람이 이들과 다른 것은 돌아가는 지혜를 가진 점이다. 그래서 만물의 영장인가 보다. 힘들 때는 잠시 쉬면서 충전도 하고, 천천히 돌아가도 목적지에 도달할 수 있다. 조금 늦을 뿐이다. 그 오가는 과정에서 여유와 힐링도 즐기면서 말이다.

이젠 식물이다

지난 2월 12일 어느 신문에서 "삼가 다육이의 명복을 빕니다…가족이 된 식물"이라는 기사를 읽었다. 내용에 따르면 겨울 동안 얼어 죽은 화분 10여 종의 합동 장례를 치르며 반려 식물들의 명복을 빈다는 내용이다. 그리고 식물 병원과 식물 호텔도 등장했고 당연히 치료실 입원실도 있다고 한다. TV에서 개나 고양이 등 동물들이 등장하는 프로그램이 많고 일상에서 사연을 많이 접하다 보니 '애완동물 또는 반려동물'이란 이름이 낯설지 않을 뿐 아니라 세뇌된 듯 사람과 함께 살아가는 가족으로 느껴진 지 오래다. 이어서 등장하는 '반려 식물'이라는 말이 조금 낯설기는 하다. 다만, '식물의 명복'을 빈다니 조금 당황스럽다. 식물에 영혼의 존재 여부를 생각해야 하기 때문이다.

식물에 앞서 동물 이야기부터 꺼내 본다. 언제부턴가 우리는 동물들을 방에서 기르게 되었다. 아파트 생활이 가져다준 문화라고나 할까. 대부분 애완견이었으나 고양이, 새, 물고기, 도마뱀 등 다양해졌다. 먹을 것이 부족했던 시절 개는 몸보신을 위해서 길렀으나 요즘은 사람 위에 개가 있는 듯 그들이 특별 대우를 받는다. 대학에서도 애견 관련 학과가 여러 개 생긴 지 꽤 되었다. 최근에 와서는 동물 병원은 말할 것도 없고 애견 놀이터 · 호텔 · 장례식장 · 납골당 등 이름을 붙일 수 있는 것은 다 있다고 들었다. 심지어 명을 다하면 조문도 하고 위로금도 놓는 등 사람과 똑같은 대우를 받는다. 최근 "고양이 스케일링, 강아지 카시트, 80만 원짜리 강아지 명품 패딩도 팔고 펫 샵도 더 늘어나고 있다"고 한다.

물론 변화와 발전, 다양성의 시대에 걸맞게 적응하며 살고 있다. 이러한 소식을 처음 접할 때면 세상에 이런 일이? 있느냐며 놀랐고 웃픈 이야깃거리가 되었는데, 최근에는 동물과 함께하는 일상이 SNS에 알려져서 웃을 일도 못 된다. 개에 관한 아기자기한 물품, 먹거리, 행동 심리 등 사람과의 관계가 세상에 다 드러나 있는 듯하다.

반려견을 기르는 인구가 천만 명이 넘는다고 한다. 생각해 보니, 그 녀석을 밖에서 기르면 개고, 안에서 기르면 견(犬)이 된다. 밖에 있는 개는 진돗개·풍산개가 그렇듯이 명견이지만 대우를 좀 덜 받는 인상을 주고, 안에 있는 견은 애완견·반려견으로 글자 자체가 높임말로 대우를 더 받는 듯하다. 진도견, 풍산견 또는 애완개, 반려개라고 부르지 않는 것이 이를 증명한다. 시장을 보거나 산책을 할 때도 유모차를 끌고 다닌다. 유견차라고 불러야 할까? 10개 중 8개는 강아지를 태우고 다니는 것이다. 며칠 전에도 이곳 5일 장을 둘러보다가 유모차를 만났다. 포대기 이불을 덮고 햇빛 차단까지 하고 있기에 이번에는 아기인가 하고 살짝 들여다보니 강아지가 머리를 쏙 내민다. 절로 웃음이 나온다.

나도 한때 개를 길렀다. 애들이 초교 2~3학년 때 이웃에서 며칠 맡긴 흰색 말티즈를 떼어 놓을 수 없어 기르게 되었는데 10여 년을 같이 지냈다. 행동 하나하나가 신기했고 정도 들었다. 달리기도 같이했다. 애들이 타 도시에서 대학을 다니면서 그놈 돌보기는 부부의 몫이 되었고 다행이라면 애들 없는 기간에 명을 달리했다. 그놈의 재롱도 한때였고 이후 슬픔도 서서히 잊혀갔지만 작은 추억들로 남아 있다. 또다시 아파트에서 개를 기른다면 결사반대다.

　뭐든지 오래 하면 실증을 느낀다. 코로나로 활동 범위가 줄어들고 집에서 머무르는 시간이 많다 보니 자연히 동식물에 관심이 커진 탓이라고 본다. 그것이 동물에서 식물로 옮겨 가는 추세다. 새로운 것에 정 붙이면 그 이야깃거리가 많아진다. 일반 가정에서 그 흔한 다육이를 비롯하여 화분 한두 개 기르지 않는 집을 만나기 드물다. 동식물은 생명이 있어 집안 분위기도 살리고 생동감이 흐른다. 반면 동물 학대도 만만치 않다. 보이지 않을 뿐이다. 말 못 하는 동물이라고 함부로 하면 벌 받는다고 했다. 이제는 '말 못 하는 식물…'이라 해도 어색함이 덜하다. 지나가는 개를 욕하면 개 주인을 욕보이는 것이 된다. 이제, 식물도 함부로 하지 못하는 시대를 사는 듯하다.
　반려동물을 기르자면 사료, 물품 등 경제적 여건도 만만찮다. 반면 식물은 애교도 없고 친밀감도 덜하지만, 기르고 관리하기는 쉬운 편이다. 식물도 정을 주고 아끼면 잘 자란다는 연구 결과도 있다고 들었다. 같은 화초 2개를 사서 하나는 예뻐하고 하나는 미워하면 미워하는 쪽은 잘 자라지 않거나 말라 죽는다고 한다. 사실인지 아닌지 직접 실험해 보지는 않았지만 예뻐하는 쪽은 직, 간접적으로 그만큼 정성과 관심을 쏟은 결과라고 생각된다.

이젠 식물이다. 좀 더 따듯해지면 양양 남대천 일대에 펼쳐지는 5
일 장을 둘러보고 예쁜 꽃 화분 하나라도 들여놔야 할까 보다. 새봄
아닌가!

제2부

살며 사랑하며

어머니와의 인연을 비롯하여

가족 간의 인과因果관계, 애환, 사랑 등

고스란히 물려받은 교훈적인 삶을 통해

우리 시대의 사회적 관계를 조명해 본다.

아울러, 아직 공부가 미흡하지만,

어머니의 명리학적 이야기도 연구해 보고,

살아오면서 아내와의 웃픈 이야기들도 꺼내 본다.

할머니와 개구리

　개구리를 별미로 먹던 시절이 있었다. 이른 봄이 되면 계곡이나 강가의 돌을 흔들어 개구리를 포획했다. 저녁때 소여물 끓인 후 아궁이 숯불에 구워 먹었다. 옛날 밥상에는 반드시 밥과 국이 있었다. 국이 없으면 냉수라도 올려놓아야 한다. 밥을 물에 말아 먹기 위해서다. 곰국, 된장국 등 여러 종류가 있지만, 개구리 국을 메뉴에 올려본다. 요즘 말로 '라떼' 이야기다.

　70년대 후반 공무 수행 중 구룡령 주변 마을에 측량을 나갔다. 간이 상수도 설치를 위한 측량이다. 지금은 승용차로 30분 거리지만 그땐 하루에 버스 1~2회 운행, 출장 갔다가 버스를 놓치면 1박 2일이 걸리는 오지 마을이다. 늦게까지 평판과 종 · 횡단 측량을 끝내고 돌아오려는데 주민들이 놓아주지 않는다. 그분들의 간곡한 성의를 저버릴 수 없어 저녁을 먹게 되었다. 그 메뉴가 일명 개구리 국이다.

　개구리를 밀가루에 버무려 고추장을 넣고 끓인 요리다. 된장을 넣고도 끓인다. 개구리는 생선이나 닭볶음처럼 토막을 내지 않고 끓인다. 몇 마리가 통째로 국그릇에 담겨 있다. 수컷은 홀쭉하고 하얀 배를, 암컷은 빵빵한 누런 배를 위로 하고 둥둥 떠 있다. 몸집이 커도 유선형과 부력의 원리에 의하여 뜨는 것이다. 개구리를 숯불에 구워 먹어 봤지만, 끓인 국은 처음이다. 어떻게 먹을 것인가.

동료들도 크게 당황스러운 기색이다. 머뭇거리다 보니 주민 어느 분이 먹는 방법을 가르쳐 준다. 정성 들여 대접하는 마을 주민들에게 무안하지 않도록 눈치를 본다. 애써 감정을 내색하지 않는 표정들이다. 비위가 약한 일행들은 먹을 엄두를 못 내고 있다. 주민들을 따라 그저 닭 다리 뜯듯이 먹을 수밖에. 맛이야 구수하고 영양 만점 보양식이다. 알은 더 맛있다. 덜 성숙된 작은 알은 검은색이며 쫀득하고, 먹고 나면 입안 전체가 까맣다. 성숙한 알은 푸른색을 띠며 생고무처럼 찰기가 있어 식감이 좋다. 알과 함께 얽혀 있는 생라면같이 고불고불한 내장도 고소한 맛이 기가 막힌다. 마을에서는 최상의 접대인 것이다.

내 어린 시절만 해도 간식거리가 귀한 터라 이른 봄 하천 또는 산골짜기로 개구리 사냥을 나간다. 반도를 대고 쇠 지렛대로 바위를 흔든다. 허탕을 칠 때도 있지만 큰 돌을 흔들면 몇 마리씩 잡힌다. 주변에서 마른 나뭇가지를 구해다가 숯불을 만들어 구워 먹는다. 입술에 재와 숯이 묻어 가관이지만 별미이고 추억이다. 당시 '몬도가네'를 예로 들며 또래들과 서로 미개인이라 놀렸지만 먹고사는 문제라서 탓할 수도 없다.

시골에서는 쉬는 날이 드물다. 할머니께서는 농사 일정이 없는 날이면 산에 가신다. 봄에서 가을까지 계절 구분이 없다. 부수입도 되고 먹고살기 위한 일상생활인 것이다. 오랜 시간 이산 저산 돌며 나물을 뜯어 망태 가득 짊어지고 오신다. 삶의 무게만큼 무겁다. 망태 안에 무엇이 들어 있는지 호기심도 있고 해서 자세히 들여다본다. 보자기를 풀어 놓으면 산나물, 버섯, 약초가 쏟아져 나온다. 생물이라 스스로 내열이 발생한다. 상하지 않도록 풀어 헤치다 보면 산나물 향기를 머금은 따뜻한 김이 무럭무럭 올라온다. 그러다가 무언가 꿈틀거리더니 껑충 튀어 오른다.

개구리다. 그놈은 주변 색에 적응하여 가랑잎 색이고, 배는 알을 가져서 노랗거나 주황색에 가깝다. 두 마리였다. 칡넝쿨을 찢어서 개구리 다리를 묶어 온 것이다. 그때부터 나는 '개구리 할머니'라고 부르며 놀려댔다. 할머니는 '이놈' 하며 미소를 지을 뿐 야단치거나 개의치 않는다. 개구리를 발견할 때마다 어떤 방식으로든 산 채로 붙잡아 오신다. 세 마리인데 '한 놈이 튀어 나갔나 보다'며 서운해하신다. 그놈을 소여물 끓이거나 밥할 때 숯불을 만들어 형제들과 나누어 먹곤 했다. 별명이 '개구리 할머니'면 어떤가. 즐거워할 손주들을 떠올리며 그놈을 한두 마리씩 붙잡아 온 할머니의 사랑이 그립다.

어느 해부터인가, 환경 보호를 한답시고 개구리를 못 잡게 했다. 이십 년이 넘은 듯하다. 그렇다면 지금쯤 개구리가 넘쳐야 하건만 예전보다 눈에 띄게 줄었다. 먹이 사슬로 뱀도 당연히 개체 수가 늘어야 하건만 예전보다 준 이유를 알 수 없다. 전에는 돈을 벌기 위해서 뱀 잡으러 산에 다니면서 일당을 벌어 살림에 보태 쓰기도 했다.

입춘이 한참 지났지만 2월 내내 매서운 한파를 겪었다. 3월이 되니 날씨가 많이 풀렸다. 봄을 체감한다. 3월 5일은 경칩이다. 경칩하면 겨울잠에서 깨어나 입이 떨어진다는 개구리가 떠오른다. 그리고 예전에 개구리를 붙잡아 온 할머니가 생각난다. 며칠 전 외손주 100일

행사를 치렀다. 손주가 귀엽듯이, 그 옛날 철없는 손주였던 내게 베풀었던 할머니의 사랑을 이제야 깨우친다. 회갑도 지나고 할아버지가 된 이 손주는 '할머니, 고맙습니다.'라고 마음으로만 보답할 수밖에.

살모사와 어머니

가을 송이를 찾다가 불쑥 뱀을 만났다.

잔디가 드문드문 나 있는 벌거숭이 묘지를 지날 때였다. 세숫대야 크기의 홈이 파여 있는 묘 언저리에 언뜻 검은색 물체가 보였다. 가까이 가 보니 똬리를 틀고 있는 뱀이었다. 새끼를 꼬아 감은 듯한 검은 가로줄 무늬가 선명했다. 마름모꼴로 규칙적인 무늬를 가졌으니 어릴 적 흔히 보았던 까치 독사가 분명해 보였다. 길이 50㎝ 정도에 몸체가 꼬리까지 통통한 데다 머리는 앙증맞게 각진 삼각형이다. 인터넷 검색을 해 보니 색이 검어서 그렇지, 까치살모사인 듯하다. 나무 작대기로 톡 건드렸더니 머리를 용수철처럼 솟구치며 작대기를 수차례 문다. 어, 이 녀석 봐라. 도망갈 생각은 안 하고 내게 도전하다니, 보통내기가 아닌가 보다. 너 오늘 잘 만났다. 이제부터 송이 찾기는 뒷전이고 녀석을 혼내주기로 작정했다.

똬리를 풀어 보려고 작대기로 건드려도 공격적인 자세 그대로다. 수평 이동을 할 뿐 몸을 풀지 않는다. 녀석을 작대기로 헹가래를 치듯 반동을 주며 들어 올렸다. 그 녀석도 지구의 중력을 알고 있는지 공중에서는 뒤집혀도 땅에 떨어질 때면 배를 아래로 향한다. 어쩌다 뒤집어 떨어지면 꿈틀하면서 얼른 제자리로 돌아온다. 높이 던졌다가는 내 머리 위로 떨어질 것 같아 소름이 돋는다. 그러던 중 무게 중심이 한쪽으로 쏠려 묘지 옆 키 작은 진달래 가지에 걸렸다. 그래도 몸을 나뭇가지에 기댄 채 머리를 허공에 들어 올리며 나를 노려보고 있다. 한참 가지고 놀다 보니 힘이 빠졌는지 조용해진다. 죽은 체하고 있는지도 모른다. 다시 건드려 보니 꿈틀거린다. 몇 시간 지나면 되살아날 것이다. 나름 지독하다는 생각을 하며 그 녀석을 그 자리에 두고 하산했다. 내가 녀석에게 이렇게까지 하는 데에는 그럴 만한 사연이 있기 때문이었다.

이틀 후 다시 산을 찾았다. 언덕 중부 능선을 지나 송이를 살피다 보면 다시 묘지를 감싸고 돌아야 한다. 그 주변으로 송이가 나오기 때문이다. 그저께 저지른 행위를 생각하니 송이는 뒷전이고 그놈의 생사가 몹시 궁금했다. 죽은 꼴은 보기 싫다. 어쩌면 살아서 도망쳤으면 좋겠다는 생각을 했다. 그런데 웬일인가, 묘지 주변 진달래 나무 밑에 놓아두었던 살모사가 보이질 않는다. 멧돼지나 너구리 등 다른 동물이 잡아먹을 수도 있겠다. 내심 녀석이 살아가기를 원했으면서도 막상 보이지 않으니 조금 두려운 생각도 든다. 갑자기 스님을 잡아먹으려고 백발노인으로 둔갑한 치악산 상원사의 구렁이 전설이 떠올랐다. 그 살모사가 살아 있으니 내게 복수할 수도 있겠다는 생각에 겁이 덜컥 났다. 한편, 살아서 도망갔으니 다행이라는 생각도 하며 송이 찾기에 몰두했다. 주변을 조심스럽게 살피며 몇 꼭지의 송이를 발견했다.

집으로 돌아오면서 문득 어머니 생각을 했다. 어머니는 30여 년 전 살모사에 물려 돌아가셨다. 늦여름 버섯 따러 갔다가 그만 살모사에게 발목 부위를 물렸다. 당시 등산화나 장화를 살 형편이 못 되었기에, 평소 식구들이 신던 낡은 운동화나 고무신을 신고 산에 다닌 것이다. 어머니는 하필이면 맹독으로 유명한 살모사에 물려 그만 정신이 혼미한 가운데서도 수 ㎞나 떨어진 산골짜기에서 집까지 돌아온 것이 기적이었다. 병원 갈 형편이 못 되어 동네 의원격인 침 놓는 분에게 맡겼다. 주사로 독을 빼면서 자가 치료를 받던 중 피를 많이 쏟아 결국 돌아가셨다. 읍내에서 직장 생활을 하던 내게는 자식이 걱정할까 봐 뱀에 물린 지 이틀이 지난 뒤에야 알려 왔다. 사실 표현이 좀 그렇지만 어머니는 살모사 같은 강한 정신력을 가지셨다. 그야말로 자식들을 위해서 그보다 더 지독한 삶의 억눌림 속에서 버텨 오신지 모른다. 어쩌면 죽어서도 새끼들의 먹이가 되는 살모사의 희생정신과 크게 다르지 않다. 그 강한 삶의 의지로 버티다가 좋은 세상 누려 보지도 못하신 것이 마냥 원통스럽고, 나도 효도를 다 하지 못한 것이 못내 한스러울 뿐이다.

혼수상태인 어머님을 뵙던 중 주변 사람들로부터 기막힌 소식을 들었다. 어머니께선 살모사에 물리고도 그놈을 산 채로 붙잡아 왔다는 것이다. 이유는 한 가지다. 그 당시 시골에서 독이 있는 뱀은 돈이 되었기 때문이다. 나도 시골에 살면서 한때 뱀을 잡으러 다닌 적이 있다. 운이 좋아 두세 마리만 잡아도 하루 일당은 버는 셈이었다. 어머니는 버섯을 찾아다니던 중 살모사에게 물렸거나, 아니면 살모사를 발견하고는 가족의 생계를 위해 생포하려다가 물린 것일 수도 있다. 어쨌거나 살모사에 물려 혼미한 상태에서도 끝내 그놈을 붙잡아 왔고 옆집 뒷마당 단지에 보관하고 있다고 했다.

나는 즉시 달려가 그 살모사를 단지에서 꺼냈다. 몸이 가늘지만

40㎝는 되어 보였고 연한 회색에 붉고 노란 반점 등 다양한 무늬를 지녔다. 삼각 모양의 머리로 보아 살모사가 분명했다. 마침 그 집 뜨락에, 소나무 뿌리에 맺힌 약초 복령을 캐는 쇠꼬챙이가 있었다. 그것으로 그놈 머리를 송곳 찌르듯 내리 찌르고 또 찔렀다. 악행이라는 생각에 소름이 돋았지만 악이 받쳤다. 분노의 눈물을 흘리면서 머리의 형체가 흐물거리도록 짓이겼다. 그래도 몸통은 한참 동안 꿈틀거리는 것을 지켜봤다. 지금 이 글을 쓰는 순간 당시의 일을 회상하니 울컥해진다. 그렇게 원수를 갚았다는 생각에 잠시라도 속이 후련했었다.

3일 후, 다시 송이 산에 올랐다. 내가 저지른 행위를 생각하니 백발노인으로 변장한 상원사 구렁이가 다시 뇌리를 스쳤다. 꿈에 나타나면 어쩌나. 이런저런 생각을 했다. 오늘 동행한 아내는 그날 무슨 일이 있었는지 알지 못한다. 뱀을 만나면 십 리나 도망가는 아내와 그날 같이 왔더라면 그렇게 뱀을 가지고 놀지는 않았을 것이다. 동행한 아내에게는 태연한 척 송이 탐색을 했다. 그러던 중 어디선가 불쾌한 냄새가 났다. 주변을 살핀 결과 그것은 죽어 있는 살모사였다. 선명한 검은 무늬로 보아 그놈이 분명했다. 이동 거리로 보아 내가 놓아둔 곳에서 20m 정도 움직인 것으로 보인다. 작대기로 뒤집어 보니 배에 상처가 있었다. 그놈이 깨어나 도망치다 그곳에 머물러 기운을 끌어모으며 상처 치료를 하다가 죽은 것으로 추정된다.

그날 그놈이 도망쳤다면 굳이 쫓아가서 잡지는 않았을 것이다. 왜 녀석은 도망을 가지 않았을까…. 도망가지 않고 수레바퀴와 맞서는 사마귀처럼 용감한 것인가, '삼십육계 주위상(走爲上)'을 모르는 어리석음인가. 부드러우면 휘고 강하면 꺾인다고 했다. 어쨌거나 그놈이 이제 나를 해칠 수 없다고 생각하니 비로소 마음이 놓인다. 뱀은 그 옛날부터 12지신에 속하는 동물로서 신성한 기운을 상징하기도 한다. 그토록 싫어할 이유도 없다. 어머니를 돌아가시게 한 그놈에겐 이미 복수를 했다. 하지만 사람을 죽일 수 있는 맹독을 가졌다는 이유로 내게 당한 천하의 까치살모사도 그렇게 생을 마감했다. 한갓 미물에 불과하지만 그 자리에 땅을 파고 사체를 묻어 주었다.

그동안 뱀만 보면 적개심이 발동하던 그 악연은 이제 이것으로 끝내고, 살모사와 어머니와의 인과관계도 함께 정리되었으면 하는 바람이다.

단 한 번의 면회

　우리 동네 열다섯 명이 같은 해 초교에 입학했다.

　그중 남 친구 아홉 명 중 나와 또 한 명, 그렇게 두 명 만 군에 입대했다. 다른 친구들은 해안경비 등 보충역으로 근무하여 빨리 제대했다. 가정형편상 2년 휴학 후 간신히 고교에 입학하다 보니 만 18세가 되어 주민등록을 낼 당시 타지에 주소를 두게 되었다. 그 이유로 현역 판정을 받은 것임을 나중에 알았다. 이유야 어떻든 33개월 잘마치고 살아 돌아온 것만으로도 만족했다.

　현역 생활 중 다른 동료들은 1년에 한두 번 정도 면회를 왔다. 나는 그들이 부러웠다. 이러다가 나는 3년 가까이 군 생활을 하면서 면회가 뭔지 모른다는 생각에 열등감과 서러움이 밀려왔다. 제대해도 군시절 할 이야기가 많지 않을 듯했다. 남들은 몇 번씩 맞이하는 그 면회, 나도 한번 경험해 봐야겠다는 생각이 앞섰다. 이런저런 생각에 호기심도 발동했다.

　어느 해부터 우리 부대가 GOP에 들어가기로 예정되어 있었다. 전방에 가면 살아서 돌아오지 못할 수도 있다는 강박관념이 나를 괴롭혔다. 전방에 입소하기 4~5개월 전이었다. 어느 여름날, 어머니께 면회 한번 오시면 좋겠다는 내용의 편지를 부대 주소까지 적어 휴가를 가는 동료 편에 부쳐달라고 달라고 부탁했다. 그리고 편지 보낸 걸 잊고 있었다.

가을이 되자 야외 훈련으로 며칠간 야전 생활을 하게 되었다. 집에 전화기도 없던 시절이라서 군 생활 중 전화 한번 못 드렸는데 야외 훈련 중 무전으로 어머니가 면회 오셨다는 연락을 받았다. 그때의 기분이 참 묘했다. 이곳까지 오실 것이라는 생각을 전혀 하지 못했기 때문이다. 편지를 받았으나 농사일이 바빠서 시간을 낼 수 없었다고 했다. 가을 추수를 마치고 오신 것이다.

이산가족 만나는 듯한 기분이었지만 어색하기만 했다. 와락 껴안고 싶었지만 그러지 못했다. 눈물이 날까 봐서다. 어머니 걱정할까 봐 군 생활 재미있다는 말씀을 드리며 애써 태연한 척했다. 어머니 혼자서는 찾지 못하고 남동생과 함께 왔는데 새벽에 출발하여 차를 일곱 번 갈아타고 저녁 여덟 시쯤 훈련 장소에 도착하셨다. 야외 훈련 중이라서 그곳을 민간인이 찾을 수 없으니 군부대 차량이 태워 주었다고 한다. 나중에 어머니께서 군대 지프차를 타 보신 것도 대단한 자랑거리가 되었다.

입대하면서 '난 이제부터 혼자다'라는 독한 마음으로 꿋꿋하게 군 생활에 임했는데 자신에게 오점을 남기는 것 같아 괴로웠다. 엄마에게 많이 미안했고 괜히 편지를 보냈다고 후회도 했다. 약하디약한 어머니를 오시라고 했으니 말이다.

일생 단 한 번의 면회였다.

어머니의 삶과 사주

유년시절 기뻤던 일은 어머니가 웃을 때였다.

아기가 웃으면 부모가 행복하듯이 어머니가 웃으면 나도 기뻤다. 그런데 커가면서 어머니의 통쾌한 웃음소리를 들어보지 못했다. 어쩌다 웃을 일이 생겨도 미소, 힘없는 실소였다. 형제들과 장난치고 웃으면 "이놈들아, 뭐가 그리 좋아서 웃느냐?"며 한숨을 쉬셨다. 가정의 우환(憂患)이 끊이지 않았기 때문이다. 그럴 만도 했다.

다섯 살부터 원인 모를 병이 찾아온 막내아우가 있었다. 일곱 살 때 입학 통지서가 나왔으나 학교에 갈 수 없었다. 그러다 아홉 살이 되어서는 병이 악화하여 자리에 누웠다. 죽과 미음만 먹었다. 나중에는 물도 삼키지 못했다. 그해 여름이었다. 하루에도 수차례 경련을 일으키며 몸이 뒤틀렸다. 고통을 참느라 악을 쓰며 몸이 뻣뻣해진다. 그러다 기가 넘어갔다. 가족 중 먼저 발견한 사람이 달려들어 팔과 다리를 주물렀다.

잠시 후 경직된 몸이 풀려 축 늘어지며 숨을 몰아쉰다. 그리고 힘없는 눈을 반은 감은 채 혼수상태로 잠든다. 여름철이라 등에 욕창이 생긴다. 입술이 마르고 부르터 피가 튄다. 눈은 퉁퉁 부어 있다. 얼굴만 찡그릴 뿐 울 힘조차 없다. 스며 나온 눈물이 말라 흰 자국이 생긴다. 얼굴과 입에 파리가 날아든다. 이를 지켜보는 어머니의 눈에 눈물이 고인다. 나는 그 자리를 잠시 피하며 눈물을 삼킨다.

이런 나날을 몇 개월 반복하다가 학교에 가 보지도 못하고 아홉 살에 저세상으로 갔다. 이 과정을 하나하나 지켜보면서 나는 세상을 다 경험한 듯했다.

그게 끝이 아니었다. 초교 6학년 때 원인 모르게 누나가 실명했고, 이러한 가정에서 살 수 없다며 20대 남동생은 홀로 집을 나갔다. 형은 40대 초반에 세상과 작별했고, 악착같이 살아오던 어머니는 살모사에 물려 돌아가셨다. 이처럼 끊임없이 가정의 우환이 이어졌다. 그러한 가족사를 지켜본 나는 "이제 내 차례인가?, 나는 언제 데려가는가." 하는 강박관념을 안고 살았다. 안되면 조상 탓이라더니, 조상님들이 무슨 죄를 지었기에 후손에게 이런 가혹한 벌을 주느냐고 원망했다. 무당을 불러 굿도 많이 했고, 아버지께서는 굿판 시루떡 동이를 몇 번이고 둘러메쳤다.

神이 존재하는가. 신을 원망했다. 우리 가정에 그만큼 고통을 주고도 분이 안 풀려 원한이 남아 있다면 내게 벌을 내리고 그 악연을 끝내 달라고 기도했었다.

그래서인지, 내가 글을 쓸 수 있는 원천은 '우환'에서 비롯되었다. 살아오면서 뼈저리게 겪었던 그 우환, 우환이 뭔지도 모르고 자랐다. 동네 어르신들은 우리 집 형편을 알고 있었다. 집에 마실 올 때면 그저 우리 집에 닥친 좋지 않은 사건을 접하면서 "그저 집안에 우환이 없어야 산다."라고 입버릇처럼 말씀하시며 부모님을 위로했다. 어쩌면 그분들은 우리 집 우환을 보며 위안을 삼았을지도 모른다. 그나마 우리 집보다는 낫다고 자부하면서 말이다.

어른이 되어 가면서 나는 이보다 더 슬플 것이 없었다. 부모님이 돌아가셨을 때도 울음이 나오지 않을 만큼 응어리진 마음이 풀리지 않았다. 마음 한편으로 늘 고독했고 세상을 불평했다. 그 빌어먹을 '우환' 때문이었다. 군에 입대했을 때도 힘들지 않았다. 어차피 나는 혼자라는 생각으로 스스로 독종이 되어 악착같이 살아남기로 다짐했다.

군에서의 체력 단련, 유격 훈련, GOP 근무 등 그 주어진 어떤 어려움도 내가 겪는 정신적 고통보다는 쉽다는 생각이 들었다. 군 시절 취침 구호는 '웃자'였다. 점호가 끝나고 10시 땡 하면 '웃자, 취침!'으로 복창하면서 그날그날 일과를 마쳤다. 요즘 같으면 가수 김다현의 노래 '웃자'처럼 '허허, 그냥 웃고 말지만, 그땐 웃을 일을 찾지 못했다.

그렇지만 웃자고 노력했다. 작은 웃음거리도 그냥 허허 웃어넘겼다. 속과 겉이 다르더라도 늘 웃음을 찾고자 했고 평소 그렇게 살아왔다. 인도 철학자 '오쇼 라즈니쉬'의 '배꼽'을 읽으면서 행복과 불행 이야기, 웃음에 관한 긍정적 영향을 얻은 듯하다. 세상이 마음대로 되는 건 아니지만, 그때부터 평소 웃으며 재미있게 살자고 다짐하고 또 다짐했다. 이 또한 간절한 소망이기도 했다. 소설을 읽다가도 슬픈 이야기가 나오면 책을 덮어 버렸다. TV를 시청하다가도 싸우며 슬픈 대목이 나오면 채널을 돌려 버렸다.

그러던 어느 날 명리학에 입문했다. 40대 중반이었다. 어쩌면 내가 살아온 과정을 겪다 보니 자연스러운 선택이었는지도 모른다. 한창 명리학 공부에 빠져 있을 때 호기심에 돌아가신 어머니의 사주를 분석해 보았다. 생년월일까지만이다. 태어난 시時는 전혀 알 수가 없다. 그러니 사주팔자 중 여섯 글자만 가지고 풀이를 하려고 만세력을 찾아 적어 놓았다. 깜짝 놀랐다. '그랬었구나!' 이러한 사주를 지녔기에 그토록 고생하셨나 생각하니 눈물이 맺혔다. 일간 기준으로 자신을 도와주는 글자(인성)는 한 개도 없고 모두 자신을 극 하는(정·편관) 글자들이었다. 여기서 아무리 좋은 시주(時柱)를 타고났더라도 그 힘은 미약하기 그지없다. 그야말로 '인생을 깡으로 견디며 살아오신 거였구나' 하는 생각에 한없이 서러워졌다. 어머니께서는 비록 살모사에 물려 돌아가셨지만, 희생적으로 살아오신 어머니였는지도 모른다. 그러고 보니 나는 어미를 잡아먹는 살모사 새끼에 불과했다.

어릴 적 어머니께 대드는 것이 소원이었다. 그러나 커 가면서도 한 번도 그런 적이 없었다. 아니 그럴 수가 없었다. 늘 애처롭게만 보였기 때문이었다. 자식들을 위해서라면 강인했고 무엇이든 헤쳐나가는 어머니였지만 나는 늘 어머니 앞에만 서면 안쓰러워서 눈을 마주칠 수 없었다. 반항할 수도 없었다. 초교 시절 이웃 또래들은 잘못했을 때 어머니에게 맞으면서도, 울면서 반항하고 대드는 것을 보아 왔다. 나도 용건을 들어 달라고 투정이라도 하려고 어머니 앞에만 서면 어머니가 불쌍해 보였기에 이내 포기하고 말았다.

푸시킨은 '삶이 그대를 속일지라도 슬퍼하거나 노하지 말라…'고 했다. 학창 시절 친구 집을 방문했을 때 그 시가 책상 위에 걸려 있었다. 그 두 줄짜리 글이 자라면서 큰 위안이자 희망이 되었다. 이제 더 잃을 것이 없다. 내 인생은 내가 만드는 것이다. 하는 일마다 실패를 거듭하다가 나중에 성공한 사람을 보고 "팔자 고쳤다."라는 말을 한다. 타고난 팔자를 고칠 수도 없지만, 그처럼 고치기가 어렵다고 한다.

그렇지만 나는 그 팔자를 고치는 심정으로 살아왔고, 앞으로도 만사 노력하고 최선을 다할 것이다. '진인사대천명'이라 했다.

사주와 성품

사는 것이 경쟁이다. 어떤 때는 '경쟁'보다 '라이벌'이란 단어가 빨리 이해될 때가 있다. 외래어가 그만큼 친숙하고 일상에서 많이 접하고 있어서일 테다. 그러나 경쟁 없이 큰 성취를 가져오기 어렵다. 운동선수는 더욱 그렇다. 경쟁이 곧 삶이다. 어쩌면 경쟁함으로써 더 발전하는 계기가 되고 함께 성장을 가져오는 것이 아닌가 생각도 든다.

경쟁심은 어디에서 나올까. 그 사람의 내면에 있는 성품 차이라고 생각된다. 그럼, 각자 다른 성품은 어떻게 만들어질까. 타고난 사주 팔자와 연관이 있음을 인지했다. 명리학을 공부하면서 얻은 깨달음이다. 어릴 때부터 명리학에 호기심이 있었다. 우리 집을 방문한 어떤 젊은 양반이 식구들 사주를 봐 주면서 이름도 바꿔 주고 그럴듯한 미래 예측도 알려 주는 게 신기했기 때문이다. 그 말들을 싫어할 이유가 없었다. 성장해 오면서 작은 희망과 성공 예감이 되어 주었기 때문이다.

전에, 우리나라 인기 가수를 들라면 남진과 나훈아를 빼놓을 수 없다. 7~80년대 이 두 분을 빼놓고 대중가요 이야기를 하기 어려웠다. 이분들도 한때 인기 관리에 있어 경쟁 상대였나 보다. 듣기로는 라이벌 관계라 했다.

젊은 시절 '남진이 좋다, 나훈아가 좋다'로 말싸움을 많이 했다. 인기 선호도다. 두 분 다 개성이 강하고 잘 태어났다. 한마디로 표현하자면 남진은 사교성이고 나훈아는 카리스마다. 사주 용어로 나훈아는 자존심이라 일컫는 비겁에 관성(官性)의 영향, 남진 역시 강한 비겁에 식상(食傷)의 영향을 받지 않았나 추정해 본다.

본인들은 그렇다 치고 팬 입장에서 정리해 본다. 늘 곁에 있는 짝꿍에게 수작을 건다. "여보, 당신은 남진과 나훈아 어느 분을 더 좋아해?" 짝꿍은 "나야 뭐 나훈아지 뭐, 큰 무대 아니면 서지 않고, 위엄도 있고 멋있잖아". "나는 남진이야, 웃는 인상 좋고 사교적이라 요즘도 TV에서 자주 볼 수 있으니까. 나훈아는 웃는 모습을 보기가 어려워. 그 이유는 TV 등에서 자주 뵐 수 없기 때문이겠지만 말이지." 이런 대화가 오간다.

이러다간 정치 이야기처럼 부부 싸움을 할 수도 있겠다는 생각이 든다. 그러면서 속으로 '그럴 수밖에 없구나' 하고 쾌재를 부른다. 어쩌면 아내의 사주는 비겁이 강하면서 관성의 영향을 받고, 나는 비겁이 약하면서 식상의 영향을 받기 때문이다.

한창 명리학 공부에 빠져 있을 때 용어의 이해와 외우기가 쉽지 않았다. 그 중 지장간(支藏干:지지에 감춰진 천간) 외우기가 제일 어려웠다. 몇 개월은 걸린 듯하다. 몇 년 후 등산복 상의 작은 주머니에 빠딱빠딱한 느낌의 뭔가가 손에 잡혔다. 나도 모르게 비자금을 숨겨 놓았나 하고 호기심으로 열어 봤더니 볼펜으로 지장간을 써서 접어놓은 종이였다. 대청봉 등 장시간 산에 오르며 외웠던 생각에 미소가 번진다.

감히 명리학을 들먹거릴 때는 아직 이르기에 늘 공부 중이다. 나만의 '늘공', 하하.

남대천 개미의 유랑

신축년 소 이야기

신축년이 밝았다. 올해는 12 지지(地支)의 두 번째로 소띠의 해다. 천간 辛은 오행 중 金으로 흰색을 나타내므로 흰 소를 의미한다. 소는 느리지만 부지런하면서 참을성도 있고 우직하다. 그러나 온순하다가도 성이 나면 들이받고 고집부리고 힘을 제어하지 못한다. 나름대로 장단점이 있듯이 우리는 다양성의 세상을 살아가고 있다. 새해가 되어 진지하게 소원을 빌며 모두 잘되길 바라는 마음이다.

소는 오래전부터 농촌 사회에서 매우 유용한 동물이었다. 영농 기계화 이전 소가 없으면 논밭을 갈지도 못하고 경작이 어려웠다. 농업용 소로 길렀고 새끼를 낳아 팔면 돈이 되었으므로 재산 목록 1호였다. 그러기에 소는 한 가족처럼 대하며 살아온 터라 함께한 추억도 많다.

어린 시절 여름 방학을 하면 또래 친구들과 소를 끌고 먹이 찾아다니는 것이 일과였다. 오후가 되면 가까운 야산이나 산골짜기를 선택하여 소를 풀었다. 고삐는 흘러내리지 않게 목에 감아 묶는다. 바짝 두르면 숨쉬기 불편하고, 늘어지게 묶으면 발에 걸려 목을 조이므로 위험하다.

소를 산에 풀어 놓으면 그때부터 자유 시간이다. 그동안 서리도 했다. 주변 밭에서 햇감자를 훔쳐다가 땅에 묻고 마른나무를 구해다가 불을 놓는다. 두어 시간 후 불이 꺼지면 재를 걷고 감자를 끄집어

낸다. 새카맣게 그슬린 감자를 달걀 껍데기처럼 벗기면 흰 속살이 드러난다. 그을음과 감자 향이 범벅되어 아련한 맛이지만 즐겨 먹었다.

동네에서 소먹이 꾼 대여섯이 모이면 소는 10여 마리가 된다. 각자 흩어져 풀을 뜯다가 나중에는 그날 나이 많은 소를 따라 이산 저산 옮겨 다니며 풀을 뜯는다. '동물의 왕국'과 같다. 때로는 소를 잃은 때도 있다. 소 찾으러 주변 골짜기를 헤매다 집으로 돌아와 부모님께 야단도 맞고 온 식구들의 애간장을 태운다. 기다리다 소가 저녁 늦게 집을 찾아 어슬렁어슬렁 돌아오면 안도의 한숨을 쉰다.

소 먹일 시간이 적을 때는 물도랑이나 길옆에서 고삐를 붙잡고 먹인다. 이때는 파리, 모기, 깔따구 등이 끼어들어 인내가 필요하다. 소가 물 묻은 꼬리로 해충을 쫓느라 내 몸까지 물을 튀긴다. 사람이나 소나 힘든 건 마찬가지다.

어느 날, 소를 타 보고 싶었다. 비탈길에서 고삐를 잡고 먹이던 중 위쪽에서 슬쩍 올라타다가 떨어지고 말았다. 이번에는 옆구리를 몇 번 긁어 주니 가만있기에 재차 시도했다가 세 걸음도 못 가서 꿈틀거리며 나를 패대기친다. 그 모습을 동네 어르신에게 들켜 나는 소 타는 아이라는 소문이 나기도 했다.

송아지가 2년 이상 자라 중소가 되면 천방지축으로 돌아친다. 농업용 소로 길들이기 위하여 코뚜레를 뚫는다. 밧줄로 목 댕기를 먼저 만든 다음 소를 어르신 두 분이 양쪽에서 목줄을 잡고 힘으로 제압한다. 마취도 하지 않는다. 코를 만지다가 손에 숨긴 꼬챙이로 생살을

　　　　　　　　　　　남대천 개미의 유랑

순식간에 뚫는다. 그리고는 미리 만들어 놓은 동그란 코뚜레를 꿴다. 피가 철철 흐르는 가운데 세균이 들어가지 못하도록 왕소금을 한 움큼 코에 뿌린다. 아버지들은 강심장이다. 지금의 어르신들은 코를 뚫을 일도 없겠지만, 그 짓은 꺼릴 것 같다.

오일장이 서는 날이면 소를 내다 판다. 이른 아침 소를 끌고 양양 우시장까지 편도 50리가 넘는 길을 나선다. 구불구불 산을 넘고 작은 개울도 건넌다. 그렇게 40리를 가서 먼지 풍기는 비포장 7번 국도로 10리를 더 가면 양양 남대천 둔치 우시장에 도착한다. 벌써 한나절이다. 우시장에는 수십 마리, 어떤 때는 100마리가 넘는 소들의 울음소리와 장에 나온 사람들로 혼란스럽다. 노련한 소 장사들이 여기저기 흥정하면서 거래가 이루어진다. 아버지께서는 키우던 소를 판 섭섭한 심정으로 이웃 어르신들과 막걸리를 드시고 오신다.

어느 장날 아버지께서는 해가 저물어 귀가하여 식구들을 불러 놓고 안주머니에서 소 판 돈을 꺼내신다. 100만 원이 넘는 것 같다. 구경하기 힘든 돈다발이기에 황금같이 대한다. 다시 세어 본다. 그러면서 식구들에게 돈 세는 법을 가르쳐 주신다. 왼쪽 손아귀에 돈을 쥐고 새끼손가락을 위에 얹어 고정한다. 왼손 엄지는 오른쪽으로 돈을 밀치는 동시 오른손 엄지와 집게손가락으로 한 장 한 장 넘긴다. 그 후로 지금까지 이 방식대로 한다. 요즘은 온라인 거래로 목돈을 만져 볼 기회가 없어 씁쓸하다.

소는 아둔한 것 같지만, 위기에 대처할 줄도 안다. 폭우가 내리는 여름철이면 개울물이 금방 불어난다. 소는 뚱뚱해도 헤엄을 쳐서 물을 건넌다. 한 번도 헤엄을 쳐 본 경험이 없고 가르쳐 주지도 않았는데도 말이다. 살아가는 본능인가 보다.

소의 해를 맞아 어린 시절 소에 관한 이런저런 추억들이 되살아난다. 우직하고 부지런한 소의 특성을 살려 올해도 열심히 살라는 뜻으로 받아들여야겠다. 지난해는 코로나로 모든 일상이 멈췄는데, 최근에 백신이 개발되어 치료 단계로 접어들어 다행이다. 위기는 또 다른 기회일지도 모른다. 지금까지 잘 대처해 온 코로나 19를 잘 이겨 내어 하루빨리 일상으로 돌아오는 새해가 되길 손꼽아 기대해 본다.

커피 타는 남자

2017년 퇴직했다. 출근하지 않는다는 자체가 너무 좋았다.

가장 좋은 것은 '시간적 여유'라는 단어였다. 이것이 늘 나에게 주어지다니!, 하고 싶은 대로, 마음 가는 대로 움직일 수 있음에 감사했다. 무료감을 채우려고 들어간 '카카오스토리'에도 이제부터 '자유인'이 되었다고 알렸다. 퇴직 후 직함을 그대로 부르는 것이 못마땅하게 여겨온 터라 그날부터 아저씨도 아닌 채팅 용어로 '아자씨'로 불러 달라고 했다. 지난 일은 빨리 잊고 내려놓기로 마음먹었다.

토요일, 어느 신문의 주말 섹션 'why'의 '별별 다방으로 오세요'를 읽었다. '홍 여사'(조민희)님이 쓴 고정 칼럼이다. 퇴직한 남편 이야기를 썼는데, 나도 이제 이렇게 되는구나. 아내는 물론 가족이나 주변 사람들도 나를 대하는 느낌이 달라질 거고…. 분위기가 묘해졌다. 내게 주어진 처지와 어쩌면 그리 공감이 가는지, 훔쳐 먹다 들킨 것처럼 가슴이 뛰었다. 작가는 나를 들여다보는 듯했다.

문득 아내가 말했다. "여보, 커피 한잔 타 주면 안 될까?" 명령도 아니고 애정 어린 부탁이었다. "응, 그러지 뭐." 41년 직장 생활 중, 결혼 후 33년간 나를 내조했는데 커피 이상도 타 줄 수 있다며 보던 신문을 내려놓고 실행에 들어갔다. "당신이 먼저, 당신을 위하여"라는 생각으로 살아가겠다고 마음먹었거늘.

커피포트를 찾아 물로 한번 헹군 후 수돗물을 받아 넣고 스위치를 누른다. 선반의 찻잔 두 개를 꺼내 식탁 위에 놓는다. 커피와 설탕을 한 숟가락씩 넣는다. 내 것은 설탕 대신 우유를 넣는다. 여기까지 준비하는 데 물은 이미 끓고 있다. 1분 정도면 충분하다. 물을 적당히 붓고 차 수저로 몇 번 저으면 끝이다. 처음엔 커피 찾고 뭐 찾고 하다가 2분, 지금은 숙달되어 1분이면 된다. 이처럼 쉬운 것을 못할 리 없다. 안 했을 뿐이다.

내가 타 주는 커피가 맛있다고 한다. 하기야 그냥 앉아서 받아먹는 커피라서 그런가 보다. 살림 9단의 아내는 내가 조금만 도와주어도 그게 어디냐며 좋아한다. 하지만 내가 탄다고 해서 더 맛있을 리가 없다는 생각이다. 물·커피·설탕의 배합량과 물의 온도가 기본 맛을 좌우하는가 보다. 그리고 찻잔의 재질·모양·색깔 등 시각적인 맛도 한몫한다. 그리고 무엇보다 어디에서 누구와 함께 마시는지, 주변 분위기에 따라 커피 맛이 다르게 느껴질 수도 있겠다. 커피는 기호 식품이지만 난 별로 기호하지 않는다. 누가 타 주면 먹는 수준으로 일부러 달라고 해서 마시기는 드물다.

백수가 되었는데 이 정도는 할 수 있다고 자부심을 느꼈는데 문제는 그다음부터다. 아내는 여유 있을 때마다, 또는 컨디션이 1% 부족하다 싶으면 내게 커피를 주문한다. 내가 타 주는 커피가 제일 맛있다니 아무래도 내가 속은 것 같다. 커피에 설탕이 들어가지만 이건 내게 사탕발림이다. 하하. 그러다 보니 평소 추우나 더우나 난 커피를 타게 되었다. 벌써 3년째다. 이름하여 커피 담당이 되었고 나와 둘이 있을 때만이다. 어쩌다 이 지경이 되었나. 그러나 싫지는 않다. 사랑하는 단 한 사람을 위해 나는 어느새 바리스타가 되어 가고 있다.

요즘 와서 내 커피 휘젓는 걸 보더니, "뭐 그렇게 방정맞게 저어, 커피는 정성이 들어가야 맛있는데"라고 한다. 나는 그저 거품과 함께 팽이처럼 돌아가는 모양이 멋있어서 재미 삼아 열 번 이상 빨리 젓는데, 좀 방정맞기는 하다. 그릇만 안 깨면 되지 뭐. 내가 정성이 좀 부족했나 보다. 그렇다면 이제부터 정성이라는 양념을 추가해야겠다. 정성은 플러스 알파 아닌가.

바리스타는 아니지만 뭐 어때, 요즘 '살림하는 남자들(살림남)'도 많은데 이 정도야 뭐, 즐거운 비명이다. 그 신문의 'why'는 '아무튼, 주말'로 명칭이 바뀌었지만 홍 여사님의 연재는 지금까지 이어지고 있다. 나는 어느새 '별별 다방…'의 애독자가 되었다. 홍 여사님 덕분에 우리 김 여사가 호강하게 생겼다. 나는 어느새 주말뿐 아니라 허구한 날 아내에게 '커피 타는 남자'가 되어 있었다.

이심 동체

짝꿍이 외출했다 들어오면서 호들갑을 떤다.

"너~무 안 맞아, 로또야. 이렇게 안 맞을 수가 없어"라고. 나 들으라는 소리인지, 푸념 섞인 혼자 말인지 반반이다. 기분은 과히 나쁘지 않은 어감이다. 도대체 뭐가 안 맞는다는 거냐고 물었더니, "이것저것, 모두 다…"라고 얼버무린다. 나에 대한 감정도 있는 것 같다. 다시 물었다. "오늘 컨디션이 별로인가 보네, 화투패 뒷장이 안 맞는다는 거지?" 하하. 정곡을 찔렀나. 어쩌다 재미로 하는 백 원짜리 동네 고스톱이다. 그래도 악의 없는 대화다. 이런 대화마저 할 수 있다는 것을 즐겁게 받아들인다.

어떤 때는 내가 할 말이다. 로또처럼 도무지 안 맞는다. 물건을 살 때도 나는 이것, 아내는 저것. 반소매 티를 고를 때도 나는 화려한 색상을, 아내는 검은색 계통을 선호한다. TV 시청도 나는 '아침마당', 아내는 드라마다. 잠잘 때도 나는 발은 이불을 덮어야 하고 아내는 열이 많아 발을 내놓는다. 그럼 반대 방향으로 자야 할까 보다. 마주 보면 69자, 돌아누우면 96자가 되는데, 이거 너무 야했나. 등 돌리면 슬픈데.

어쨌거나 일이 생겼을 때 나는 이렇게, 아내는 저렇게 한다. 로또란 말이 절로 나온다. 하지만 결과는 아내 승이다. 아내 말을 잘 들으면 자다가도 떡이 생긴다는데, 긍정하게 된다. 또한, 나는 미래지향적 또는 개혁적이라 자부하면서 호기심이 많아 덤벙대기만 할 뿐 결과가 약하다. 아내는 조금 보수적이라 과거도 중시하고 침착하여 큰일을 잘 해결한다. 나는 그저 저지르고 아내는 마무리하는 편이다.

평소 집안일을 도우면서 물품이나 전자 제품을 망가뜨리고, 설거지는 가끔 하는데도 그릇을 깨뜨리기 일쑤다. 모든 것이 내 손에 의해 망가진다. 내 인생에 마가 끼었나. 도대체 어디서부터 잘못되고 있나 고민하던 중 어렴풋하게나마 원인을 알아냈다. 10여 년 전부터 사주명리학을 공부하면서 지금까지 풀리지 않았던 일들과 아내와의 로또 같은 의견 충돌이 이해가 되어 고개가 끄떡여진다. 한 가지 예를 들자면, 내 사주에 있어 배우자를 상징하는 글자가 구신(仇神:도움 안 되는) 역할을 하고, 아울러 배우자의 용신(用神:필요한 글자)을 내가 극 하는 글자들이 많기 때문으로 추측되기 때문이다.

아무튼, 그런 것들을 인지하고부터 아내를 조금씩이나마 이해하게 되었다. 그나마 다행이다. 그러거니 하고 내가 쌓은 덕이 부족함을 인정하고 한발 물러선다. 설거지하다가 그릇을 깰 때면, 내 사주에 오행(木火土金水) 중 金이 네 글자나 있으니 손에 살기가 도는가 보다 하고 웃어넘긴다. 같이 살아주는 것만으로도 감사한데 나는 아내에게 보답하기는커녕, 가까운 곳은 걸어 다니고 운동도 하고, 안 쓰는 물건 버리라는 등 짜증 섞인 말투로 잔소리를 한다. 매사 아내를 위하여 그런다고 하지만 듣는 사람이 거슬리는가 보다. 다툼의 시초다. 내가 고치고 내가 변해야 한다고 마음을 먹지만 실행이 쉽지 않다. 엉뚱하게 이야기가 빗나갔다. 선무당이 사람 잡는다고 사주 이야기는 더 정진 후 해야겠다.

어느 날 집에서 혼자 라디오 음악을 듣다 보니 울컥해진다. 슬픈 노래는 아닌데, 노랫말처럼 평소 잘해 주지 못한 미안함 때문이다. 가수 김희진이 부른 '영원한 나의 사랑'이었다. 정말 맞지 않는 로또라서 마음이 상할 때가 있지만, 다시 반성하고 맞춰지도록 노력할 생각이다. 열 번 잘하다가도 한 번 못한 것이 '말짱 도루묵'이 된다. 코로나가 물러가면 가까운 노래방이라도 같이 가서 눈물 나게 했던 이 노래를 배워 들려주고 싶다. 뉘우치고 사랑한다는 뜻에서.

한편, 짝꿍과 일심동체가 되어 말 그대로 짝짜꿍 호흡이 맞는다면, 견제되지 않아 살림도 거덜 나고 되는 일이 없을 거다. 그러니 일심동체가 되긴 글렀다. 아내는 가끔 나보고 혼자 살 팔자라며 너스레를 떤다. 그나마 의견 충돌로 서로를 견제하고 자제하며 내조 깊은 아내 덕분에, 부족하지만 이만큼이나마 살아온 것 같다. 때로는 아내 말처럼 '너~무 안 맞는' 로또가 있어 이렇게 투덜거리기도 하면서 아웅다웅 산다. 아내가 이 글을 읽게 되면 나는 쥐구멍에라도 들어가야 할 텐데. 칭찬도 흉도 아니라면, 너 이래 가지고 언제 철드니? 쯧쯧.

남대천 개미의 유랑

태양초

초보 농군에게 고추 농사는 쉽지가 않다.

매서운 겨울이 물러가고 3월이 되면 제일 먼저 밭을 갈아엎는다. 비료와 거름을 뿌리고 고추 심기 알맞게 두렁을 미리 만들어 놓는다. 그리고 봄비가 내리기를 기다린다. 드디어 비가 오면 비닐을 씌운다. 수분을 확보하기 위함이다. 이제 시장에서 모종을 사다 심으면 된다. 예전에는 '빨간 주머니의 은전'이라 부르는 고추씨를 심어서 모종을 만들었다. 요즘은 고추 농사보다 모종을 키워 파는 농가의 수익도 상당하다. 모종도 비 온 다음 날이 좋다. 심은 후 비가 오지 않으면 가뭄을 타서 물 주기도 쉽지 않기 때문이다. 비를 맞아가면서 심는 것도 농심의 운치다.

영동 지방은 예부터 '양강지풍'이라 하여 봄바람이 심하고 땅이 가뭄에 메마르다. 뿌리가 활착하기 전에 고춧대를 꽂는다. 모종이 30㎝ 정도 자라면 Y자 모양으로 가지가 생기는데 이때 끈으로 묶어 주고 잔가지 순을 따 준다. 한참 영양분을 받고 자라기 시작하면 비닐을 찢고 2차로 비료를 준다. 그때까지 탄저병이 발생하지 않았더라도 비 온 후면 탄저병 방제와 영양제 등을 살포한다. 초기 방제에 실패하여 이미 탄저병이 들면 수확을 50%도 기대하기 어렵다. 사후 방제는 잘 듣지 않는다. 병충해 방제를 하지 않는다면 붉은 고추를 2회 정도 수확하고 주렁주렁 한창 익어가는 고추를 통째로 버리게 되어 1년 농사를 망친다. 겪어 봐야 쓴맛을 안다.

7월이 되면 처음 열린 풋고추를 한 움큼씩 따서 고추장을 찍어 먹는 맛은 여름철의 한 기쁨이다. 맵지 않으면서도 아삭아삭한 녹색 고추에 된장이나 고추장도 음식 궁합이 잘 어울린다. 8월부터 10월까지 붉은 고추를 약 5회 수확한다. 여기까지는 시작에 불과하다. 건조 과정부터 완성품이 되기까지 큰 노력과 정성을 들여야 한다. 수확한 고추는 그늘에서 3~4일 두었다가 시들해지면 마당이나 옥상의 볕이 잘 드는 곳에 20일 정도 말린다. 나의 경우는 아파트 옥상에 말린다. 해가 떠 있는 동안 그늘 한점 없다. 가끔 시원한 바람이 이글거리는 열 그림자마저 날려 보낸다. 그러다가 갑자기 소나기가 올 때면 초비상이다. 부랴부랴 걷어야 하기 때문이다. 비가 올 때는 거실에서 전기장판을 가동하여 말린다.

완전히 마르기 전에 꼭지를 따주어 건조를 재촉한다. 뒤적거릴 때 사르륵사르륵 소리가 날 때까지 바싹 마르면 건조 과정이 끝난다. 이어서 미처 못 딴 꼭지를 정리하고 속으로 곰팡이가 핀 흰 부분과 검은 부분을 가위로 도려낸다. 그다음 행주로 한 개 한 개 먼지를 닦는다. 최종 작업이 끝나면 크고 투명한 비닐 자루에 넣어 보관한다. 이후에도 그냥 두면 습기가 생겨 곰팡이가 피거나 벌레가 생기므로 방앗간에서 가루를 만들어 집에 보관해야 끝이다. 수십 번의 공정을 거쳐 마침내 매운맛 태양초가 탄생하는 것이다.

물론 건조기에 말려 시장에 내다 파는 고추들도 여러 공정을 거치겠지만, 집에서 반찬이나 김치, 고추장을 만들고자 소농으로 경작하는 경우에는 더욱 정성이 들어간다. 최근 면역력을 높이고 코로나 예방에도 도움이 된다고 입증된 우리나라 고추는 그냥 주어지는 것이 아니다. 붉다 못해 새빨갛다고 표현되는 고추는 색과 향 맛 영양이 골고루 들어 있다. 고추로 인해 한국의 대표 발효음식인 김치와 고추장이 탄생하였다.

올겨울도 어김없이 김치를 담갔다. 김치 담그는 과정을 도와주면서 옆에서 지켜보았다. 각종 재료로 가득 버무려 놓은 붉은 양념을 보고, 이른 봄 고추 모종을 심어 태양초가 만들어지는 과정을 그려 보았다. 연초에 시작된 코로나 19는 아직도 종식되지 않고 더욱 기승을 부리고 있다. 끝나지 않은 코로나에 지치고 힘들어하는 사람들에게 저 매운 고추로 만든 김치맛을 보여주고 모두 힘내기를 기원해 본다.

밥이 보약이다

유년시절 쌀 방아 찧으러 갔다.

벼가 한 가마도 되지 않았다. 나중에 익은 벼와 바람에 쓰러진 벼 또는 여기저기서 이삭을 주어 모은 자투리 벼인가 보다. 하교 후 어머니와 둘이 갔었다. 벼를 넣고 5~6회 정도 기계를 통과하니 노란색 벼가 현미를 거쳐 흰 쌀이 되어 나왔다. 정미하는 과정이 신기하고 재미있다. 방아 주인은 기계를 끄고 쌀 몇 되 사용료를 챙긴 후 먼저 집으로 가셨다.

어머니와 나는 쌀을 자루에 퍼 담았다. 그리고는 쌀이 나오는 기계의 쇳덩이 덮개를 위로 젖히고 기계 속에 보이는 쌀을 손을 넣어 깨끗이 빼냈다. 평소 다른 분들도 늘 그렇게 하는 걸 지켜봐 왔다. 그것도 모자라 벨트를 잡아당겨 기계를 돌리며 한 움큼마저 꺼내려다 내 손가락이 벨트에 끼고 말았다. 아팠지만 혼자 해결하려 했다. 손이 빠지지 않아 겁이 덜컥 났다. 낑낑대는 나를 알아채고 어머니가 달려와 힘을 합해 벨트를 돌렸다. 나의 한 손과 어머니의 힘을 합하여 반대 방향으로 일렁이다 손을 겨우 뺐다.

순간 어머니 손이 다시 끼었다. 상황이 바뀌었다. 어머니는 한 손으로, 나는 두 손으로 젖먹던 힘을 다하여 벨트를 반대 방향으로 당겼다. 찌지직 소리를 내며 간신히 벨트에 낀 손을 뺄 수 있었다. 나는 손가락이 금방 붉어지며 화끈거렸다. 어머니는 손톱에 피가 맺히고 검붉은 멍이 들었다. 순식간에 일어난 일이다. 쌀 한 줌 더 건지려다 손해를 봤다. 이걸 가지고 '소탐대실'이라고 하는가 보다. 그 후 자라면서 어떤 기계만 봐도 가슴이 두근거려 손을 대지 못했다.

근래에 와서 쌀의 귀함이 덜해졌다. 20kg에 평균 5만 원 전후다. 한 가정 네 식구가 한 달 정도 먹을 수 있다. 흔한 것이 쌀이다. 식성이 서구화되었고, 간편식이 많이 개발·보급되었다. 그리고 분식과 육류 소비는 늘어난 반면 쌀 소비량은 많이 줄었다. 제발 쌀밥을 먹어 달라고 애원을 하든가 시위라도 해야 할 판이다.

어린 시절 흰 쌀밥을 구경하기가 힘들었다. 감자가 반, 보리쌀, 콩 등 완전 잡곡밥이었다. 흰쌀은 드문드문 섞여 있었다. 반찬도 마땅치 않아 투정을 부릴 때면 할머니께서 "아무거나 먹지, 이놈들이 이 밥에 소고기 반찬을 찾는 거야?"라며 역정을 내셨다. 그 '소고기 반찬'이란 그 당시에는 감히 이루지 못할 꿈이기에 할머니께선 어깃장이나 엄포를 놓는 것임을 나중에 깨달았다. 지금은 쌀밥과 소고기 반찬은 언제든지 사 먹을 수 있게 되었다. 오히려 균형 잡힌 식사를 위하여 일부러 잡곡밥을 먹거나 다이어트를 위하여 육류보다 채식을 선호하는 시대에 살고 있다.

예로부터 밥 지을 쌀을 씻을 때도 한 톨도 흘러버리지 못하게 엄격했고 신성시해왔다. 쌀을 우습게 여기고 낭비하게 되면 하늘에 죄를 짓는 행위로 여겼다. 그만큼 절약 정신이 몸에 배어있었다. 몇십 년이 지난 지금에 와서 먹을 쌀을 걱정 안 하다니 경제가 얼마나 발전한 것인지 지난 시절을 돌아보며 무한한 감사를 드린다. 밥이 보약이다.

아침마당 시간

평일 아침 8시 25분, '아침마당' 시간이다. KBS1TV에서 1991년부터 방송했다고 하니 장수 프로그램으로 2023년 현재 32년이 되는 셈이다. 나 역시 이 프로 애청자다. 예전부터 좋아했지만 이미 출근했거나 집을 나서는 시간 때라서 시청할 기회가 없었다. 월 1~2회 숙직하고 오전 휴무하는 동안 볼 수 있었다. 퇴직 전까지는 그랬다. 어느 날 '아침마당'을 조금 더 보고 출근하려다 지각할 뻔한 일도 있었다.

요즘은 백수가 되어 좋아하는 '아침마당'을 여유 있게 보고 들을 수 있어 좋다. 매주 수요일마다 나오는 '도전 꿈의 무대'를 즐겨 본다. 가수 지망생들의 경연을 보노라니 70년대 새마을 경진대회가 생각난다. 아마도 그 경진대회가 이 프로의 원조인 것 같다. 내가 사는 마을에서는 새마을사업 잘해서 지도자는 군, 도 경연을 거쳐 중앙 무대에서 입상하고 대통령상까지 받는 영광을 가져왔다. 그 덕분에 대외적으로 많이 알려진 마을로 성장하였다.

나의 초교 6학년 시절 마을 앞 다리 공사에 참여했다. 참여하는 데 의미가 있다 했고 특별 취재한다 해서 학생들까지 동원된 듯싶다. 남녀노소 함께 어우러져 일하는 모습을 해외에 그대로 보여준 셈이다. 국익을 위해서라면 보여주기식 행정도 필요하다고 생각된다. 그때 제일 어린 사람을 인터뷰한다고 해서 나와 또래 친구 두 명이 응했다.

남대천 개미의 유랑

뭐라고 말했는지 기억나지 않지만 'TIME' 지에 새마을사업 보도와 함께 내 사진이 올랐다. 친구를 포함하여 마을 어르신과 여섯 명의 사진도 함께 실렸다. 그 소식을 듣고 또래들과 새마을지도자 집을 방문해서 확인했었다. 그 사진을 지금 다시 본다면 저소득 빈민국가 어린이와 다름없을 게다. 그만큼 삶의 질이 열악했다.

매주 수요일 '도전 꿈의 무대'가 이어진다. 이때 출연자들이 자기를 소개하는 것을 보면 왜 그토록 아픈 사람이 많고 불우한 가정도 많은지, 왜 도전하는 사람들은 하나같이 불우한 환경을 경험하는가 생각이 든다. 물론 그럴 수도 있겠지만, 작가들이 미화하고 과대 포장한 것은 아닌가 하는 생각도 든다.

어느 수요일, 아침 운동을 나갔다. 조금 늦었더니 짝꿍한테서 전화가 왔다. "아침마당 나오니 빨리 와, 도전 꿈의 무대 봐야지" 웬일이야!, 채널 싸움 안 하고 내게 양보하는가 보다. 안방 TV가 고장 났는지 작동이 안 되는데 고칠 생각은 하지 않고 채널 싸움하는 요즘이다.

아쉬운 점은, 수년 전 갑자기 내가 좋아하는 개그 프로그램이 폐지되었다. 점점 웃을 거리가 없어지는 것도 국민정서상 바람직한 현상은 아닌 것 같다. 먹고살기 힘든데 웃음을 가져다주는 개그 프로가 국민에게 부담될까 봐서 그런지도 모르겠다. 암튼 지상파든 종편이든 주말 또는 평일의 황금 시간대에, 드라마 한 편 건너뛸지라도 가족과 함께 볼 수 있는 유쾌한 개그 프로 부활을 기대한다.

제3부
그 옛날의 일상

코로나가 세계적으로 확산되지 않았더라면

사람들은 더 천방지축으로 날뛰었을 것이다.

난데없는 감염병으로 인하여

우리에게 겸손과 지혜를 가르쳐 준다.

코로나 이전과 이후의 바뀐 일상에

삶의 의미를 부여하고

주변에서 일어나는 소소한 이야기들을 만났다.

엊그제가 옛날

'아, 옛날이여'– 1985년 이선희가 부른 노래 제목이다.

36년 전 옛날을 이야기했으니 짧은 옛날이긴 하다. 최근 이 노래를 TV 조선 '내일은 국민가수' 오디션에서 유치원생 김유하 양이 불렀다. 일곱 살 어린이가 옛날을 노래하는 것 자체가 예사롭지 않다. 듣는 동안 전율을 느꼈고 그 노래가 유행했던 '80년대 시절로 되돌아간 느낌이다.

만감이 교차한다. 그렇다면 김유하 양의 옛날은 언제를 말하는가. 그의 옛날은 '마스크 안 쓰고 키즈 카페에 가던 때'가 그 옛날이란다. 2019년 12월 코로나 19가 발생했으니 만 2년 전 이야기다. 어쩌면 요즈음의 세태와 딱 들어맞는 우리의 시대상이다. 계산된 기획인지는 모르지만 말이다. 기획이면 또 어떤가. 아무튼, 손장단 치며 앙증맞은 모습으로 노래하는 김유하 어린이 가수의 '그 옛날'이 신선한 감동이다.

엊그제가 옛날이라는 말을 할 때가 있다. 하지만 우리들의 옛날은 할머니, 할아버지께서 들려주시던 수백 년 전, 아니면 그 이전의 여우와 귀신을 연상케 하는 전설이 된 이야기가 떠오르기 때문이다. '국민가수' 오디션은 10월 7일 첫 방송을 시작으로 끝나는 날까지 시청자들을 즐겁게 할 것이다. 자정이 넘어 방송이 종료되지만, 끝까지 보

는 나 역시 즐겁다. 트로트에 이어 다양한 장르의 K-pop 오디션이
시대를 풍미하고 있는 걸 보면, 시간이 소리보다 앞서가는 마하 시대
를 사는 듯하다.

올해 들어 코로나 확진자가 하루 2~3백 명 발생했을 때만 해도 대
재앙이 온 것처럼 국민을 공포에 몰아넣었다. 만 2년 지나도 끝나지
않은 희대의 코로나 유행병은 지난 9월 하루 2~3천 명 대를 오갔다.
그런데도 사람들의 표정에서 놀라는 기색은 보이지 않는다. 오히려
무덤덤한 나 자신에게 놀랄 뿐이다. 긴장이 풀리고 만성이 되고 일상
이 된 것이다.

코로나 이전처럼 그 옛날의 일상은 언제 올 것인가. 11월 들어 '위
드 코로나'라는 또 하나의 신조어가 만들어졌다. 질병을 일상적인 것
으로 취급하며 방역 체계를 완화하는 단계적 일상 회복의 행동 요령
이다. 이후 첫 주말에는 사람들로 붐볐다. 언제 코로나가 왔느냐는
듯 관광지에는 대절 버스가 보이기 시작했다. 나도 산행에 나섰다.
명산의 입장 매표소에는 사람들로 긴 줄을 섰다. 산을 오르다 보니 인
파에 밀려 한참씩이나 그 자리에 머물러 있다가 발걸음을 옮겨야 했
다. 가는 곳마다 만원이다. 이처럼 활기를 띤 적이 얼마 만인가?

2019년 말부터 2021년까지가 정지된 일상이라면 2022년부터는
코로나 이전을 뛰어넘어 어둠을 딛고 일어서는 새로운 일상(뉴 루틴)
이 되기를 기원한다. 그 새로운 일상이 새로운 표준(뉴노멀)이 되어간
다. 그리고 코로나 이전과 이후의 일상이 달라졌다. 사회적 거리 두
기, 재택근무, 할 수 있는 것과 없는 것 등 각종 활동 제한을 만들고

그것을 따르는 데 익숙해져 있다. 또한, 인원 제한으로 각종 모임이 없어졌고 술잔 안 돌리기 등 새로운 사회 풍습으로 자리 잡았다. 앞으로는 어떤 행동 요령과 생활 지침서가 만들어질지 모르겠다.

11월 들어 '위드' 단계 이후 TV 프로그램의 "아침마당, 내일은 국민가수, 개승자" 등에서 방청객이 등장했다. 얼마 만인가. 얼마나 활기차고 생동감 있는지 코로나 이전의 일상으로 돌아온 기분이다. 이번 코로나는 세계적 유행병으로 좀 오래간다. 그러나 결국 인간에게 굴복할 것이다. 어려웠던 코로나 시대도 지나고 나면 그 옛날이 될 것이다. 어쩌면 코로나의 그 옛날은 없을 수도 있다. 빨리 잊는 우리의 습성처럼 훌훌 털고 새해를 맞이했으면 좋겠다.

최근 일일 코로나 확진자 수 3천 명 고지를 찍고 내리막길로 접어들 것이라고 가정해 본다. 희망이기도 하다. 그렇다면 이제 큰 산은 넘은 것 같다. 마치 화산이 폭발하여 최고봉을 찍은 후 용암이 흘러내려 스멀스멀 굳어지는 듯하다. 그 검게 굳어 갈라진 틈새로 푸른 잎이 돋아나고 붉은 꽃이 피어나는 아름다운 상상을 해 본다. 그 잎은 희망이고 꽃은 호랑이를 연상한다. 새해는 2022 임인(壬寅)년 호랑이해다. 壬은 물로서 검은색을, 寅은 푸른색을 의미한다. 그럼 검푸른 호랑이가 되는데, 호랑이는 백호도 있지만 대부분 붉은색을 띤다. 그렇다면 검은 줄이 선명한 호랑이가 연상된다. 그리고 임인년은 하늘이 땅을 살리고(水生木), 지구촌이 축복받는 해가 되지 않을까 기대해 본다.

어쨌거나 그날그날이 최고의 일상이다. 코로나가 지구촌에서 완전히 사라진 2022년 어느 날, 김유하 양의 '아~ 옛날이여~' 노래를 다시 듣는다면 감회가 새로울 것 같다. 엊그제가 옛날이듯 지난 2~3

년 동안의 팬데믹 코로나 시절이 꽤 오래된 옛날인 것처럼 말이다.

이제, 새로운 일상―뉴 루틴(new routine)이 온다. '그 옛날'은 가라. 곧 壬寅 년 새해가 다가올 테니까. 그런데 이게 또 무슨 일인가. 며칠 전부터 코로나 확진자 수가 급증하기 시작하더니 4,000명에 육박하기 시작하고 있으니⋯. 며칠 후 12월 초에 5천 명을 돌파할까 걱정이 앞선다. 이러다가 연말에 1만 명이 된다면, 다시 그 옛날로 회귀하게 되는 건 아닌지 자못 두렵기만 하다. (2021년 11월)

그러다가 2022년 3월 16일, 1일 확진자 62만여 명 넘어서는 대기록을 세웠고. 2023년 5월 11일 코로나 격리의무 해제와 더불어 '완전한 일상 회복'을 선언하면서 '그 옛날의 일상'으로 돌아왔다.

남대천 개미의 유랑

엘리베이터 말고 계단

왠지 어색한 기분이 든다. 제목의 단어 배열이 바뀐 듯하다. 하지만 그건 아니다. 임영웅이 노래한 '계단 말고 엘리베이터'의 선입감 때문인가. 말이 안 된다고 생각하는 것이 오히려 정상인 때가 있다. 요즘, 내가 사는 아파트의 계단을 이용한다. 평소에도 일부러 계단을 이용할 때가 있다. 내려올 때 엘리베이터가 1층에 있거나, 올라갈 때 고층에 있을 때 일부러 당겨와 타지 않는다. 그런데 이번엔 다르다. 무려 한 달 동안 계단을 이용하기로 잠정 계약이라도 한 것 같다. 그럴 만한 이유가 생긴 것이다.

아파트 입주한 지 만 20년이 되었다. 엘리베이터도 나이를 먹더니 수명이 다 된 것인지 최근에 와서 고장이 잦았다. 점검 결과 위험성도 있고 수리비가 많이 들어 완전교체하기로 결정이 났다. 어느 날 엘리베이터에 공사 안내문이 붙었다. 공사 기간은 양쪽 통로 2기 교체하는 데 무려 1개월씩이나 걸린단다. 안내문이 붙은 지 한 달 가까이 되자 문을 폐쇄하고 공사에 들어갔다. 당연히 계단을 이용할 수밖에 없다. 필수적인 수단이다. 이처럼 계단이 대우받기는 처음이다. 그간 엘리베이터의 편리함에 익숙해져서 한동안 계단의 존재를 잊은 듯하다.

상시 계단을 이용하다 보니 평소에 돌아보지 못했던 것들이 드러났다. 계단 공간에 놓여 있는 자질구레한 물건들, 버리자니 아깝고 몇 개월 또는 몇 년간 사용하지 않은 물건들로, 가재도구, 사물함, 자전거 등이다. 관리실에서 방송까지 하며 빨리 치우라고 한다. 소방 점검 시 지적 사항들인데 당연히 치워야 할 물건들이다. 엘리베이터 공사용 자재 운반 등에도 지장이 있어 이참에 말끔히 치울 기회가 온 것이다. 출퇴근하는 분들은 아침에 나갔다가 저녁에 들어오면 되지만 화려한 백수인 나는 하루 평균 3~5회 정도 오르내린다. 핑계지만 백수가 더 바쁘다는 말이 실감 난다. 갈 곳 안 갈 곳 가리지 않고 천방지축 나다니기를 좋아하기 때문이다. 여름철이다 보니 엘리베이터 이용이 쉽지는 않다.

엘리베이터 안에서도 소통은 한다. 출퇴근 등 각자의 시간대에 잠깐 마주치는 사람들이다. 하지만 몇 년간 마스크 쓴 상태에서는 말 걸기도 어색했다. 좁은 엘리베이터 공간은 잘 아는 사람 빼고는 침묵이 흐른다. 그러나 계단에서 만나면 다르다. 어르신들이나 몸이 불편한 분들의 노고가 만만치 않다. 계단을 이용하자니 큰 장애물을 만난 듯 난감한 것이다. 특히 높은 층에 사는 어르신들은 더욱 그렇다. 거꾸로 내려오시는 어르신들과도 만난다. 다리가 아프고, 힘들다는 등 한두 마디 불만을 듣다 보면 대화의 문이 열린다. 엘리베이터 안의 몇십 초에서 계단의 몇 분으로 시간 개념이 바뀐 것이다. 계단에서는 앞서 가라는 말을 하기 전에는 추월하지 않는다. 그러다 보니 자연스레 말을 주고받게 된다. 편할 때는 소통이 어렵다. 바꿔 말하면 힘들기에 대화의 물꼬를 트는 것이다. 무엇이든 쉽게 이뤄지지 않는다.

어느 날 아침, 계단을 내려가는 동안 기분이 상쾌하다. 또닥또닥 발걸음 소리가 나더니 새내기 직장인이 출근하는가 보다. 계단 공간에 은은한 향수 냄새를 간직해 놓는다. 엘리베이터 안에서의 향수는 오래갈 것 같지만 그렇지 않다. 기계가 빠른 속도로 오르내리니 공기의 압력 때문인지 고무풍선의 공기 빠지듯 향이 쉽게 흩어진다. 시간도 짧다. 그러나 계단 공간에서는 꽤 오래 유지되는 것 같다.

향이 머무는 또 한 가지가 있다. 내가 원인을 제공한다. 현관 입구 화단에서 나는 백합 향이다. 5년 전 백합 한 뿌리를 사다 심었다. 화분에 심어 햇빛이 들어오는 베란다에 두었더니 4~5개의 꽃송이가 순차적으로 피어나 한 달 동안 진한 향을 선물 받았다. 꽃이 진 후에는 현관 입구 화단에 심어 놓고 늦가을에 방으로 옮기려 했다. 그러다 생각이 달라졌다. 밖에서 겨울나기를 시도해 본 것이다. 북쪽 화단이지만 얼어 죽기는커녕 봄만 되면 어김없이 새싹이 돋아난다. 3년째이다. 햇빛을 조금 받은 탓인지 꽃대는 가늘면서 키는 2m 이상 자란다. 부러질까 봐 빗물 배수관에 묶어 놓았는데 잠깐 들어오는 빛을 받으려고 유리창에 기대어 자란다.

6월 초순이 되자 종족 번식을 미룰 수 없는지 꽃망울이 생기더니 드디어 봉오리가 터졌다. 때마침 엘리베이터 공사 중이어서 계단을 이용할 수밖에 없는 통로 주민들에게 진한 향을 선물하게 된 것이다. 계단을 이용하는 동안 향의 출처를 알게 된 주민들이 말을 건넨다. 백합 향기만큼이나 출근길에 좋은 일이 생길 것 같은 느낌이란다. 그 말에 나도 기분이 좋아진다. 원인 제공은 범죄 또는 결과가 좋지 않은 사건의 단서 등을 나타내지만 이렇게 상쾌한 원인 제공을 할 줄이야. 엘리베이터 교체가 마무리되면 백합꽃도 시들어 향을 뿜기 어렵겠지만, 주민들의 마음속에 한동안 그 향이 머물 것이다.

이처럼 계단 이용은 몸이 불편하거나 물건을 운반할 때는 힘들지만 좋은 점도 생각해 본다. 일부러 걷기도 힘든데 자연스럽게 유산소 운동까지 시켜 주니 한 달 후에는 우리 아파트 주민들이 한층 건강해질 것이 확실하다. 아픈 다리가 좋아졌다는 분들도 있을 것이다. 무엇이든 다 좋은 것도, 다 나쁜 것도 없다.

그렇지만 어쩌나. 엘리베이터 교체 공사가 완공되면 그야말로 '계단 말고 엘리베이터'가 될 텐데 말이다. 아무튼, 계단에서 이뤄졌던 소통이 엘리베이터로 이어지길 기대해 본다. 그간 계단을 오르내린 덕분에 더욱 건강하고 밝은 모습들과 함께.

일요일의 남자들

'일요일의 남자' 하면 누가 생각날까.

정답은 없지만, '전국노래자랑'의 명사회자 송해 선생이 떠오른다. 그런데 '남자들'이라니, 또 다른 사람이 있다는 말인가. 내게 있어 일요일의 남자는 일요일만 되면 산을 찾는 남자들을 말하고, 그들 중에 나도 속해 있다. 이름하여 '일요일의 남자들'이다.

산악회 모임은 대부분 주말에 갖는다. 토요일은 주 5일 열심히 일한 보상으로 가족과 함께 의미 있는 시간을 보내거나, 여행 또는 평소 미루던 일을 한다. 그리고 일요일은 계획을 잡지 않는 날이 많다. 그저 소일거리를 즐기며 쉬는 것이다. 반면에, 그 틈을 내서 일요일 산행을 하는 단체들도 있다. 한 주간 쌓인 스트레스를 날려 버리고 재충전의 기회로 산행에 나선다.

이곳 '(사)관동산악회'도 매주 일요 산행을 한다. 타 시ㆍ도 등산대회 등 장거리 산행을 제외하고는 느긋하게 아침 9시에 출발한다. 여유가 있어 좋다. 산악회에 들어온 지 3년째로 월 2~3회 참가한다. 가는 곳은 주로 내설악과 남설악 주변으로 아직 못 가 본 곳이 많다. 갔던 곳을 또 가도 매번 새롭다. 등산하면 대부분 가을을 떠올린다. 전에 나도 그렇게 생각했다. 물론 춥지도 덥지도 않고 단풍이 물드는 가을 산행이 최적이기는 하다. 그런데 막상 산악회에 들어와 보니 가을만이 전부가 아님을 알았다. 산에 오르는 등산객들은 계절을 타지 않는 것이다.

봄 산행은, 만물이 움트고 꽃피는 초목에서 생동의 경외감을 맛볼 수 있다. 여름은 신록으로 우거진 산천 계곡을 오가며 산소 목욕을 즐길 수 있고 등산로에서 마주치는 여러 종류의 야생화들과 살아 있는 동·식물과도 교감할 수 있다. 가을에는 그야말로 만산홍엽의 화려함과 결실의 풍요를 즐길 수 있고, 겨울은 앙상한 나뭇가지에 세찬 바람, 눈 내림에 얽힌 추억, 무채색의 쓸쓸함을 느끼며, 인내와 기다림을 배운다. 그러면서 이듬해 새봄을 꿈꾼다. 산행은 한가한 사람들이나 즐기는 운동이 아니며, 그렇다고 특별하지도 않다. 누구나 가질 수 있는 마을 산책길, 둘레길보다 조금 강도 높은 걷기의 진화일 뿐이다.

사계절 등산을 즐기면서 대자연을 벗으로 삼는다. 山水는 자연을 대표한다. '인자요산 지자요수'라 하였듯이, 어질거나 지혜롭기는 어려워도 산과 물을 좋아한다. 산은 겸손을 가르친다. 한 발 한 발 가볍고 정중하게 딛는다. 헛디디면 낭떠러지다. 영화 'THE BFG'에서 '작은 거인'처럼 축지법을 써서 헬리콥터보다 앞서 달릴 수 없지 않은가. 천 리 길도 한걸음부터다.

산행은 목적지만 정해질 뿐 정해진 행로가 따로 있는 것이 아니다. 골짜기를 따라가든, 능선을 타고 가든, 비탈길을 돌아가든, 가는 곳이 길이다. 평탄 길만 걸을 수는 없다. 주어진 삶도 오르막길과 내리막길을 반복하듯이 그 오르내리는 과정에서 보람을 찾고자 한다. 때로는 목적지에 도달하지 못할 수도 있다. 기상 이변이나 안전사고 등 예상치 못한 변수가 따른다. 그래도 실망하지 않는다. 가는 데까지 가다가 되돌아오는 것이다. 다음에 다시 가면 된다. 등산은 단순

남대천 개미의 유랑

한 육체적 운동이 아니다. 함께하는 동료와의 교감과 배려이자 자신을 돌아보며 깨닫는 삶이다. 그러다 보니 자연의 법칙에 순응한다.

인생의 흐름도 산행과 다르지 않다. 오르막길이 있으면 내리막길이 있다. 목적지에 도달하면 반드시 내려와야 한다. 그리고 하나씩 내려놓아야 한다. 정상에 오래 머무를 수 없다. 뒤에 오는 사람들에게 양보하는 것이다. 그 누구도 밀려오는 뒷물을 감당하지 못한다. 왕후장상도 별수 없다. 이것은 말 없는 명령이다. 그 자연의 명령에 따라야 한다.

7월 들어 '코로나 19'로 단체 산행을 자제하고 유례없는 개별 산행을 즐기고 있다. 맑은 날씨가 나를 그냥 내버려 두지 않는다. 지난 6월 7부터 60~64세 백신 접종 기회가 주어졌다. 첫날 'AZ' 신청하여 10일 1차 접종을 마쳤다. 8월 26일 2차 접종 후에는 산행을 예전처럼 함께 즐길 수 있을 것 같다.

이제 여름의 막바지이다. 일요일만 되면 어느 산이든 마다하지 않는 '일요일의 남자'들, 동행하는 '일요일의 여성들'. 이런저런 세상 사는 이야기들 나누며, 코로나 이전처럼 자연에 취할 날이 하루빨리 왔으면 좋겠다.

오늘은 8월 첫 주 일요일, 마음은 벌써 산에 가 있고 몸은 산행 준비로 움직인다. '일요일의 남자'가 된 나는, 눈부신 양양 낙산의 아침 햇살을 받으며 즐거운 산행길에 나선다.

주식의 시대

- - - - - - - - - - - - - -

'주식의'라고 하면 '의식주' 순서를 잘못 나타낸 말로 들릴지 모르겠다. 고정관념이라고 해 두자. 예로부터 사람이 살아가는 데 필요한 기본적인 3요소를 의식주(衣食住) 해결이라고 했다. 그중 옷이 먼저였다. 먹는 것은 나중이고 양반의 체면을 살리는 것이 관례였다. 친구들과의 대화에서 뽐낼 일이 있을 때 '…의관을 정제하고'라는 말을 자주 써먹던 친구가 생각난다. 예로부터 옷만 잘 입어도 굶지 않는다는 말이 있다. 무시당하지 않고, 있어 보이고, 요즘 말로 외모 지상주의(비주얼)다. 양복을 입을 때와 예비군복을 입을 때 말과 행동이 달라진다고 하지 않았는가. 술에 취했을 때도 양복을 입은 상태에서는 막말이나 행동이 막가파식으로 나가지 않게 된다. 스스로 절제가 되는 것이다. 옷이 품위이고 날개다.

의식주는 전혀 순서가 변할 수 없는 수학 공식 같이 느껴진다. 어릴 때부터 그렇게 불러 길들어져 왔기 때문이다. 오랜 고정관념을 바꾸기가 쉽지 않다. 그러던 것이 이제는 '식의주'나 '주식의'로 불러도 아무렇지 않게 느껴졌으면 좋겠다. 좀 어색하긴 하지만. 나에게 있어서 한때 '식의주'로 불러야 한다고 주장한 적이 있었다. 친구와 언쟁도 벌였다. 한참 경제 성장이 오르막을 달릴 때였다. 없는 살림에 성장해오면서 당연히 먹는 것을 중요시해왔다. 먹는다는 것은 곧 살아 있음을 뜻하는 것이니라. 돈은 삶을 윤택하게 해 주었다. 지금도 크게 다르지 않지만…. 먹고살기 힘든 시절, "돈이 있어야 양반이다. 외상으로는 소도 잡아먹는다. 금강산도 식후경이다."라는 말을 들으며 살아왔다. 돈은 곧 식(食)이다. 있어야 사 먹을 수 있다. 내일 땟거리가 없어도 우선 먹고 보자는 식이었다. 원시 시대부터 먹는 것이 먼저였다. 그러니까 식의주 생활 구조에서 경제 성장을 이루어, 먹는 것이 원만해지면서 의식주로 불리게 된 것이라 본다.

여기까지 읽으면서, 독자들께서는 무슨 이야기를 하려는지 눈치챘을 거다. 최근에 와서 도심 아파트·주택·전세 등 집 문제가 쟁점화되고부터는 '주식의' 시대에 사는 듯한 생각을 지울 수 없다. 주식(株式)으로 돈을 버는 그런 뜻이 아니다. 집이 대세이고 집이 먼저다. 인간의 기본 욕구 중에 먹고 입고 자고 편히 쉴 수 있는 내 집이 최고라는 것은 자연스러운 생각이다. 안 먹어도 뿌듯하다는 말은 이를 두고 한 말인가. 난센스이길 바라지만 이 시대 어린이들의 미래 꿈이 건물주가 아니던가, 하하. 10여 년 전만 해도 젊은이들은 집이 없어도 개인 자동차는 필수라는 생각을 했었다. 생활 수단으로 집은 나중이었다. 물론 둘 다 있으면 더 바랄 나위가 없겠지만 말이다.

그러니까, 먹는 것이 살아 있음을 깨닫게 했던 약육강식의 '식의주' 시대에서 ⇒ 눈부신 경제 성장으로 먹는 것이 해결된 후로는 외모도 갖추고 아름다움을 가꾸어 자신을 나타내면서 자연스럽게 '의식주'로 변천해 왔고 ⇒ 근래에 와서 풍요롭고 낭만이 살아 있는 오랜 염원의 전원주택이나 전망 좋은 고층 아파트를 꿈꾸며 삶의 가치를 높이고자 하는 잠재의식의 발로에서 '주식의' 시대에 살고 있다는 생각을 해 본다.

순서는 시대에 따라 달리 평가하고 해석된다. 이중 어느 것이 먼저랄 것 없이 균형을 이루어 삶의 질을 높이고, 함께 잘 사는 태평성대를 기대해 본다. 어느 단어를 먼저 불러도 어색하지 않을 만큼 말이다. 그야말로 자고 일어나면 허무한 꿈이 아니길 꿈꿔 본다. 꿈도 야무져!

남대천 개미의 유랑

궁금하면 오백 원

마트에 장 보러 갔다. 짝꿍이 카트를 가져오라는데 동전이 없다. 장 보는데 카트는 기본이고 카트를 빼는데 오백 원짜리 동전이 필수다. 백 원짜리 다섯 개도 소용없다. 없으면 계산대에서 바꿔 와야 한다. 500원의 존재 가치를 느껴 본다. 여성들은 동전 지갑이나 다용도 주머니가 달린 핸드백에 넣고 다니면 되지만 남자들은 옷 주머니에 넣고 다니기는 불편하다. 무겁기도 하고 쩔그렁거려 귀찮은 존재로 여긴다. 요즘은 대부분 신용카드를 쓰니 거스름 동전을 만질 이유가 덜하다. 그러니 마트에 가려면 미리 오백 원의 동전을 챙겨야 하지만 잊을 때도 있는 것이다. 오백 원하면, 한때 유행했던 개그맨 허경환의 '궁금하면 오백 원!'이라는 말이 먼저 떠오른다.

내게 있어 오백 원의 가치는 하루 일당이던 시절이 있었다. 초교 졸업 후 가사 사정으로 중학교 진학을 하지 못해 1년 쉴 때였다. 아버지와 형은 맡은바 농사일을 해야 하므로 하루 품앗이가 못 되는 나를 일터에 내보냈다. 국유림관리소에서 주관하는 산불 지역 벌채 조림을 위한 경계 표시를 하는 일이었다. 일손이 귀한 데다 빈둥빈둥하다 보니 '놀면 뭐 해?' 쯤으로 생각된 듯싶다.

이웃 몇 분과 한 조가 되었다. 솔과 흰 페인트통을 갖고 다니며 산림감독이 지시하는 대로 해당 나무에 띠를 두르듯 페인트를 칠하는 작업이었다. 옷에 페인트 범벅이 되고 불탄 나무의 숯이 온몸에 묻고 땀에 젖어 몰골이 말이 아니었다. 심한 갈증을 느껴도 물 먹으려면 계곡을 찾아 나서야 한다. 세상의 힘든 일을 그때 처음 겪었다.

저녁이 되어 일당을 받으러 오라 하기에 동사(지금의 마을회관)에 모였다. 60여 가구가 사는 시골 마을에 유일한 상점 집을 동사로 쓴다. 그곳에서 노임을 받는다. 어르신들은 받은 돈으로 술도 마시며 담배까지 피우고 있어 방안은 연기로 자욱하다. 산림감독은 방에서 차례대로 돈을 나눠 주고 있었다. 나의 차례가 왔다. 어린 나를 한참 쳐다보더니 가소롭게 보였는지 선심 쓴다는 식으로 500원짜리 한 장을 내게 주었다. 지폐였다. 그것이 얼마나 큰 돈인지 깨닫지 못했다. 주변 사람들로부터 어린 내가 대견스럽다고 격려해 주는 걸 보니 어른 품값이란 걸 알았다. 곧장 집으로 와서 부모님께 드렸더니 어른 몫을 받아왔다고 흡족해하셨다. 그럴 만도 했다, 14세였으니까.

그해 가을 추석 명절이 돌아왔다. 4촌 큰댁에 친척들이 모였고 이야깃거리도 많다. 왁자지껄한 이유는 객지에서 오신 6촌 큰 누님 때문이다. 나보다 20세가량 많은 누님은 화통하고 언변 술이 뛰어나서 동네가 떠들썩했다. 그럴 만도 하다. 누님은 직업이 무속인으로 유명세를 탔기 때문이다. 무당 중에서도 큰 무당이라 부르고 강릉 단오 행사에 굿을 도맡아 한단다. 그래서인지 통이 크고 용돈도 잘 주신다. 직업에 걸맞게 친척들은 물론 동네 사람들의 신수점도 잘 봐 주었다. 어머니와 같이 갔었는데 내게는 무슨 점괘를 봐주셨는지는 기억나지 않지만 500원짜리 지폐를 받는 것만은 분명하다.

지난봄 산림작업을 할 때는 그처럼 힘들게 일하고 500원을 받아 보람과 자부심이 대단했는데, 이번에는 불로소득으로 같은 액수의 용돈을 받았으니 세상 요지경인 셈이다. 어린 나이에 극과 극에서 얻은 오백 원의 가치와 행복을 또 다른 의미로 체험한 셈이다. 그때의 지폐 오백 원은 지금 20만 원 정도로 느껴진다. 참고로 2022년 정부 노임단가의 보통인부임은 148,510원이다.

지금의 화폐는 10종류다. 10단위로 일원부터 만원까지 5종, 5단위로 오 원부터 오만 원까지 5종으로 5만 원권이 제일 높다. 요즘은 아이들에게 세뱃돈 5만 원은 줘야 체면이 선다. 반면 10원 이하는 구경하기도 어렵다. 그렇다면 이제 10만 원권이 나올 만도 하다. 지하로 숨지만 않는다면 말이다. 그때가 되면 5만 원권은 지금처럼 귀한 대접을 덜 받게 될 것이다.

얼마 후 짝꿍과 그 마트에 다시 갔다. 장보고 나오면서 카트를 보관대에 놓고 500원을 빼 오려는데 마침 손잡고 걸어오는 젊은 연인이 카트를 꺼내러 온다. 나도 5백 원을 꺼내기가 번거롭기에 잠시 기다렸다가 "500원 나를 주고 이 카트 가져가세요." 했더니 "400원밖에 안 되는데 괜찮겠어요?" 한다. "네, 괜찮아요." 하면서 100원의 가치를 무시하고 선뜻 카트를 건넸다. 그랬더니 "감사합니다. 복 많이 받으시겠어요."라면서 웃으며 고맙다는 인사를 연거푸 한다. 그 말과 행동이 싫지가 않다. 백 원 손해 본 것을 백만 원어치를 베푼 듯 나도 미소로 답했다.

주차장까지 돌아오며 그 백 원짜리 동전 4개를 주머니에 넣지 않았다. 쩌렁거리지 않아서 좋다. 대신 손에 담아 일부러 흔들며 쩌렁거려 본다. 한 개의 동전은 소리를 낼 수 없다. 4백 원이기에 가능하다. 최근 정치적 논란이 된 '짤짤이?'의 맛이 이랬던가. 아무튼, 큰 것을 베푼 것처럼 기분이 좋다. 오늘 일과도 잘 풀릴 것 같다. 물품을 갖고 주차장으로 먼저 간 짝꿍은 차 안에서 내가 왜 싱글벙글 한지 알 턱이 없다.

'궁금하면 오백 원!'

사라지는 청첩장

막상 딸 시집보내려니 신경 쓸 일들이 많아졌다.

나야 뭐 평상심을 가져 보지만 짝꿍의 몸과 마음은 엄청 바쁘다. 말 그대로 한두 가지 신경 쓰이는 것이 아닌가 보다. 청첩장 보내기도 쉽지 않다. 작년에 스마트폰을 잘못 조작하여 1,500여 개의 번호가 몽땅 날아갔기에 더욱 난감했다. 또한, 내가 보낸 경조사비 목록에는 주소는 없고 이름만 적어놓은 것이 80%다.

한 달 동안 친구, 지인, 선후배, 친척 등 주소는 더군다나 알 수 없어 갖가지 방법으로 전화번호를 알아내기에 이르렀다. 그리하여 대부분 메시지 카톡 등 모바일 청첩장을 보냈다. 그나마 내가 경조사를 보낸 분들께만 알렸다. 처음에는 60세 이하 분들까지만 모바일로 보내기로 했다가 마음이 바뀌었다. 어르신들도 스마트폰을 잘 활용할 수 있다는 생각에 70대 어르신들까지 모바일로 알렸다. 성의 없이 좀 건방지다는 생각도 들었으나 개의치 않기로 마음먹었다. 한편으로는 시대에 앞서가는 듯한, 아니면 유행 따라 흐르는 대열에 합류하는 듯한 기분이 들기도 했다.

그리고 보니 앞으로 수년 이내에 우편 청첩장이 없어지겠다는 생각이 들었다. 기존 직업이 없어지고 새로운 직종이 늘어나듯이 이것도 유행 삼아 슬그머니 자취를 감출 수밖에 없다는 생각을 해 본다.

물론 하객 답장도 모바일로 대신했다. 식 다음날 바로 전달할 수 있어 좋았다. 어르신들께는 좀 실례가 될 줄 모르겠지만 말이다. 처음 결혼 일정을 잡을 때는 여유를 부리다가 날을 잡아 놓고 보니 정말 시간이 빨리 지나가는 것이 아닌가. 그때부터 실감이 났다. 3개월 전, 2개월, 1주 전, 그리고 하루 앞으로 다가온다. 발등에 불은 껐고 결혼식 당일은 덤덤하기만 했다.

받은 축의금이 여러 유형으로 재미있다. 이름만 쓰신 분들은 친척이나 잘 아는 분들이니 당연하다고 하겠고, 주소는 쓰고 이름 안 쓴 분, 나중에 알고 보니 내게 전해야 할 축의금을 다른 결혼식장에 전달한 배달 사고, 같은 날이라 난 다른 분 결혼식에 축의금을 준 적이 없는데 나중에 고맙다는 답장이 온 것 등이다.

금액의 범위도 3만, 7만, 11만 등 액수에 대하여도 재미있다. 아직도 3은 살아 있다. 5~10년이 지났는데 3만 원 그대로 받은 경우, 물가 인상분은 반영하지 않았다는 것에 웃음이 나왔다. 신사임당이 그려진 오만 원권이 제일 많다. 7은 행운의 숫자라서 그런가 보다. 11은 뭐지? 실수로 잘못 넣었나. 앞 잔칫날 못 왔다고 며칠 늦었다면서 계좌로 보냈다기에 확인해 보니 이자를 보냈나. 아니면 여유 있게 살라는 뜻인지. 개그맨 허경환처럼 '궁금하면 오백 원?' 주고 물어볼 수도 없으니 말이다.

5만 원권 발행 이후 한편으로 생각해 보니 3만 원이 더 귀하게 느껴졌다. 액수보다 마음이 중하고, 많으면 많을수록 나중에 갚을 빚은 더 늘어간다는 진리. 암튼 액수를 떠나서 모든 분에게 정말 고마울 따름이다. 2019년 11월 써 놓은 이야기다.

사라지는 것들이 청첩장뿐이겠는가. 집 전화기, 산소, 제사 등은 실행 단계에 있고, 최근 챗 GPT로 글을 쓴다면 전업 작가들도 설 자리가 없어질 수 있다는 위기감을 느낀다.

잔칫날 아침 소동

지역 소도시에서는 딸을 멀리 시집보낼 때 잔치를 두 번 한다. 앞 잔치와 본 잔치다. 앞 잔치는 대부분 2주 전에 한다. 먼 곳까지 참석하지 못하는 지인분들에게 배려하기 위함이다. 언제부턴가 그 전통(?)이 유지되고 있다. 여건상 최근에는 앞 잔치를 생략할 때도 있다.

지난번 앞 잔치는 잘 치렀고, 본 잔치 당일 8시 서울로 출발하기 위해 버스를 대기시켜 놓았다. 버스가 있는 약 50m까지 짐을 운반하려고 시동을 켜니 시동이 걸리지 않았다. 차 안에는 필요한 옷가지, 물품, 간식거리 등 필수품을 가득 실어 놓은 상태이다. 차 보험 서비스까지 긴급 출동 점검을 해도 말을 듣지 않았다. 정비소까지 견인해야 한다고 했다. 이렇게 난감하고 당황한 적이 없다. 두 시간 전에 머리를 한다기에 시내 어느 헤어샵까지 바래다줄 때까지도 멀쩡했는데 이렇게 당황한 적이 없었다.

하객들은 모두 차에 타고 있고, 나는 아직 양복도 못 갈아입고 실내복 복장으로 왔다 갔다 설치고 있었다. 하객들이 내려와 '오늘 결혼식 가는 거 맞아?' 하는 눈치였다. 오가는 차량에 잠시 양해를 구하고 버스는 다시 한 바퀴 돌아 좁은 길목에 정차한 후 하객들이 짐을 옮기는 수고를 끼치게 했다. 그 와중에 순간적으로 생각나는 것이 '재해·재난은 예고 없고 때와 장소와 사람을 가리지 않는다'는 말이 실감 났다. 무슨 표어 같다. 출발 30분이 늦어졌지만, 예정 시간에 도착해서 무사히 본 잔치를 치렀다. 어휴~, 지나고 생각하니, 한사람 잔치를 두 번 치렀기 그 정도지, 세 번 했으면 어쩔 뻔했겠느냐는 여유에 미소가 번진다.

다음 날 아침 시동을 다시 걸어도 말을 듣지 않았다. 할 수 없이 차량 정비소를 가기 위해 보험 서비스를 신청했더니 견인차가 왔다. 신차를 산 후 13년째 한 번도 견인되지 않았는데 뒤로 매달려 끌려가는 모습에 마음이 찐했다. 정비소에서 이것저것 점검해도 이상이 없다고 했다. 한참 후에 다시 연락이 왔다. 키에 문제가 있는 것 같다고 했다. 차 키의 컴퓨터 점검 결과 작은 코일 나사가 빠져서 그랬다는 것이다. 아무 일 없었다는 듯이 차를 끌고 오면서 참 다행이라는 생각이 들었고 한편으로는 어제 아침 그처럼 당황한 것이 너무 허탈하여 웃음이 나온다.

어쨌거나 차에 생명을 다시 불어넣게 되어 기분 전환이 되었다. 생명이란 단어를 쓰다 보니 사물을 대하는 마음가짐을 달리해야겠다는 생각이 들었다. '오 마이 갓!' 이 아니고, '오 마이 카!'. 키가 나를 화나게 했지만 그래도 고마워~.

재해는 사람을 가리지 않음은 물론 시간과 장소도 가리지 않는다는 것을 새삼 느끼게 하는, 가장 바쁘고도 행복한 하루였다.

꿀벌들의 질서

꿀벌을 관찰한 적이 있다.

아카시아 꽃필 때면 주변에서 수십 개의 양봉 통을 드나드는 수천, 수만 마리의 벌들을 만날 수 있다. 그런데 서로 부딪치거나 밀착되어 죽는 경우가 있을까. 어쩌면 벌들은 자연적으로 일방통행을 만들 줄 아는 두뇌를 지녔을지도 모른다. 벌통을 드나드는 벌을 관찰했다. 꿀을 물고 와서 벌통 안까지 날아 들어갈 수는 없다. 그러니 출입구에 사뿐히 내려앉아 한 뼘 정도 기어들어 간다. 줄 서서 꼬리를 물고 대기하고 있다가 먼저 도착한 동료를 따라 들어간다. 그러다가 밀리면 잠시 기다릴 줄도 안다. 서로 양보하기도 하고 나름대로 질서를 지키는 듯했다. 누가 시키지 않아도 자연적으로 길들여져 있는 것처럼 보인다. 그것이 그들만의 질서이고 법인가 보다. 사람이나 미물이나 스스로 만들어 놓은 질서는 지켜져야 마땅한 것이다.

그처럼 동물의 세계에서도 나름대로 질서를 유지하며 살아가는데, 작년에 일어난 이태원 골목 159명의 압사 사건은 너무도 안타깝다. 2023년 1월 국립과학수사연구원 감정 결과에 따르면 '1㎡당 11명으로 압축되어 유체 상태였고, 1명당 최대 560kg의 압력을 받았을 것'으로 추정하고 있다. 극심한 병목 현상이다. 이는 7, 80년대 설·추석 때 버스터미널이나 기차역, 또는 안내양이 있던 시골 완행버스에서나 적용되는 줄 알았는데 그게 아니었다. 뉴스를 접하는 순간 '이

건 후진국 사고인데…' 라는 느낌이 강하게 들었다. 눈부시게 발전한 2022년에 이르러 어떻게 이런 사고가 일어나다니 믿겨지지 않는다.

지난 시절, 설이 돌아와 '토정비결'을 보았다. 과욕을 버리고 마음가짐을 조심하여 액운을 막기 위한 방책으로, 연례행사였다. 어머니께서는 동네 어르신한테 온 가족의 생년월일을 대고 보고 오셔서 무엇무엇을 조심하라고 알려주신다. 연휴 끝나고 출근하면 복 많이 받으라는 덕담과 함께 '토정비결' 결과를 서로 이야기한다. 대체로 물 조심, 불조심하고, 구설수가 있으니 무엇을 멀리해야 하고, 어떤 분은 '사람 많이 모인 곳에 가지 말'고 하더란다. 물론 난센스이지만 주변에서 늘 접하는 일상에서 함께 조심하자는 뜻으로, 상대를 배려한 동료들과의 덕담이기도 하다.

계묘년 새해가 밝았는가 싶더니 1월이 감쪽같이 지났다. 연초에 계획했던 일들을 실천하고 있는지 점검해 본다. 2월은 24절기의 첫 번째인 입춘이 들어있으니 봄이 멀지 않다. 올 계묘년부터는 핼러윈 사고처럼 최소한 억울하게 생명을 다하는 일이 절대 없었으면 하는 간절한 바람이다. 얼마 전 핼러윈 행사 때 모인 사람들이 밀집된 채 이동하는 영상 뉴스를 접하다 보니, 지난여름 관찰한 꿀벌들이 떠오른다. 함께 살아가고 또한, 함께 살아 내기 위해서라도 질서는 꼭 지켜져야 하지 않을까. 질서는 꿀벌한테서도 배울 수 있는 매우 편하고 쉬운 것임을 새삼 깨닫게 한다.

댓글 이야기

가수 현숙의 '내 인생의 박수'라는 노래가 있다.

내게 박수 칠 날은 언제인가. 지나갔을까. 아니면 지금 이 순간인가. 전 국민이 코로나 19로 어려운 시기를 맞고 있는 요즘 수고한 자신에게도 한 번쯤 박수를 보내고 위로를 해주면 어떨까.

나는 여기서 댓글에 대하여 생각해 본다. 마음을 입으로 표현하면 말이고, 생각을 쓰면 글이 된다. SNS 이용자라면 누구나 흔히 주고받는 본 글, 댓글, 답글이 일상화된 지 오래다. 대부분 즐겁게 단다. 조언과 격려도 아끼지 않는다. 스쳐 지나듯 글을 일필휘지로 내던지기도 한다. 때로는 의무적으로도 달기도 한다. 악플을 다는 분들이 있어 마음 상할 때도 있다. 심하면 극단적인 선택을 하는 유명인들도 있음을 뉴스로 전해 듣는다. 대부분 개의치 않고 그냥 흘려보낸다. 좋은 글들을 읽기도 바쁜데 악플 달 시간조차 아깝다. 달지도, 읽지도 않는 것이 바람직하다.

짧은 글이라도 그 사람의 분위기, 감정을 짐작할 수 있다. 생각이 있는 댓글 또는 답글을 통해 정보 전달과 공유 공감 소통하면서 감정을 조절하고 용기 희망 격려의 글들을 받아들여 마음의 위안을 가져올 수 있다. 같은 글에서 저녁에 다는 댓글과 아침에 다는 댓글이 다를 수도 있다. 그날의 있었던 일과 그때그때의 상황과 기분에 따라 본 글과 동떨어진 댓글을 쓰게 되는 경우이다. 하루 지나 다시 읽어 보면

'내가 왜 그런 댓글을 달았지?' 하고 스스로 놀라기도 한다.

2000년대 초반 어느 닷컴에서 제공한 '40대 이상의 사랑방'에서 본 글 댓글 답글을 가끔 주고받았다. 아날로그 시대를 벗어난 느낌이었다. 그러니까 일찍 시작하여 먼저 겪었다. 악플은 아니었어도 글로 공방하다가 감정싸움으로 어느 한쪽 또는 쌍방이 탈퇴하는 사례도 봐왔다. 매도 먼저 맞는 것이 낫다더니 그것 또한 지나갔고 한 단계 발전해 왔다. 그땐 지금의 카스나 페북 등 여러 매체처럼 일상화되지 않은 시기였다. 스마트폰의 전 국민 보급으로 아날로그 시대의 막을 내리면서 비밀 채팅으로부터 개방하여 세상에 드러내놓았다.

내게 있어 기억에 남을 만한 댓글도 있었다. 삐삐 시절 모르는 분이 자꾸 181818 숫자를 보내왔다. 아는 분이 장난치려니 하고 넘어갔는데 계속해서 보내왔다. 안 되겠다 싶어 190190으로 응수하니 멈추더라. 나중 숫자가 힘이 더 센가 보다, 하하. 나도 놀랍고 우습다. 그분이 누구였는지 알 수 없고, 알 필요도 없다.

어쨌든 부끄럽지 않은 댓글을 달아야겠다. 이름하여 선플. 그래도 세상은 선플이 많다. 정치 종교적 이야기는 대부분 꺼린다. SNS에는 글들이 넘쳐나고 좋은 글도 미쳐 못 읽을 판이다. 어쩌다 남에게 마음의 상처 주는 댓글을 달았더라도 지금까지 성숙한 시민 의식으로 발전하는 과정이었다고 생각하고 앞으로는 없어졌으면 좋겠다.

김종원 작가는 "SNS는 시간 낭비가 아니라, 시간을 그대 삶에 남기는 것이다."라고 했다. 글은 말보다 오래 기억된다. 그게 선플을 다는 이유이기도 하다. 소셜네트워크가 일상화된 지 오래다. 코로나 이

후 더 그렇다. 남에게 해를 끼치지 않고 자신에게도 피해가 돌아오지 않는 착한 댓글이 정착되기를 바라고 있다.

바쁘게 살아가는 세상살이에서 남이 쓴 글의 댓글과 '좋아요' 표현은 잘하면서 자기를 칭찬하는 데는 인색하기만 하다. 나 잘 났다고 자랑하면 뻔뻔한 사람으로 인식되는 탓이다. 유교적 영향이라고 본다. 유튜브 개인 방송 등 '자기 PR 시대'라는 말이 오래전에 나왔다. 이참에 자신을 사랑하고 격려하는 의미에서 자신에게도 만족할 만한 댓글이나 답글이라도 한번 달아 보면 어떨까.

일기를 쓰듯, "이 멋진 사람, 오늘도 수고했어, 잘했어, 고마워, 난 할 수 있어, 난 참 괜찮은 인간이야, 내 인생에 박수!" 뭐 이런 댓글을 말이다.

우산의 품격

7월 장마철이다.

때로는 장마답지 않게 억수같이 비가 퍼붓는다. '비' 하면 우산이다. 우산은 실과 바늘처럼 비와 동행한다. 비와 더할 나위 없는 영혼의 단짝이다. 사람들은 그런 영혼의 단짝인 우산을 쉽게 구해서 잘 쓰다가도 비 오는 날 망가지면 미련 없이 버린다. 한때 여러 행사장에서 흔하게 받아 오던 물건이 우산인 적이 있었다. 살면서 이렇게 얻은 우산만 해도 한 해 두서너 개쯤은 되다 보니 어느 때는 물품 보관함에 10여 개가 자리를 차지한다. 재산도 그렇게 불어났으면 얼마나 좋을까. 그런데 우산은 애착이 덜하고 소모품이다 보니 정작 필요할 때 찾으면 보이지 않는다. 흔해서 소중하게 여기지 않는 탓도 있다. 비 오는 여름철에는 더 빨리 소모된다. 남에게 빌려 주기도 하고 자주 잃어버리기도 한다. 말이야 그렇지 빌려 주는 것이 아니라 그냥 주는 것이다. 서로 돌려받기도 원치 않고 돌려주지 않아도 그만이기 때문이다.

비 올 때 우산은 정말 필수품이다. 갑자기 소나기라도 내리면 당황스럽다. 애타게 우산을 찾는다. 갖고 다니기 귀찮더라도 가지고 올걸, 집에 많으면 뭐하나 하며 후회하기 일쑤다. 없으면 간절히 바라다가도 비 그치면 소용없는 우산이다. 더울 땐 양산 대용으로 쓰기도 하는 양수 겸용이다. 한낮의 폭염보다 낫지 않은가. 양산은 여성들만 쓰고 다니는 전유물이 아니듯이.

비바람 몰아칠 때 우산이 뒤집힌다. 비닐우산은 물론 철살 우산도 견디지 못한다. 바람에 정면 대항하다가 이기지 못하고 옆으로 약간 힘이 밀리기라도 하면 그만 뒤집힌다. 다리 위에서는 위험하다. 강한 비바람을 버티다 보면 우산과 함께 넘어질 수도 있다. 버티기 어려우면 드러내 놓거나 뒤집힘을 당하는 것이 차라리 낫다. 뒤집힌 우산을 바람의 방향으로 돌려 대면 원위치 되지만 온전하지 못하다. 살 하나라도 부러진다. 이때부터 우산의 가치가 떨어지고 폼이 안 난다. 한 번 더 쓰고 버려야지 하면서 보관한다. 그러다 다음 비 오는 날 그 우산을 무심코 들고 나갔다가 사람들을 만나면 왠지 자신이 초라해지는 느낌이 든다. 무슨 죄를 지은 것 같이 떳떳하지 못하다. 사람까지 천하게 보인다. 천한 우산은 있어도 사람까지 천하게 보인다면 낭패다. 양복에 고무신 신은 것 같이 품격을 떨어뜨린다. 품격이 밥 먹여 주는 것은 아니지만, 기분을 떨어트리는 것은 분명하다.

우산은 고쳐 쓰기도 어렵다. 재활용 분리도 어렵다. 대체로 손잡이는 플라스틱, 우산대와 살은 철, 덮개는 천으로 결박되어 있기 때문이다. 특히 살 하나라도 망가진 우산은 펴고 접기가 수월하지 않아 보관 장소도 마땅치 않다. 사용한 젖은 우산은 현관 주위에 아무렇게나 둔다. 쭈그려 있어 보기도 안 좋다. 생활 풍수를 말하지 않아도 그렇게 느껴진다. 그러하니 망가지면 쉽게 버려지는 게 우산의 숙명이다.

비 오는 날 저녁 모임이 있을 때는 품격이 떨어지긴 하지만 아예 헌 우산을 들고 나간다. 잃어버려도 그만이기 때문이다. 우산은 단지 비를 피하기 위한 수단이지 목적이 아니기 때문이다. 비 오는 날 주식

남대천 개미의 유랑

(酒食)을 같이하는 자리는 혼란스럽다. 식사를 먼저 끝낸 사람이 미처 우산을 못 챙길 때면 종종 남의 우산을 대수롭지 않게 가져가는 경우가 있는 것이다. 조금 양심 불량이지만 크게 나무랄 일도 못 된다. 살아가면서 그러한 경험이 있기 때문이다. 한 사람이 우산을 잃으면 나중에 나오는 사람들은 우산이 네 것 내 것 없이 바뀔 수가 있다. 우산을 잃으면 찾으려 하지도 않는다. 되돌려주는 사람 또한 없다.

버려진 우산, 잃어버린 우산이 주인 잘못 만났다고 나를 원망할 것 같다. 우산 시집보내는 것도 아니고, 우산 내팽개치듯이 그런 식으로 사물을 대하지 말고 매사를 소중히 다뤄야 할까 보다. 함부로 대하다가 버린 것을 우산이 안다면 주인에게 얼마나 섭섭해 할까. 우산도 감정이 있다면 말이다. 최고 주목을 받았던 우산은, 작년 아프간 난민 입국 시 어느 고위직의 환영 인사 때 직원이 비 맞으며 꿇어앉아 받쳐 주었던 그 우산이 아닌가 싶다. 사람이 아니라 우산이 대우받았다고 조크했더라면 황제 의전 논란까지는 안 갔을지도 모르겠다.

비 오는 날 우산이 없으면 황당하다. 체면 무시하고 찌그러진 우산이라도 찾는다. 사람이 참 간사하다. 비 올 때와 안 올 때, 즉 화장실 들어갈 때와 나올 때처럼 간사한 마음과 함께 살아가는 듯하다. 양면성이다. 버릴 땐 언제고….

가랑비 내리는 어느 가을날 단풍이 물든 한적한 공원에서 형형색색 우산을 쓰고 거니는 모습이 정겹다. 또한, 무채색의 한적한 도시에서의 칼라 우산을 상상해 본다. 보는 눈도 즐겁고 마음도 밝아짐을 느낀다.

비와 우산에 관한 노래도 많이 있다. 시詩적 표현이다. 우산은 낭만과 추억이 있고 쓰는 사람의 기분과 품격까지 들먹인다. 그리고 봄비 우산은 발랄하고 희망적이라서 생동감이 든다. 가을비 우산은 낭만적이지만 어딘가 쓸쓸하고 우울한 느낌이 든다. 문득 '이슬비 내리는 이른 아침 빨간 우산, 파란 우산, 찢어진 우산 셋이 학교길을 나란히 걸어간다'는 동요가 생각난다.

우산은 계절이 주는 색상과 느낌이 다르지 않다. 비와 우산이 나와 함께해야 할 존재라면 이번 여름에는 예쁜 패션 우산이라도 하나 준비할까 보다. 비 올 때 안성맞춤인 우산에 최소한의 고마움과 그만의 품격도 지켜주고 물건을 소중히 여기는 마음을 갖기 위해서이다. 화려한 무지개색 우산이면 좋겠다.

바람 속의 먼지

- - - - - - - - - - - - - - - -

12월은 속도가 보인다. 바람 속의 먼지처럼 휙휙 지나간다. 곧 새해가 온다.

2022년의 사자성어를 '과이불개'로 정했다고 한다. '잘못하고도 고치지 않는다'는 뜻이다. 사자성어는 매년 12월이 되면 그해의 정치 경제 사회 등 각 분야를 통틀어 네 글자로 나타내는 것이다. 대부분 공자 노자 등의 어록에서 한 단어를 채택한다. 정하는 방식은 추천을 받아 전국 대학교수들의 설문을 통하여 선정, 교수신문에 발표한다. 출처를 검색해 보니 '과이불개'의 어원은 뒤에 네 글자가 더 따라붙는다. 공자의 논어 '위령공'에 나오는 '과이불개 시위과의(過而不改 是謂過矣)'로서, '잘못하고도 고치지 않는 것, 이것을 잘못이라고 한다'에서 따온 글이라고 한다.

어느 날 아침, 신문을 보다가 사자성어 소식을 듣고 짝꿍에게 말했다. 무슨 중요 사건이라도 알리려는 듯 호들갑을 떤 것이다. "여보, 올해의 사자성어가 '과이불개'란다."라고 했더니, "뜻이 뭔데?"라며 되묻는다. "잘못하고도 고치지 않는다는 뜻이래."라고 말했더니, 번갯불처럼 되돌아온다. "누가 참 잘 만들어 냈다, 그건 바로 당신이야!"라고 한다. 하하, 되로 주고 말로 받는다. 뜨끔하긴 하다, 번갯불에 덴 것 같다. 평소 앞뒤 안 가리고 불쑥불쑥 실수를 반복하다 보니 그럴 만도 하다. 뉘우치지만 쉽게 고쳐지지 않는다.

마침 어느 '힐링 음악 밴드'에 캔자스의 '바람 속의 먼지(Dust In The Wind)'라는 음악을 올려놓았다. '우리 인생은 모두 바람 속에 먼지일 뿐'이라는 가사와 함께 흐르는 음악을 들으니 서먹해진다. 음악은 지금의 내 기분과 처해있는 상황에 따라 슬프게, 때로는 즐겁게 들리기도 한다. 이거 무슨 기분인가. 연말이 다가와서 그런가. 일주일 자유롭게 보내면 어느새 주말이 되듯 빨리 흩어진다. 12월은 더욱 그렇다. 이제 며칠 지나면 새해다.

올 한해 잘못한 것들, 못된 행동, 과분한 욕심 등 모두 흘러가는 시간 속에 묻는다. 생각해 보니 웃음이 나기도 한다. 지나온 잘못을 뉘우치고 버려야겠다는 생각이 들자 기분이 나아진다. 그렇게 반성할 시간도 많지 않다. 어물어물하다 보면 준비 없는 새해를 맞게 되기 때문이다. 매년 12월은 늘 빨리 지나가는 느낌이다. 월말이라기보다는 한 해가 저문다. 임인년에 이어, 다가오는 계묘년도 천간(하늘)이 지지(땅)를 도와주는 글자 조합을 이룬다. 낮은 곳에서 열심히 노력하면 하늘이 도와준다는 이치로 받아들인다. 癸卯의 癸는 검은색을 의미하므로 흙 토끼의 해가 된다. 토끼는 12지신 중 가장 온순한 동물이다. 토끼는 꾀 많고 다산 풍요 지혜를 상징하는 의미로 새해는 모두에게 좋은 일들이 많이 만들어지기를 기대한다.

며칠 남지 않은 임인년의 '과이불개'는 연말정산 하듯, 잘못한 것들을 모아~모아서 세상 밖으로 날려 버려야겠다는 생각을 해 본다. '바람 속의 먼지'처럼.

남대천 개미의 유랑

제4부

자연과 함께

흐르는 물과 같이 자연 순환의 법칙에 따라 적응하고

삼월, 희망, 봄, 꽃, 음양의 균형 등

자연과 더불어 마음의 안정과 힐링을 얻는다.

아울러 10년, 20년이 지나도 기억이 생생한

구제역 르포와 태풍 루사 이야기를

'견담'에서 가져와 못다 한 이야기를 추가했다.

3월에 내린 첫눈

개가 사람을 물면 뉴스감이 안 되고 사람이 개를 물면 뉴스거리가 된다는 이야기를 들어 봤다. 어색한 비유가 될지 모르겠으나 오늘이 그런 날이다. 2020년 3월 16일 양양 지역에 첫눈이 내렸다. 첫눈이 뉴스감은 아니다. 그러나 작년 겨울에 이어 지금까지 첫눈이라면 이건 분명히 이야깃거리는 된다. 내린 눈은 3~5㎝ 정도, 그리고 그것이 끝이다. 겨울 동안 첫눈이자 마지막 눈이 된 셈이다. 오래 살아 보지는 못했지만 나 어릴 때부터 60여 년이 지난 지금까지 이런 경우는 없었다. 한 번도 경험하지 못한 기상 이변이다. 북극 빙하만 녹아내리는 줄 알았는데 앞으로는 우리나라도 눈과 얼음을 구경하기 어려운 시대가 올 수도 있겠다는 상상도 해 본다. 자연의 신은 어쩌다 눈 내림을 잊고 잠시 건너뛴 것인가. 우수·경칩도 지나고 개나리 진달래가 피고 있는데, 이제야 첫눈이라니!

그 첫눈에 마음이 설레어 아침 일찍 가까운 '모로골 솔숲길'로 향했다. 말 그대로 소나무 숲길 산책로이다. 양지쪽은 그나마 다 녹아 버리고 응달쪽에만 눈이 남아 있다. 주변에는 진달래와 샛노란 동박(생강나무) 꽃이 여기저기서 반긴다. 나도 반갑다. 진달래꽃이 눈에 맞아 조금 시들어 있다. 꽃이 피거나 말거나 봄눈은 피는 꽃을 배려하지 않는다. 그것이 자연이다. '하지 않아도 못 하는 것이 없다.'라는 노자의 무위자연을 생각하며 자연 앞에 겸손해진다. 이른 시간이라 아무도 눈을 밟지 않았다. 뽀드득 발소리가 즐겁다. 문득 장난기가 발동한다. 이왕 발자국을 낼 바에야 품위 있게 걸어야겠다는 생각이 들었다. 느릿느릿 팔자걸음은 안 된다. 11자로 걷는다. 보폭을 최대한으로 높인다. 뛰어도 본다. 누군가 감히 내 발자국을 따라 밟지 못하도록…. 뭐 대단한 사람이 지나가는 것도 아닌데 이건 무슨 심보인지 모르겠다. 웃음이 나온다.

이런 생각을 하며 잠시 돌아보니 발자국이 고스란히 남는다. 내가 걸어온 과거다. 조금 있으면 운동하는 사람들이 오가면서 발자국이 흐트러져 알아볼 수 없겠지만 말이다. 그리고 아직 흔적이 없는 앞길은 곧 내가 가야 할 미래다. 새로운 길이다. 그 길에 그림을 그리고 싶다. 호기심·희망·계획·실천·완성, 이러한 단계로 무엇인가 이뤄질 수 있다고 생각하면서 걷다 보니 힐링이 되는 것 같다. 곧 맞은편에서 걸어오는 몇 분과 마주친다. '코로나 19'로 마스크를 쓴 분, 안 쓴 분이 반반이다. 가까이 스칠 때는 숨을 멈추기도 한다. 나도 마스크를 쓰지 않았다. '안녕하세요'라는 일상적인 말을 건네기도 어색하다. 지나온 발자국은 곧 녹아 없어질 것이다. 보이지 않는 발자국, 지워진 과거다. 안 좋은 기억들과 스트레스도 함께 지워진다. 짧은 시간에 그래도 이게 어디냐며 위안으로 삼는다.
　돌아오는 길에 아쉬움이 남는다. 1시간도 안 되었고 스마트 폰의 'work on'은 1만 보 걸음도 못 미치기에 '구탄봉(九嘽峰)'에도 가 봐야겠다는 생각이 들었다. 즉시 실천에 옮겼다. 이번엔 차로 3㎞ 정도 이동 후 어느덧 구탄봉 입구에 다다랐다. 양양 남대천의 남쪽에 위치한다. 구탄봉은 통일신라 시대 도선 대사가 명당을 찾아 아홉 번 올랐다가 아홉 번 감탄했다는 유래로 붙여진 이름이다. 양양 시내에서 남대천을 끼고 4㎞ 거리에 있다. 높이 200m 남짓 하지만 계곡이 있어 깊은 산을 오르는 듯하다. 여기도 온통 소나무 숲으로 차 있다. 응달쪽 일부는 참나무 비탈이다. 키 작은 나무에서 드문드문 녹색 잎이 돋아나 아침 햇살에 빛난다. 생동감을 느낀다. 그러고 보니 녹색 꽃이 없는 것 같다. 여름철 온갖 무성한 산과 들의 늘 푸른 세상에서는 못 느꼈는데, 피어나는 녹색 잎이 이처럼 귀하고 아름다운 줄 미처 몰랐다. 녹색 꽃이라 해도 어색하지 않다. 귀해야 대접받는 세상이다.

구탄봉 정상 전망대에 오르니 언제 눈이 왔었냐는 듯이 하늘은 맑고 상쾌하다. 북쪽으로 양양 시내가 한눈에 내려다보이고 동쪽으로 탁 트인 동해와 수평선이 일품이다. 서쪽은 대청봉, 남쪽은 정족산이 보인다. 산 밑에서는 시원하게 건설된 동해고속도로가 훤히 들어오고 달리는 차에 시선이 따라간다. 일주일에 2~3회 오르는 재미, 이 맛에 산다. 내려오는 비탈길에서 고라니를 만났다. 후다닥 가로질러 뛰어가는 바람에 깜짝 놀랐다. 그 녀석은 나를 보고 더 놀랐는지 보폭이 3m를 넘는다. 나를 앞서가니 나보다 더한 놈이다. 내 뒤를 따르면 나보다 못한 놈이 될 텐데, 하하. 한참 뛰더니 그 녀석도 숨이 차는지 나를 뽀~오 하고 잠시 쳐다보다가 이내 숲속으로 사라진다.

산·바다·강을 언제 어디서나 쉽게 접할 수 있는 양양에 산다는 것이 고맙고 자랑스럽다. 양양의 도시 브랜드 '고맙다! 양양'처럼 말이다.

그렇듯 인간을 배려하지 않는 대자연의 봄은 이미 와 있다. 마음 속에도, 바깥세상에도. 봄은 희망이다. 인내와 기다림은 더 큰 행복을 가져올 것이다. 남 눈치 안 보면서 가고 싶은 데 가고, 보고 싶은 데 보고 자연을 함께 느끼며, 때론 친구들 만나 막걸리라도 한잔 하며 세상 사는 이야기를 나누고 싶다. 이번 코로나로 인하여 '소소한 일상'이 그처럼 큰 행복이라는 것을 깨닫게 한다. '코로나 19'에서 '20까지 이어지는 악명 높은 전염병을 퇴치하느라 대한민국의 의료진 · 방역 요원 · 자원봉사자 · 공무원 등 많은 분이 애를 많이 쓰신다. 자랑스럽고 정말 고맙다. 빨리 잊는 우리의 습성처럼 시간이 좀 지나면 봄눈 녹아내리듯이 코로나도 곧 자취를 감출 것이다. 3월 첫눈이면 어 떠냐. 이미 겨울은 잊었고, 봄은 벌써 와 있는데….

들판의 달래 냉이도 빨리 봄맛을 보라고 재촉하고 있다. 온갖 꽃들이 피어나고 신록으로 물드는 4월이 기다려진다. 오늘도 움직인다, 누군가에게 감사하고 사랑하며, 늘 접하고 있는 나만의 소소한 일상 속으로!

새로운 봄

　오늘은 입춘이다. 봄이 오고 있음을 알리는 날이다.

　올해는 설 지나고 3일 후인 2월 4일이 입춘이라 다소 절기가 빠른 느낌이 든다. 봄이라고 하면 먼저 '입춘대길'이라는 말이 떠오른다. 입춘에는 시각이 있다. 새벽 0시부터 시작하지 않는다. 올해의 입춘은 2월 4일이 맞지만, 정확히 말하면 입춘 시각은 05시 51분이다. 그 이전 태어난 아기는 신축년 소띠이고 이후에 태어나야 비로소 임인년 호랑이띠가 된다. 띠가 바뀌는 날은 1월 1일 새해 아침도 아니고 설날도 아니다. 입춘날이 실질적으로 임인년이 시작되는 것이다. 그러므로 일 년 중 입춘은 절기학적으로 매우 중요한 날로 본다. 요즘은 채소 과일 등 비닐하우스 재배가 발달하여 연중 농산물이 생산되지만, 예전에는 한해 농사지을 씨앗을 점검하고 준비하는 절기가 입춘이다. 비로소 봄이 되어 농사일이 시작된다는 의미이다.

　봄은 청춘이다. 역동적이고 생동감 넘치며 마음이 설레기 때문이다. 벌써 TV에선 남쪽 봄꽃 소식을 알려 준다. 하얀 눈 속에서 핀 노란 복수초가 세상에 봄이 왔음을 알리고 오동도의 동백꽃은 새색시 화장하듯 붉은 자태를 수줍게 내밀고 있다. 집 앞 매화꽃 봉오리도 팥알만큼 굵어졌다. 2월의 체감 온도는 쌀쌀하고 몸은 아직 움츠려 있어 봄을 받아들일 준비가 덜 된 것이다. 마음만 기지개를 켠다.

여름철 삼복더위 지나면 가을이 오듯이, 봄 또한 동지 소한 대한 세 번의 추위를 견뎌 내야 봄이 온다. 입동은 아직 추위를 느끼지 못하다가 동지가 되면 겨울이 왔음을 실감한다. 동지부터 낮이 하루 1분 정도 길어진다. 이름으로 보면 대한이 가장 추워야 하지만 소한이 더 춥다. 대한도 체통을 살리느라 소한의 눈치를 보는 것 같다.

동장군은 입춘이 두려운가 보다. 얼어붙은 골짜기는 얼음 속으로 물 흐르는 소리가 들리고 강가의 얼음이 갈라지며 녹는다. 버들가지도 움틀 준비를 한다. 복수초는 언 땅을 깨고 눈을 머리에 이고 제일 먼저 봄을 알린다. 꽃말은 복과 장수를 의미하지만, 세상 사람들에게 엎드려 있지 말고 복수초처럼 일어나라는 깨우침인지도 모른다.

정초 1월 1일은 이미 해가 바뀌었지만, 새해를 실감하지 못한다. 신정과 구정이라는 오랜 고정관념 때문이기도 하다. 그렇다면 구정은 신정 이전이라야 앞뒤가 맞겠는데 1월 1일 새해가 밝은 이후 구정이라 한 것이 좀 그렇다. 예전의 음력설을 말하는 것이겠지만 먼저가 나중이 되어 혼동된다. 1989년 구정을 설날로 바꿔 부르면서부터 구정이란 말은 들어보기 어렵다. 전부터 '설을 쇠야 나이 한 살 더 먹는다.'라는 말을 들으며 자라왔다. 어쨌거나 오늘처럼 입춘이 되어야 비로소 띠가 바뀌는 실질적인 새해가 된다.

봄은 공평하게 주어진다. 잘났거나 못났다고 해서 더 주거나 덜 주는 것도 아니다. 햇볕은 그늘을 만들지만 봄은 음지와 양지를 배려하지 않고, 부빈귀천(富貧貴賤)을 고려하지 않는다. 다만 봄을 더 찾아 먹을 수는 있다. 봄을 느끼며 만끽하는 것이다. 반면 봄의 감각을 느

남대천 개미의 유랑

끼지 못하다면 무미건조하고 주어진 희망을 저버리는 듯하다.

'봄' 앞에는 '새'를 붙여 새봄이라 하는데, 여름은 '새 여름'이라 하지 않고 초여름으로 부른다. 사계절 중 '새' 字를 붙일 수 있는 계절은 오직 봄밖에 없다. 왜일까…. 아마도 혹독한 겨울을 이겨 내고 만물이 소생하기 때문이 아닌지 모른다. 그래서 새롭게 시작한다는 의미에서 새봄이다. 해마다 어김없이 새봄이 돌아오기에 생기가 넘치고 희망을 노래한다. 불행하게도 지난 2년은 '코로나 19'로 외부 활동이 억눌려 있었다.

그런데도 올해가 기대되는 것은 올 3월 대선이 있고 서서히 국운이 바뀌는 변화의 계절이기 때문이다. 누가 되든 그렇다. 그래서 지난해보다 나아지고 또한 새로워지기를 기대하는 것이다. 2월 중순이 되면 우수 절기에 비가 내려 대지를 적신다. 이어서 3월 초 경칩이 되면 물이 스며든 땅이 갈라져 겨울잠 자던 동물들이 엉금엉금 기어 나온다. 개구리도 우물 밖을 꿈꾼다. 어디 개구리뿐이랴. 겨울잠 자는 다람쥐 뱀 미꾸라지 곰 등 동물들도 어수선한 바깥세상이 몹시 궁금해서 참을 수가 없나 보다.

이제 '팬데믹 코로나'가 물러갔다고 가정해 본다. 어쩌면 독감처럼 같이 생활해야 할지 모른다, 위드 코로나 시대다. 그렇게 일상이 바뀌고 생체 리듬이 바뀐다. 무엇보다 희망적이고 역동적이다. 봄은 잠들어 있는 '나'와 우리를 깨운다. 계절 바뀐 줄도, 세상 바뀐 줄도 모르냐고 보채니 더 엎드려 있을 수가 없다. 새봄이 되어 오랫동안 움츠렸던 몸과 마음에 한껏 기지개를 켠다.

봄은 늘 새롭다. 그리고 봄날 햇볕은 따사롭다. '봄은 고양이'라고 노래한 시인처럼 양지바른 툇마루에 앉아 졸린 눈으로 세상을 바라보는 것도 낭만적이다. 오늘 입춘으로 시작되는 2022년의 새봄이 더욱 새롭고, 모든 이에게 만사여의 형통한 임인년이 되길 기대해 본다.

남대천 개미의 유랑

봄날은 간다

꽃피는 4월이다. 완연한 봄이 온 것이다. 입춘이 지나고 2월 중순쯤 되면 제일 먼저 복수초를 발견한다. 복수초는 눈 속에 핀다. 그리고 3월이 되면 진달래, 생강나무, 목련, 개나리, 벚꽃 등 봄꽃으로 이어진다.

깊은 산에 가면 4월에도 복수초를 구경할 수 있다. 복수초는 뭐가 그리 급하여 일찍 피어나는 걸까. 누구에게 보여 주려고 피는 것은 아닐 테다. 여러 종류의 꽃들도 나름대로 피는 시기와 목적이 있겠지만, 인간은 알 수가 없다. 알려고 할 필요도 없다. 꿀벌도 나오기 전이다. 산새들이 알아줄까, 눈과 바람이 알아줄까. 알아준다 해도 예쁘다는 감정을 표현할까. 사람에게 발견되지 않아도 그뿐이다. 구태여 누구를 기다리지도 않는다. 보여 주려고 자랑하지도 않는다. 안 봐줘도 섭섭해하지 않는다. 다만 누군가에게 들키지 않으면 혼자 피었다가 지는 것이 아쉽기는 하다. 참으로 겸손하다. 그저 자연의 섭리일 뿐이다.

복수초는 꽃말이 '영원한 행복', 서양에서는 '슬픈 추억'이란다. 복수초(福壽草)를 한문 풀이대로 하면 복 많이 받고 장수하라는 뜻이 담겨 있다. 그러고 보니 설날과 관련이 있지 않을까. 설은 보통 1월 말에서 2월 초순쯤이다. 신축년 설은 2월 12일이었다. 설이 들어 있는 정월에 피는 것이 우연만은 아닐 것이다. 복수초는 노란색의 작은 꽃이다. 노란색의 심리는 시작과 관련이 있고 빛과 희망을 의미한다. 일찍 피는 이유가 새해의 복과 건강 장수, 희망을 주기 위해서라면 이보다 더 바랄 것이 없다. 물론 사람이 만들어 놓은 꽃말이지만 새로운 의미를 붙여 주고 싶다.

진달래는 어떤가. 영동 지방은 3월이 한창이고, 깊은 산에는 4월까지 핀다. 진달래꽃이 질 때면 철쭉꽃으로 이어지고 5월까지 간다. 소나무, 참나무 등 키 큰 수목에 가려 응달에서 주로 서식한다. 양지를 싫어하는 것은 아니겠지만 어쩔 수 없이 큰 나무 밑에서도 적응하는 것이다. 대부분 연분홍색이지만 햇빛을 많이 받는 양지쪽이나 산 정상 부근에는 진한 바이올렛 색을 띤다. 꽃말은 '절제, 청렴, 사랑의 즐거움'이란다.

어릴 때 어르신에게 들은 이야기가 생각난다. 진달래가 만발할 때면 산에 가지 말라고 했다. 문둥이가 간을 빼 먹는단다. 아이들을 꽃밭으로 유혹하여 기절할 때까지 간지럽히면 웃다가 정신을 잃는다. 그때 간을 빼 간다는 것이다. 생각만 해도 몸서리친다. 여기서 꽃과 간은 붉은색과 연관이 있는 듯하다.

더 오싹한 이야기도 있다. 도깨비 이야기다. 봄이 되어 따뜻해지면 온 산이 진달래꽃으로 물든다. 지금은 산림녹화에 성공하여 숲이 무성하다. 전에는 키 큰 나무가 많지 않고 관목들이 온 산을 점령하고 있던 시절이다. 진달래 또한 관목으로 산 중턱부터 정상 부근에 많이 핀다. 봄나물을 뜯으러 산을 찾는다. 한낮이 되면 아지랑이가 가물가물 피어오른다. 곧 나른해지고 잠이 온다. 산 중턱 양지쪽에는 묘지

남대천 개미의 유랑

가 많다. 무서운 생각도 든다. 그래도 그 부근에서 많이 쉰다.

　비몽사몽 졸고 있는데 갑자기 그림자가 어른거리더니 사람이 나타난다. 붉은 저고리에 녹색 치마를 입은 묘령의 여인이다. 댕기 머리에 진달래꽃을 꽂고 내 앞을 지나간다. 얼굴은 볼 수 없다. 아찔한 순간에 저만큼에서 나를 되돌아본다. 미소 지으며 내게 접근한다. 말은 하지 않는다. 나를 유혹하려는 것이다. 머리끝이 서며 온몸에 소름이 돋는다. 가까이 다가오는 순간 몸이 굳어지며 시선을 피했다. 잠시 고개를 숙였다가 들어 보니 여인은 감쪽같이 사라졌음을 깨닫는다.

　이게 꿈인가, 생시인가. 허깨비를 본 것인가. 도깨비에 홀린 것인가. 그래서 말을 하지 않았구나. 허깨비나 도깨비는 귀가 없고 말을 하지 않는다고 들었다. 허깨비는 쳐다볼수록 커져서 내가 그 기세에 눌려 죽는다고 했다. 도깨비는 섬뜩하지만, 귀신처럼 무섭지는 않다. 그리고 도깨비는 사람에게 해를 끼치지 않는다고 한다. 해마다 봄이 되면 이처럼 묘령의 여인을 봤다는 이야기를 전해 들었다. 어릴 적 마을 주변에서 번쩍거리는 도깨비불을 많이 보면서 자랐다.

　줄거리는 조금 달라도 옷차림은 붉은색 또는 녹색으로 일치한다. 진달래꽃 피는 봄이 되면 그 화려한 한복을 입은 묘령의 여인이 실제로 다가오는 모습이 연상된다. 귀신은 음흉스럽고 도깨비는 화려하다. 귀신처럼 해를 끼치지 않는다면 그 여인은 내게 새봄과 함께 좋은 선물을 갖고 오는 것이라고 믿어본다.

　새해 복을 부르는 복수초를 시작으로 온갖 피어나는 봄의 꽃들이 우리에게 좋은 기운을 가져다준다. 이 또한 호기심과 희망으로 다가

온다. 묘령의 여인이 입은 '붉은 저고리와 녹색 치마'도 결국은 꽃과 숲이다. 꽃이 피고 온 세상이 초록으로 물드는 사월이다. 추위가 물러가고 이제 겨우 봄인가 싶더니 어느새 5월이 저만치 다가오고 있다. 이렇게 나의 봄날은 간다.

남대천 개미의 유랑

음양의 균형

신축년 3월 1일 영동 지방에 때아닌 폭설이 내렸다.

몇 년 전 대청봉에는 4월 15일까지 눈이 내린 것을 기억하지만, 평지에는 내리지 않았었다. 2019년 겨울 양양의 평지에는 눈이 전혀 내리지 않았고 이듬해 봄 3cm 내린 것이 전부이기에 이번에 내린 눈은 평지에도 50cm 내외로 봄눈치고는 기록적인 양이다.

이른 아침, 평소 다니던 모로골 솔숲길로 눈 구경에 나섰다. 눈이 그치고 있다. 구름도 걷히고 푸른 하늘이 언뜻언뜻 보인다. 온 세상이 흰 눈으로 덮여 장관이다. 우선 놀라운 것은 등산로 30m도 못 가서 아름드리 소나무가 뿌리째 뽑혀 길을 가로막고 있었다. 백 년 이상 된 듯한 큰 나무가 눈 무게에 쓰러진다는 것이 놀랍다. 내린 눈이 무릎까지 덮여 되돌아올까 망설이다가 도전을 이어갔다. 소나무뿐 아니라 여러 종류의 나뭇가지와 몸통이 여기저기 부러지고 쓰러져 난장판이었다. 관찰하니 소나무 피해가 컸다. 경사가 급한 계곡에서는 낙엽송, 오리나무 등 다른 수종들도 뿌리째 뽑히거나 휘어져 다른 나무에 기대어 있다.

소나무는 키 큰 교목으로 노출되어 있고 관목들의 바람막이 역할을 한다. 어린 소나무는 주위의 활엽수 그늘에 가려서 잘 자라지 못한다. 그러다가 가을이 되면 다른 나무들은 잎이 모두 떨어지고 소나무 잣나무 등 침엽수만 드러난다. 11월부터 3월까지 일 년 중 반은 자연스럽게 햇빛도 많이 받아 해를 거듭할수록 다른 수종보다 빨리 자란다. 어린 소나무는 쌓인 눈에 잘 부러지지도 않는다. 유연성 있고 큰 나무들이 보호해 주기 때문이다. 높은 산의 바위틈에 박혀 있는 수백 년 된 소나무들도 넘어지거나 부러지지 않는다. 비바람 등 온갖 풍파에 노출되어 있음에도 산전수전 모진 고초를 겪으며 자연에 적응한 것이다.

나는 부러진 나무를 관찰하다가 특이한 점을 발견하였다. 양지쪽 가지만 부러진 것이 눈에 띄었다. 햇빛을 많이 받아 남쪽으로 가지가 많이 뻗어 있고 무성하게 잘 자랐기 때문이다. 북쪽으로는 가지가 많지 않을뿐더러 가늘고 약하다. 말 그대로 엉성하기에 눈을 담아 두지 않고 아래로 떨어뜨린다. 양지쪽 가지는 솔잎과 잔가지가 무성하여 눈을 저장하다시피 쌓여 무게를 지탱하지 못한 것이다. 뿌리째 뽑힌 나무보다 상층부 3분의 2지점 몸통이 부러진 나무가 더 많다. 다른 나무들은 중간이 부러져도 곁가지가 자라서 생존하지만, 소나무는 회생이 어렵다. 나무 전체가 몇 개월 동안 서서히 말라 죽게 되는 것이다. 그래서 부러지지 않으려면 음지쪽 가지도 꼭 필요한 것임을 깨닫는다. 한쪽으로 치우치면 화를 당하기 마련이다. 사소한 것 같지만 음양의 균형이다. 음과 양은 하나로 묶여 있지만 조화롭게 균형을 유지하며 공존하는 것이다.

양이 극에 달하면 음으로 바뀐다. 마이너스 곱하기 마이너스는 플러스다. 많이 웃어도 눈물이 난다. 어떤 드라마에서는 울다가 슬픔이

남대천 개미의 유랑

극에 달하자 나중에는 미쳐서 웃는 연기도 많이 보였다. 또한, 찬 바람을 맞으면 추위를 많이 느끼지만, 일정 기간이 지나면 몸이 반응하여 얼굴이 화끈거린다. 초교 시절 의복도 넉넉지 않았고 장갑 대신 짧은 소매를 잡아당겨 손등을 가려 보지만 추위를 감당하기가 어려웠다. 장갑도 없이 학교 다니면서 겨울철이면 햇살이 비추는 양지를 찾는다. 산모퉁이를 돌아서면 찬바람을 피할 수 있다. 바위가 있는 양지쪽에 또래들과 옹기종기 모여 시린 손을 비빈다. 이때 열이 발생하여 화끈거리면서 추위를 잠시 잊을 수 있다. 어릴 때 많이 겪으며 살아왔다. 음이 극에 달하면 양으로 바뀌는 것을 몸소 터득한 것이다.

'뫼비우스의 띠'가 그렇듯이 위가 아래가 되고 아래가 위가 된다. 안과 밖이 바뀐다. 지난 4.7 보궐선거에서도 그랬을까. 강자의 군림이 극에 달하니 어둠 속에 있던 약자가 자연스레 드러났다. 정치적 견해는 문외한이지만 음양의 논리가 여기서도 쉽게 적용됨을 깨닫게 한다.

어둠 속의 빛이 더 밝아 보이듯이 음지에서 고생하면서 열심히 살다 성공하면 더 큰 보람을 이룬다. 김삿갓은 '빈자환부부환빈(貧者還富富還貧)'이라 했듯이, 부자도 빈자 되고 빈자도 부자가 될 수 있다. 이처럼 음과 양은 한 곳에만 머물지 않는다. 늘 변화하고 뒤바뀐다. 인생에서도 좋은 것, 큰 것, 많은 것만 선호하다가 부러진 소나무의 몸통처럼 세상을 통째로 잃을 수 있다. 내게 이익이 돌아오면 누군가는 손실을 보는 것이 자명해진다. '바보경'에 '흘휴시복(吃虧是福)'이라는 말이 있다. '손해 보는 것이 복이다.'라는 뜻이다. 내가 손해 보면 다른 사람이 이익을 얻어 음덕을 베풀게 되므로 나중에 복이 돌아온다는 것이다. 이것이 바로 '제로섬 사회'의 논리다.

음지 없는 양지는 홀로 존재할 수 없다. 양지쪽으로 잘 자란 무성한 가지만 부러지는 소나무를 보면서 문득 노자의 '치폐설존(齒弊舌存)'이 떠오른다. 이는 '부드러움이 단단함을 이긴다.'라는 것을 비유하는 말이다. 어느 폭설이 내린 날 노자가 아침 숲을 걷다가 튼튼한 나뭇가지는 부러지는데, 가늘고 작은 가지들은 휘어진 후 다시 원래 모습을 유지하는 걸 보고 깊이 깨달은 끝에 나온 고사이다.

　음과 양, 어둠과 밝음이 교차 되는 삶의 균형을 적절히 조절하면서 사는 지혜가 무엇보다도 필요하다는 생각을 해 본다.

남대천 개미의 유랑

본색을 드러내다

고추는 붉다. 처음에는 푸르다가 익어가면서 붉어진다. 본색을 드러내는 것이다.

2021년은 고추 농사가 대풍이었다. 평년에는 3~4회 정도 수확하다가 탄저병이 오면 거기서 끝이었다. 10월 이후에 따 본 적이 드물다. 이번에는 11월이 되어도 고추가 싱싱하게 자라고 있다. 어느 날 찬바람이 불어와 잎이 조금 시들해졌다. 더 붉어질 기미가 보이지 않는다. 11월 중순쯤 뿌리까지 뽑아가며 마지막 고추를 땄다. 일곱 번째 수확이다. 붉은 것, 푸른 것, 어린 풋고추까지 수확해 놓으니 수량이 엄청났다. 평년의 세배다. 붉은 것은 따로 선별하고, 붉어져 가는 검붉은 것과 잘 익은 녹색 고추도 함께 옥상에 올려놓았다. 풋고추와 잘 익은 푸른 고추는 지인들에게 택배로 보내 주었다. 가까운 이웃에 나눠 주어도 여유가 있다.

나머지가 내 몫이다. 이를 다시 분류한다. 풋고추는 꼭지를 딴 후 씻어서 실에 꿰어 베란다 난간에 말린다. 이것은 겨울에 튀기거나 기름간장에 졸여 먹는다. 잘 익은 녹색 고추도 씻어서 꼭지를 1㎝ 정도 남기고 가위로 잘라 낸다. 양념이 잘 스며들도록 일일이 바늘로 세 번씩 구멍을 낸 후 양념간장을 부어 장아찌를 만든다. 일부는 칼로 반 갈라서 튀김 가루와 찹쌀가루를 따로따로 묻혀 찜솥에 쪄 말린다. 그러면 오래 보관해도 상할 염려가 없고 튀겨 먹으면 아삭아삭 제맛이다.

고추 모종이 한창 성장할 때면 곁가지는 잘라 낸다. 이것도 그냥 버리지 않는다. 여기서 나온 잎을 뜯어 나물 반찬으로 먹는다. 잎이 지면 줄기는 베어 말렸다가 작두로 썰어서 소 사료로 이용한다. 소를 키우지 않는 요즘은 거름으로 활용한다. 고춧가루 없는 김치는 상상이 안 된다. 백김치도 담그지만 소량이다. 농가의 소득도 되고 사시사철 즐겨 먹는 고추는 없어서는 안 될 작물이다. 고춧가루가 목적이 아니라면 땅 한 평의 여유만 있어도 여름 내내 즐겨 먹을 수 있다.

한편 옥상에 널어놓은 덜 익은 검푸른 고추는 주황색이 되었다가 붉은색으로 변한다. 처음에는 붉은색이 10% 정도였는데 시일이 지날수록 50%, 주황색을 포함하면 95% 이상 붉어진다. 이 과정을 보면서 고추는 배신하고 간사하다는 느낌이 들었다. 변신의 귀재인가. 그런데 붉어진 고추를 따로 분리하다 보니 내 생각이 틀렸다는 것을 깨달았다. 고추의 붉은 본성은 변하지 않기 때문이다. 어쩌면 배신이 아니라, 적어도 의리가 있지 아니한가. 어쩌다 따라온 녹색 고추는 영양 공급이 중단되어도 스스로 붉어진다. 참 대단해 보인다.

고추는 오행(木火土金水)을 닮았다. 봄은 木이고 푸르름과 새싹을, 여름의 火는 붉은색과 성장을 의미한다. 金은 결실을 의미하고 쭉정이는 희다. 水는 저장과 검은색을 의미하며, 고추 탄저(炭疽)는 숯 탄 炭 字로 검썩은병이다. 土는 노란색으로 중심과 화합을 의미한다. '빨간 주머니에 금전'이 가득한 고추씨는 녹색과 적색이 합친 노란색이다. 그 노란 씨는 가운데 있으면서 모두를 아우른다. 감, 사과 등 붉은색 과일의 씨는 갈색이 많다. 노란 씨는 고추가 대표적이다.

그럼, 정치에도 색상이 있을까. 고추를 선별하다 보니 '정치색을 띤다'는 말이 떠오른다. 그 색은 정치적인 성향을 말하는 것이겠지만 분명 색은 있다. 우리나라 주요 정당을 대변하는 색은 '색의 3원색'에서 따온 빨강 파랑 노랑이 그것이다. 크레파스나 색상표에서도 빨강이 먼저이고 파랑 사이에 노란색을 배열해 놓는다.

　암튼, 고추 하면 일단 붉은색으로 인식된다. 자라고 있는 녹색 풋고추는 그다음이다. 처음엔 녹색이었다가 익으면 적색으로 변한다. 그렇다면 고추는 본색이 푸른 것인가, 붉은 것인가. 결코 '본색을 드러내고야 마는…'이라고 했을 때, 그 본색이 이 본색인가. 양심을 속이지 않고 변하지 않는 진실함이 존경받는 시대다. 그리고 잘 익은 고추씨는 샛노랗다. 그 노란 씨는 가운데 있으면서 녹과 적을 포용하면서 치우치지도, 흔들리지도 않는다. 고추는 본색을 잃지 않으면서 최소한 의리를 지킨다.

　그러면 나의 속마음 즉, 본색은 무엇일까 생각해 본다. 평소 온화하다가 때로는 마음을 다스리지 못해 분노에 차 있기도 하다. 문득, 흑심을 품고 있지나 않은지 들여다본다. 그런가 하면 나를 힘들게 하던 사람들 또는 내게 도움을 주는 사람들의 본색이 궁금해진다. 그나저나 2022 새해는 '결코 본색을 드러내고야 마는'이 아니라, 본색을 드러내도 부끄럽지 않은 임인년이 될 것을 다짐해 본다.

삼월의 녹색 꽃

나뭇잎은 녹색이다. 식물 대부분이 그렇다.

빛을 에너지로 바꾸는데 녹색이 최적이며, 녹색은 강한 빛을 통과시키면서 잎을 스스로 보호한다고 한다. 그렇다면 '녹색 꽃'이 있을까. 꽃마저 녹색이라면 존귀하기는 하다. 하지만 같은 색상이기에 찾기도 어렵고 잎과 색상이 같아 그저 그렇듯 큰 인기를 얻기 어려울 테다. 많아서 나쁜 것은 아니지만 말이다. 피어나는 붉은 장미 한 송이를 만나도 '우와!'하며 감탄하는 것과 대조적이다.

산길을 걷다가 나만의 '녹색 꽃'을 발견했다. 맑게 갠 삼월 어느 날 구탄봉 골짜기로 접어들었다. 산 중턱에 이르러 다른 잎보다 먼저 돋아나는 새순을 발견했다. 무채색뿐인 산비탈의 한 나뭇가지에 파릇파릇한 새순이 피어나고 있었다. 아침 햇살에 비친 잎새가 그처럼 아름다울 수 없다. 그 연녹색 잎을 보고 나는 '녹색 꽃'이라는 호칭을 붙여본다. 온 산이 푸르기 전까지는 그렇다. 보름 정도 지나면 온갖 나뭇가지에 너도나도 잎이 돋아나 꽃이라고 느낄 수 없기 때문이다.

꽃이 아름다운 이유는 어느 순간 지기 때문이다. 화무십일홍으로, 피었다가 지는 것이 꽃이다. 백일홍도 있지만 오랜 기간 새로운 꽃이 피어나는 것이지, 개개의 꽃이 백일동안 피어있는 것이 아니다. 꽃이 지지 않으면 결실도 없다. 지지 않는 꽃은 조화이고 그림이며 생명이

남대천 개미의 유랑

없는 꽃이다.

청도라지, 나팔꽃 등 파란색에 가까운 꽃은 있어도 순수한 녹색 꽃은 보지 못했다. 집에서 기르는 다육식물도 녹색 꽃 모양을 하고 있지만, 잎에 불과하다. 2월에도 야생화가 핀다. 복수초가 제일 먼저 피고, 노루귀, 얼레지 등은 3월이 되면 깊은 산에서 발견할 수 있다. 일찍 피어나는 꽃은 대부분 꽃잎이 작으며 오래 유지하지 못한다.

절기상 입춘은 2월 초에 들어 있지만, 계절의 봄은 3월부터 5월까지다. 그 후 3개월씩 사계절이 이루어진다. 3월부터 돋아나는 풀과 나뭇잎은 9월까지 그 푸르름을 유지한다. 녹색은 자연, 에너지, 안전을 의미하는 생명의 색이다. '녹색' 하면 병원의 이미지가 가장 먼저 떠오른다. 그리고 친환경, 치유, 어린이를 연상한다. 바다를 제외하고 지구상 대부분이 녹색으로 덮여 있다.

3월 중순, 산에 오르다가 새로 돋아나는 연녹색 잎을 보고 생명력과 자연의 경외를 느낀다. 나만의 '녹색 꽃'이라고 이름을 붙여 주니 그럴듯하다. 그와 이야기하며 봄을 맞이한다. 녹색 꽃은 마음속에 지지 않는 희망과 생동의 꽃이다. 붉은 꽃만 꽃이 아닌가 보다. 봄의 연녹색으로 돋아난 풀과 나무는 여름이 되면 진녹색으로 변신하여 온 세상을 푸르게 만든다. 늘 푸른 자연을 접할 수 있는 것 또한 행복임을 깨닫는다. 매년 봄이 오면 나만의 '녹색 꽃'을 발견한 듯 설레고 기쁘다. 완연한 봄, 삼월이다.

농자천하지대본

봄이 되어 농사일을 시작하다가 문득 '농자천하지대본'에 대하여 생각하게 되었다. 농사라고 해봐야 텃밭에 불과하지만 말이다. 농사 짓는 사람을 왜 천하의 대본이라 했는가. 무엇이 근본이란 말인가. 어릴 때부터 많이 들어본 말로 그저 그런가 보다 했다. 단오제·지역 축제·농악놀이 등 지역 행사 때 긴 대나무에 '농자천하지대본'이라고 쓴 깃발을 매달고 행진한다. 농업에 관한 축제의 빠질 수 없는 풍경이기도 하다.

그러던 것이 스무 살 넘어서부터 의문이 생기기 시작했다. 농자천하지소본(?)이 어울린다는 생각이 들어서이다. 한때 사회적으로 뭔가 뒤틀린 생각을 했다. 부정적이었다. 부정의 원인은 가난에서 비롯되었다고 생각된다. 요즘 말로 표현하자면 '흙수저'라고 해야 하나. 국민 대부분이 흙수저로 시작하였지만 말이다. 먹고 살기 위하여 70년대부터 도시로 떠났고 농촌 인구는 지금까지도 줄고 있다. 자연 감소를 제외하고는 더 줄어들 인구도, 늘어날 인구도 없다. 10여 년 전부터 농촌에서 '70대는 동네 심부름꾼'이라는 말이 유행되었다. 처음엔 그냥 웃어넘겼다. 시간이 지나니 그 웃음이 점차 슬픔으로 다가온다. 웃을 수도 울 수도 없는 현실이 되어가고 있다.

한때 정부 보조·융자 등 지원에 지원을 거듭해도 농업인 대부분의 삶은 늘 현상 유지뿐이었다. 물론 자식들 공부시키고 가족을 먹여

남대천 개미의 유랑

살리는 데 부모님 세대의 피땀 어린 고생과 노력의 결과임을 인정한다. 10여 년 전에도 미래 전문가는 농업인구가 더 줄 것으로 예측했다. 지금은 얼마나 줄었는지 모른다. 물론 잘사는 농업인도 있지만, 소수에 불과하다. 신기술이 보급되고 기계화 영농에 이어 농업의 과학화로 발전하고 있다.

농경 사회의 전통적인, 자연적인 면에서는 대본이 맞다. 삶을 영위하자면 가축도 키우고 곡식·채소·과일 등 먹을거리를 만들어 자연과 함께 살아간다는 점에 대해서는 대본 즉, 근본이라 할 수 있겠다. 돈과 생계유지가 목적이 아니라는 점에서 찾는다면 과히 대본이라 부를 만하다. 70년대 말 나의 공무원 초반에는 국가 정책 7, 80%가 농업 정책이자, 농업 행정으로 이루어졌다. 지금은 경제·문화·관광·사회복지·건강·환경 등 다양한 분야로 종합 행정을 다룬다.

말하자면, 농자는 당연히 천하의 대본이었다가 한때 부정적인 생각의 일탈로 소본이라고 우길 때도 있었다. 요즘은 자연과 가까이하고자 노력하면서 약간의 여유를 가지고 보니 다시 대본이라는 생각이 든다. 그러다 보니, 중국의 선사 청원유신(靑原有信)이 지었다는 법어가 생각난다. "처음에 산은 산, 물은 물이, 산은 산이 아니고 물은 물이 아니었다가, 나중에 원래대로 산은 산, 물은 물이더라."라는 깨달음처럼 말이다. 성철스님도 한때 이와 같은 어록을 남겼다.

오늘 텃밭 가꾸기를 하면서 힘이 부치다 보니 예전처럼 대본은 무슨…, 개뿔(?), 소본이 맞는다고 우겼던 일이 생각난다. 물론 농사는 운동 삼아 재미로 한다지만 2,000㎡ 정도로 텃밭치고는 좀 과한 작업이다. 200㎡나 2,000㎡나 일하는 것은 큰 차이가 나지 않는다. 삽, 호미, 낫에서부터 씨앗, 거름, 수확 도구에 이르기까지 농기구 및 농자재가 다 있어야 쉽다. 물론 경운기·트랙터 등 농기계가 있으면 좋겠지만, 배보다 배꼽이 크다. 이쯤 되면 전문 농업인이라 하겠지만 난 늘 주말농장 텃밭 지기에서 벗어날 수 없다. 텃밭에 불과하지만, 쌀을 제외하고 채소·곡식 등은 사 먹지 않고 대부분 자급자족을 할 수 있다. 물론 재래시장이나 마트에서 사 먹는 것이 싸게 먹힌다. 자재비 인건비 시간 등을 따진다면 말이다. 겨우 2,000㎡ 텃밭. 이 사람아!, 뭐 그걸 가지고 그러나. 면적을 헤아릴 수 없는 지역구 텃밭(?)도 있는데. 하하.

아무튼, 2020년 4월 15일 총선도 끝났다. 농심 같은 초심으로 돌아가 국민과 정치가 하나 되어, 발전하는 2020년대로 이어지기를 바라는 마음이다. 유례없는 세계적 코로나 여파로 '춘래불사춘'이라고 한다. 그런데도 봄이 되어 텃밭을 가꾸는 한 사람으로서 농심을 생각해 본다. 농자는 얼굴이다, 순수하고 보이는 마음. 농자는 도덕이다, 양심과 부지런함. 농자는 진실이다, 콩 심은 데 콩 나고, 팥 심은 데 팥 나듯이. 그런 점에서 농자는 천하의 근본이라 해도 될 것이다. 다시 말하면 농사짓는 사람(농자)이 대본이 아니고, 농사일 자체 또는 그 마음 즉, 농심이 근본이라는 생각을 해 본다.

그러니까, 농자 천하지 대본·소본을 말하기 전에 농사짓는 분들에게 고마움을 느끼며, 이를 받아들이는 마음 즉, 농심을 생각해 본다. 선인들의 깊은 뜻이 들어 있고 지금까지 전통적으로 이어오는 '농자천하지대본'을 감히 소본이라고 뒤집을 생각은 없다. 그 깊은 뜻을 깨달을 수는 없지만, 오늘 이렇게도 생각해 보았다. 그래, 너 '농자 천하지 대본'이라 인정할 테니 농심 그대여 힘내라, 힘.

밀레니엄 이후 20년

．．．．．．．．．．．．．．．．．．．．

좌우로 균형 잡힌 2020, 이렇게 네 단위 숫자를 모셔왔다.

2000년 전후, 밀레니엄이라는 새로운 천 년을 맞으며 Y2K 등 나라가 떠들썩한 지 20년이 지났다. 미리 대비를 잘해서인지 아무 일도 일어나지 않고 잘 지내왔다. 2020년도 새로움이 덜하고 평년과 다름없다. 자고 일어나니 그야말로 새해가 밝았다. 그다음엔 '복'이 따라붙는다. 새로움, 시작, 꿈, 소망, 계획, 새해맞이 등 생동감 있는 신성한 단어들이 구슬을 꿰듯이 이어진다. 어쩌면 건강, 돈, 부자, 로또 당첨 등 개인적인 욕망이 더 소중한지도 모르겠다. 제야의 종이 울리면서 기도는 잠시이고 제일 먼저 부모님께 새해 건강 하시라고 안부 전화를 드린다. 일상적이다. 그다음 흩어져 사는 가족, 친척, 도움을 받는 지인에게 전화나 메시지로 덕담을 주고받는다. 자정 시간이지만 그날은 새해 기분을 즐기느라 많은 분이 잠을 자지 않는 시간이기도 하다. 한순간 통신이 마비될 정도다. 대부분 새해 첫날을 이렇게 시작한다.

나름대로 세운 한해의 청사진을 펼치면서 하루를 경건하게 보낸다. 그날부터 실천에 들어간다. 그러다가 작심 3일에 임하고서야 주춤한다. 계획대로 가고 있는지 마음을 다잡으면서 작심 5일, 1주일, 한 달 가까이 이어진다. 그 한 달이 고비다. 연초 비장하게 각오했던

166

결심을 이어갈지 포기할지를 이때 결정해야 한다. 분수령이다. 무리한 계획을 실천하고 있다면 한 단계 낮춰서 계획을 수정하기도 한다. 계획과 실천을 하다 보니 한 달이 그냥 지나버린다. 그러던 중 진짜 설이 다가온다. 새해 다짐은 설부터가 진짜라면서 조금 부족함이 있더라도 관대하게 자신을 용서하며 새로운 길을 모색하기도 한다. 이쯤 되면 사주, 운세, 토정비결에도 관심이 쏠린다. 인터넷 이곳저곳 둘러봐도 매우 좋다거나 나쁜 경우도 없다. 확실한 답이 없다. 그저 아련한 희망과 기대 속에 일취월장을 꿈꾼다. 여기까지 온 것만 해도 성공이다.

2020년의 거창한 계획, 이거 안 세우면 어떨까. 남을 위한 것도 아니고 자신의 성공과 이익을 위해 세운다. 물론 신년 계획을 안 세운다고 해서 잘못되는 것도 아니다. 작심 3일을 못 넘긴다고 해서 아예 계획도 세우지 않는다면 1년을 포기하는 걸까. 정답은 없지만, 재미가 덜하고 무의미하고 지루한 한 해를 계획하는 것과 같다. '헤밍웨이'는 '노인과 바다'에서 '희망을 버리는 것은 죄악이다.'라고 했다. 누구나 크고 작은 소망이 있기 마련이다. 그래서 희망을 저버린다는 것은 안타깝고 어리석은 일이다. 그렇다면 계획에서 계획으로 끝난다 해도 계획을 세우는 편이 낫지 않을까. 작년에도 계획을 세웠고 그이전에도 해마다 계획을 세웠다, 실천과 성패 여부는 따지지 않더라도 말이다.

나의 경우는 실천 가능한 것보다 약간 높게 계획을 세워 놓고 설까지 약 한 달 동안 실천해 보고 가감하여 결정한다. 거창하게 계획이란 말도 필요 없다. 실천 여부는 오직 자신의 마음가짐에 달려 있기 때문이다. 무엇이든 움직이지 않고 되는 일은 없다. 마음이 움직이든, 몸이 움직이든.

2020을 다시 바라본다.

20:20 양쪽으로 균형을 이루는 한 해가 되었으면 좋겠다. 숫자로 보면 좌우 대칭되는 균형의 숫자는 100년에 두 번씩 들어 있다. 1900년대는 1919년 1991년이고, 2000년대는 2002년 2020년으로 올해가 그 두 번째다. 우리에겐 2002년 한ㆍ일 월드컵 4강 이후 그렇다 할 열정적인 해가 없었다. 18년 만에 돌아온 2020년 경자년에는 세계 11위의 잘사는 대한민국답게, 더 여유롭고 안정된 가운데 발전하고 새로운 기적이 일어났으면 하는 바람이다. 앞의 '우리에겐'이 '우리 어게인'에서 나아가 'We again 2020으로!' 비전을 설정하고 꿈을 이루는 한 해가 되길 기대한다.

교수님들이 뽑은 올해의 사자성어가 '공명지조(共命之鳥)'다. '두 개의 머리를 가진 새로서 목숨을 함께하는 새'라고 한다. 정치ㆍ경제ㆍ사회 등 모든 면에서 숫자 2020처럼 좌우가 안정되고 '중용의 도'처럼 균형 있으면서 함께 어울려 잘사는 것도 중요하지만, 함께 죽지 않는 한 해가 되었으면 하는 바람이다. 또한, 경자년은 역학적으로 庚金子水로 천간이 지지를 생 하는 한 해이기도 하다. 하늘이 땅을, 위에서 아래로, 물 흐르듯이 순리대로 이루어지는 2020년이 되기를 소망해 본다. 이제 경자년과 친해져야겠다. 잘 되게 해달라고 소원도 빌

남대천 개미의 유랑

어 보고, 재미있게 놀아 달라고 응석도 부려 보련다. 경자야, 잘해 보자, 경자야, 노~올~자!

새해 복 많이 받으십시오.

이름마저 떠내려간 태풍 '루사'

- -

2002년 8월 31일 토요일, 그날을 소환한다.

큰 태풍은 8월에 온다.

매년 8월이 되면 시·군 재해 담당 공무원들은 몸과 마음이 비상이다. 수방 자재 준비, 재해 시설 점검 정비, 인원·장비 및 비상 연락망 체계 구축 등 철저한 준비를 하며 긴장을 늦추지 않는다. 그러면서 8월 들어 크고 작은 태풍을 수차례 맞는다. 큰 피해가 없으면 다행스럽게 생각한다. 그러다가 8월 중순이 지나면 '이제 태풍이 물러갔구나'하고 안도하며 일상 업무에 임한다.

2002년 8월 31일 토요일이다. 그날도 태풍 예보를 듣고 늘 하던 대로 비상근무를 하며 상황을 지켜보았다. 비가 조금씩 내리더니 오후 3시쯤 빗방울이 굵어졌다. '오늘도 집에 가긴 글렀구나.' 넋두리하며 늘 그랬듯이 각오를 하고 있었다. 퇴근 시간이 지나도 비가 그칠 기미가 보이지 않았다. "그래, 오려면 와 봐라. 제까짓 게 내리면 얼마나 내리겠어."라며 상황을 지켜봤다. 그러나 심상치 않았다. 드디어 전 직원 비상근무에 들어갔다. 퇴근했던 타 실·과·소 직원들도 다시 들어왔다.

평소 소나기도 30분 이상 내리는 적이 없었다. 그래서 '조금 있다

가 그치겠지!' 하며 상황을 지켜봤다. 그것은 생각의 자유였다. 하늘
이 뚫렸는지 폭우는 줄기차게 내리고 있다. '이러다 난리 나겠어'라며
직원들이 더욱 긴장된 표정들이다. 말 그대로 양동이 물을 쏟아붓는
듯했다. 군 청사 4층 옥상에 수동 강우량 측정기가 있는데 평소에는
물이 찼다 싶으면 측정하여 시간대별로 기록했는데 그날은 10분마다
측정해도 측정기가 넘쳐 흐르고 있었다. 직원 한 사람을 강우량만 재
는 임무를 맡겼는데 측정 불가 상태로 이어졌다.

저녁 7시 무렵부터 민원 전화가 걸려 오기 시작했다. 깜깜한 밤중
에 물벼락을 맞은 것이다. 주민들은 집 문을 열고 밖으로 나올 수도
없고, 주변 상황 파악이 되지 않는 지경이었다. 집에 물이 들어오고,
마을회관으로, 친척 집으로, 이층집은 위층으로 대피하고 어떤 가족
은 산으로 대피하여 구조 요청이 접수되었다. 고작 민원 신청만 받아
놓을 뿐이었다. 119 구조대, 한전 등 어느 부처에서도 현장 방문 대
처를 할 수 없는 상황이었다. 도로가 물바다가 되어 길이 끊겼기 때문
이다.

사무실 모든 전화가 밤새도록 통화 중이고 단 몇 초도 쉴 틈이 없
었다. 전화를 끝내고 수화기를 내려놓으면 3초 내로 전화가 걸려 오
고 모든 전화가 통화중이었다. 새벽에 날이 새면서 군청사 뒷담이 무
너진 줄 알았다. 사무실 문밖으로 나갈 수도 없고 나간 적도 없던 것
이다.

다음날 오전 비는 그치고 상황 파악에 나섰다. 기상청 발표로는

24시간 강우량 867㎜, 최대 시우량(한 시간 동안 내린 비) 133㎜로 기상청이 생긴 이래 최고의 수치를 기록했다.

도로와 교량이 끊겨 어느 곳도 갈 수 없는 지경이었다. 차량이 움직일 수 없으니 기동력은 걸을 수 있는 두 다리뿐이다. 전기, 통신이 끊겨 고립된 지역도 많았고. 헬기를 타고 현장을 시찰하면서 상황 파악이 되었다. 주요 피해 기사와 처참한 피해 사진 등이 일간신문 전 지면을 할애했고 계속 이어졌다. 모든 교량의 90%가 떠내려가 20리 길도 걸어서 피해 조사를 해야 했다. 시내든 농촌이든 군 전 지역이 물에 잠긴 것이다. 남대천 주변 일부 지역을 걸어서 답사한 타부서 직원들은 말을 잊지 못했다. 도로 교량 제방 농경지 산사태 등 지형지물이 떠내려가서 어디까지가 하천이고 농경지며 마을인지 구분이 되지 않았다. '순간 이동'으로 지형지물이 바뀌어 딴 마을에 온 듯했다. 피해 조사만 한 달 이상 걸렸다. 복구에 몇 년이 걸릴지 아득했다.

이듬해 태풍 '매미'가 겹쳐 공사 중인 시설이 다시 떠내려간 현장이 부지기수였다. 중앙과 도 현장 확인, 재해 대장 작성, 상황 보고, 용역 설계, 실시 설계 발주, 감리단 구성 등 전 직원이 몇 개월 동안 밤낮 일해도 끝이 없었다. 주요 시설 복구하는 데 3년, 완전 복구는 5년이 걸렸고 5천억 원의 예산도 부족해서 소규모 시설 복구는 엄두를 내지 못했다.

당시 나는 건설과 방재계장으로 근무했다. 추진 현황을 총괄하면서 일일 상황 보고서 취합 작성은 물론 상급 부서나 외부 기관 보고서 작성, 누구나 꺼리는 매스컴 인터뷰 등을 도맡아 했다. 방송국에서

남대천 개미의 유랑

취재한다고 하면 동료들은 출장 등의 이유로 자리를 피했지만 나는 그러지 못했다. 그럴 수도 없었다. 과장님 인터뷰도 내게 맡기고 현장으로 피해 나갔다.

당시 김대중 대통령을 비롯하여 국무총리, 국회 재해특위 위원, 행자부 · 건교부장관, 국회의원 등 수십 차례 방문했다. 김진선 도지사도 5회 방문했다. 이들 보고서 작성에 스트레스가 이만저만 아니었다. 그러면서 검찰 · 경찰 · 감사원 등에 수시로 부름을 받았다. 순수한 복구 업무보다 이러한 외부의 일들이 더 어려웠다. 밖에 나가서 삽자루 들고 육체적으로 하루하루 때우는 편이 더 쉽다고 생각했다. 군 생활 중 하루 8시간 내내 질통을 짊어지고 벙커 등 시설 공사에 일했던 것처럼 말이다.

4~5년간 시설물 피해 복구가 끝났다고 다 끝난 것이 아니었다. 복구 중에도 그랬지만 끝난 후에도 사법 기관 등 수사 · 조사 · 감사를 받았다. 죄가 없어도 죄인으로 몰았고 이를 참지 못하는 몇 분이 스스로 생명을 포기하는 일들까지 벌어졌다. 불명예 퇴직하는 직원들도 여러 명 있었다. 빨리 잊는 우리 국민성처럼 시간이 지날수록 이 모두가 기억에서 사라질 것이다. 당시 피해 및 복구 상황을 기록한다면 책 몇 권으로도 부족하지만, 그 어마어마한 일들을 '타임캡슐'이란 제목으로 짧게나마 아래와 같이 정리했었다.

【때는 2050년 어느 날.

5~60대 양양 시민(양양관광특별시)들이 옛날 이야기를 하고 있었다.

"2002년도에 아주 큰 포락이 났었대. 110여 년 전인 1936년, 그 옛날 병자년의 무시무시한 포락도 있었다지만 그보다 더 큰 태풍이 왔었는가 봐. 도로 교량 농경지는 말할 것도 없고, 주택 2,672동이 떠내려갔거나 반파 피해가 있었고, 제일 안타까운 일은 사람도 25명이나 익사했대. 가축은 말할 것도 없었지. 소 69마리, 돼지 6,803마리, 기타 19,692마리 떠내려갔대. 바다에는 나무뿌리 등 쓰레기가 전 백사장을 새카맣게 채워 버렸고, 낙산 해변에 쌓인 쓰레기를 치우는 데 1일 30여 대의 백호우와 덤프를 동원해도 1달씩이나 걸렸었대.

강우량도 시간당 최고 133㎜, 1일간 867㎜가 내렸대. 그 이후로는 정전으로 측정할 수 없었대. 전기뿐 아니라 유선 전화와 기지국 파손으로 휴대 전화까지 끊겨 완전히 암흑의 세상이었다는군. 그 외에도 강수량이 측정이 안 된 현북면 어성전리 계곡은 아마 1일 1,000㎜가 훨씬 넘었을 거래. 우리나라 역사상 공식 기록이 없지만 아마 100년에 한 번꼴의 빈도로 수리학자들이 추측했었다나. 그때 당시 현북면 원일전리에 사는 90이 가까운 박상열 어르신께서 "내 평생 이곳에서 살아왔지만 이런 물은 평생에 처음 보았어"라고 인터뷰했다니까, 산 증인이었지.

하천과 도로 농경지의 경계가 어디까지인지 구분이 안 되었는가 봐. 그뿐 아니라 양양 시내가 물바다가 되어 말 그대로 난리 블루스를 떨었대. 남문리 서문리 등 시내권 주택 대부분이 1층까지 물에 잠기어 위층이나 이웃집으로 대피했었대. 주민들이 다음날 새벽에 돌아와 보니 잠자는 방에까지 진흙이 10~30㎝ 이상 쌓여 그걸 걷어

남대천 개미의 유랑

내는 데만 1주일이 걸렸대. 그 넓은 남대천 둔치 전체가 임시 쓰레기 하치장이 되었다니까. 못 쓰게 된 가전제품을 비롯해 가구, 옷가지, 책 등 읍내 살림살이를 몽땅 옮겨놓은 듯했대. 지하실은 물에 잠겼고, 비 그친 뒤에도 3~4일간 양수기로 물을 퍼내는 등 난리가 다른 것이 아니었대.

그보다 더욱 놀라운 것은 물고기가 모두 물에 빠져 죽었대. 우와!~, 얼마나 큰 물난리가 났기에…. 아마 해외 토픽감이었지. 난 그때 초등학교에 다녔는데 양양에서 어성전리까지 설치된 교량은 거의 다 떠내려갔어(법정도로 94건 66㎞ 유실). 내가 직접 목격했다니까. 용수교(지금의 수리1교)만 보더라도 160톤의 교량 슬래브 한 경간이 4~50m나 떠내려갔으니 서울 등 전국에서 구경 오는 사람들에게 돈을 받고 보여 주었어야 했어. 양양군 수입도 늘리고 말이다. 여담이지만. 그때 그 다리 사진으로 남아있는가 봐 (※용수교 1경간 무게 : 길이 12.5m×폭 9m×두께 0.6m×2.4톤/㎡=162톤)

당시의 피해 복구액이 양양군의 5년간 예산과 맞먹는 5,092억 원이었다니 짐작이 가는군. (이듬해 태풍 '매미' 포함 5,667억 원). 그때 놓은 교량이 지금 우리가 다니고 있는 길이야. 참 잘 놓았어. 50여 년이 지난 지금도 아주 말짱하니까 말이지. 그 당시 토목 기술도 많이 발전했지만, 하폭이 두 배나 넓어지고 다리가 높아지기까지 주민 설득도 쉽지 않았다더군. 물난리다 보니 하천이란 하천은 피해 안 본 데가 없었지. 57개의 법정 하천만 148㎞ 피해를 보았으니까. 주변 농경지도 1,821ha 즉, 양양군 전체 농경지의 40%가 유실 또는 매몰되었다네.

악명 높은 그 태풍 이름이 '루사'라고 하던가? 말레이시아 말로 '삼바 사슴'이란 뜻이지. 순한 사슴이 왜 그리 악명 높은지 본때를 보여 주었을까. 8월 31일 그날은 토요일이었어. 하늘의 神은 임오년 8월의 마지막 밤이 시샘이 나서 그냥 내버려 두지 않았던 건가 봐. 그리고 그해에는 우리나라에서 최초 월드컵이 열리던 해였어. 그해 6월에 열린 '2002 한·일 월드컵'은 우리나라가 세계 4위로 대한민국 역사상 가장 좋은 성과를 얻어 그야말로 사람들이 난리가 났었다지. 태풍도 그 이상이었나 봐.

우린 그때 태어나지도 않았다네. 태풍이 올 때마다 우리 할아버지와 어르신들께서 늘 말씀하시는 것을 들었을 뿐이지. 참 옛날 이야기로구나. TV, 신문 등 온갖 매스컴에는 양양 판이었대. 당시 미래를 생각했던 그 사람이 신문 보도 자료와 함께 이 기록을 남겨 놓은 거야. 말 그대로 '타임캡슐'이지. 그분의 이름이 글쎄···. 2002년 4.2 양양국제공항 개항을 기념해서 'risevision(솟는 희망)'이란 닉네임을 가진 사람이었지. 와~짱이다, 그 사람! (2002.11.11.)】

그 '루사, 매미' 태풍 이후 만 20년이 지났지만, 그때의 일들이 잊히지 않는다. 말 그대로 2050년 어느 날, 이 글을 읽는 미래 세대들은 이 역사적인 수해 복구 상황을 이해할 수 있을까. 기상청이 생긴 이래 최고의 강우 기록인데 앞으로 100년 내 이런 피해를 접할 수 있을까. 앞을 내다보고 100년 빈도로 설계·시공한 시설물들이기에···. 앞으로 이보다 더 큰 비가 오지 않는 한 다시 떠내려가지 않기를 바랄 뿐이다.

그 후, 지나치게 큰 피해를 남긴 태풍 이름은 다른 이름으로 교체된다고 한다. '루사'라는 태풍 이름도 그렇게 사라졌다. 아니, 떠내려갔다. 못난 '삼바사슴!'.

구제역 살처분 르포

구제역을 아십니까?"라는 질문을 드려본다.

'구제역'이란 말은 이미 들어 봐서 알고 있을 것이다. 겨울철 추울수록 발병 확률이 높고 급속으로 번지는 전염병이다. 그러기에 발생하면 뉴스 속보로 알린다. 나 또한 구제역이란 말을 처음 들었을 때 무슨 전철역(?) 이야기인가 했다. 구제역(口蹄疫)은 (입 구, 말발굽 제, 돌림병 역) 글자 그대로 두 개의 발굽을 가진 소·돼지·말 등의 가축과 야생동물에게 걸리는 전염병이다. 2011년 공무원 재직 중 우리 지역에 구제역이 발생했다. 발견 하루 만에 이루어진 그 엄청난 살처분 현장에 자진 참여하면서 느낀 바를 그대로 정리했다.

"양양군 손양면 남양리 양돈 단지"

3박 4일 동안 그곳에선 도대체 무슨 일이 있었던가?

2011년 1월 5일 15시. 구제역 살처분 작업에 출동하기 위해 옷을 갈아입으러 잠시 집으로 왔다. 버릴 옷 찾아 입기가 새 옷을 사는 것만큼 어려웠다. 우선 일할 때 신으려고 모아 놓았던 양말과 유행 지난 셔츠에 점퍼 차림이었다. 평소 잘 입지 않는 내복만 새것이었다. 신발은 몇 년 지난 안전화를 신었다. 입고 간 모든 옷과 신발까지도 버려야 하기 때문이다.

16시가 되어 출동 준비를 마치고 기다렸다. 지휘부에서 구제역 돼

지 살처분 작전 회의를 끝내고 나니 18시가 되었다. 투입 대원 33명
은 때가 되어 군청 앞에 대기 중인 버스에 올랐다. 밖은 캄캄하고 추
웠다. 따뜻한 구내식당을 두고도 버스 안에서 히터를 틀어 놓고 도시
락으로 저녁밥을 해결하다 보니 심상치 않은 분위기를 느꼈다. 밥 먹
는 소리, 부스럭거리는 소리뿐 누구 하나 입을 열지 않았다. 강추위
지만 몸에서는 땀이 날 정도로 긴장했다. 18시 30분경 출발, 양양군
청에서 8㎞ 거리에 있는 양돈 단지 입구에서 하차하였다. 순간 어둠
속으로 찬바람이 불어와 냉기가 몸속으로 파고들었다. 버릴지라도 새
옷을 한 겹 덜 입은 것을 후회했다. 이대로 밤을 새우려면 반은 죽었
구나 하는 생각이 들어 비장한 각오를 했다.

차량이 겨우 다니는 좁은 비포장 길을 한두 개 손전등에 의존해 앞
사람 발자국만 따라갔다. 300m를 걸어서 비어 있는 축사에 도착했
다. 그곳에서 준비된 국방색의 방제복을 입고 보안경과 마스크를 쓰
니 조금 추위가 덜했다. 갈아 신은 고무장화는 차가웠고, 목장갑은 2
켤레를 착용했어도 냉기가 돌았다. 총 33명으로, 같은 복장을 하고
밤길을 걷다 보니 삼청교육대로 차출되어 입소하는 어둠의 자식들(?)
같다는 생각이 들었다. 가로등도 없는 어둠 속의 길을 다시 600m 더
걸어서 양돈 단지 관리소에 도착했다. 곧바로 조별로 맡은 농가의 두
수를 헤아렸다. 자돈, 모돈, 육성돈, 용돈의 의미를 이때 처음 알았
다. 자돈은 새끼, 모돈은 명을 다할 때까지 새끼를 낳기 위해 존재하
는 암퇘지로서 육성돈보다 2~3배 크다. 육성돈은 마트나 식당에서
주로 유통·소비되는 다 자란 돼지다. 용돈은 수컷 씨돼지를 말한다.

말갈기처럼 생긴 긴 털과 전체 생김새가 한문의 龍자를 연상할 수 있는 몸길이 약 2m의 검붉은 놈으로서 그 범상함과 크기에 깜짝 놀랐다. 일반 사람들은 이번 기회가 아니면 구경조차 할 수 없는 경험이었다.

조별로 약 2시간 동안 두수 파악을 마쳤다. 단지 내 전체 사육두수는 21,000여 마리로 파악되었다. 조별 구성은 7개 반으로, 반당 공무원 4명에 군부대 하사관급 이상 장교들로 10여 명씩 배정되었다. 준비 과정을 거쳐 실 작업은 22시 넘어서 시작되었다. 곧 1개소를 시범 선정하여 작업에 들어갔다. 첫 번째 작업은 돼지 몰이였다. 축사에 들어서자 녀석들이 곧 삼겹살 등 우리가 즐겨 먹는 육성돈임을 알았다. 중앙 통로만 백열등이 드문드문 켜져 있고 전체적으로 음습했다. 축사 내부에는 칸막이가 쳐져있고, 한 칸에 20~30마리가량이고 막사 길이는 어림잡아 80m 정도 되었다. 이곳에 동당 1천 마리 정도이며 농가당 약 2천 마리, 한 농가는 4천 마리 정도를 사육하고 있었다.

녀석들은 대부분 누워 있었는데 한 마리가 일어서니 우르르 같이 일어나 이리저리 돌아친다. 주둥이로 먹이를 찾는 분위기였고 몇몇 놈들은 먹을 것을 포기하고 아예 체념하는 듯했다. 구제역에 걸려서인지, 배가 불러서 그대로 있는 건지, 어차피 죽을 것들이라 먹이를 주지 않아 일어날 힘조차 없는 건지 모를 지경이었다. 녀석들은 어디까지가 목이고 몸인지 쉽게 구분되지 않는다. 그래서인지 고개를 돌려 방향을 잘 바꾸지도 않는다. 오로지 앞으로 돌진만 할 뿐이다. 저(돼지豬)돌적이란 말이 그래서 생긴 모양이다. 녀석들을 다루면서 우리는 돼지의 습성을 몰라 어떻게 해야 하는지 막막했다. 그러자 막사 관리인 몇 분이 몰이 방법을 시범적으로 보여 주었다. 우리 안에서 서

남대천 개미의 유랑

너 명이 푸른 천막을 길게 잘라 녀석들을 몰아 통로로 내보내고 그때 그때 판때기로 차단했다. 그다음 폭 1.5m 정도의 통로에서 우리 밖으로 돼지를 몰아갔다.

축사 안과 밖의 기온 차가 커서 그런지, 동료의 죽음을 알아차렸는지 녀석들은 곧장 통로로 되돌아오곤 했다. 나갔다가 한번 돌아선 녀석들은 오로지 전진만 있을 뿐이다. 몽둥이로 사정없이 내리치고, T형 철봉 막대로 찌르고, 발길질해도 여간해서 돌아서지 않는다. 가는 놈, 오는 놈들이 통로에 몸이 꽉 차서 오지도 가지도 못하는 경우가 허다했다. 병목 현상이다. 힘 있는 놈들은 동료를 올라타기도 하며 밑에 깔려 일어서지도 못하는 놈들은 고래고래 소리를 지른다. 그야말로 돼지 멱 따는 소리다.

우리 밖에서는 전문가가 살처분하여 집게차로 3~5마리씩 집어 덤프트럭에 올린다. 때로는 기절하여 덜 죽은 녀석들의 울부짖음이 들리기도 하고 생사를 달리하는 우리 안과 밖은 생지옥의 분수령이 되었다. 이런 것을 두고 '아수라장, 아비규환'이라고 하는가 보다.

밖에서는 추워서 발을 동동 굴리지만, 안에서는 녀석들의 땀, 피비린내, 돈분 악취, 소독약 냄새에 범벅이 되어 땀이 연신 흐른다. 한겨울에 이처럼 땀 흘리기도 쉽지 않다. 마스크를 했으나 갑갑하여 숨이 가쁘고, 벗으면 악취에 견디기 힘들었다. 눈물 콧물에 얼굴이 따끔거리고 눈은 충혈되었다. 마스크는 땀과 분비물, 약품과 반응을 일으켜 부분적으로 금방 갈색으로 물들었다. 녀석들의 몸에서도 진땀이 흐르고 김이 모락모락 나서 백열등마저 뿌옇게 보였다. 서로가 말이 필요 없었다. 처음 겪는 일에 행위 자체가 충격적이어서 말을 할 수도 없었다. 옆 동료들을 바라보니 역시 불빛 아래 얼굴이 붉게 상기되어 있었다. 플라스틱 보안경은 이내 김이 서려 앞이 보이지 않는다. 쓰고 벗기를 반복했다. 자세히 보니 악다구니 치는 녀석들의 눈도 새빨개져 있었다.

이 순간에 각자 무슨 생각을 할까. 점점 몸이 피로해지고 힘이 빠지는 것을 느꼈다. 지난 시절 군 생활 중 힘들게 훈련하다가 잠시 넋 놓고 쉴 때 써먹는 말로 '아무 생각이 없었다.' 그저 녀석들의 아우성과 처절한 울부짖음을 들으며 기계적으로 돼지를 몰 뿐이었다. 우리보다 마음고생이 큰 분들은 농장주와 축사 관리인들이었다. 눈앞의 재정 손실과 자식 같은 어린 새끼들을 살처분해야만 하는 현실에 악이 바쳐 있었다. 어차피 죽을 녀석들이라 정을 떼려고 그러는지 막무가내로 그놈들을 몰았다. 녀석들에게 세상의 원망과 분풀이를 하는 듯했다. 그분들의 행동에서 살기를 느꼈다. 지옥에서 온 사자로 보였다. 이해가 갔다. 한 무리(5~8마리)씩 몰고 조금씩 쉬는 가운데 그들의 분노도 한층 누그러지는 듯했다. 하지만 담배 연기를 길게 내뿜는 모습에서 한편으로는 깊은 한숨과 슬픔을 엿보았다.

처음 대책 회의 시 1박 2일 정도면 끝내고 복귀할 계획이라고 했으나 그것은 불가능했다. 빨리 끝내고 집에 갈 욕심으로 잠시도 쉬지 않고 각자 미친놈(?)처럼 돼지를 몰았다. 작업 순서는 분업화되어서 어느 단계에서 지체되면 능률이 나지 않는다. 돼지 몰이, 전문가의 살처분, 집게차 상차, 덤프 운반, 하차, 매립 등 야간에 연속 작업을 하다 보니 모두가 몸과 마음이 지쳐 있었다. 교대할 장비 기사도 없는 조건에 누구부터랄 것 없이 잠시 쉬면서부터 작업이 일시 중지되었다. 도망 다니며 미쳐 살처분 당하지 않은 녀석들도 있었는데 "살아있는 놈을 집어 올릴 수 없다."는 어느 장비 기사는 되돌아가기도 했다. 그때가 새벽 2시가 조금 넘은 시각이었다. 장비 기사들도 이제는 반복적인 작업에 육체적으로 지쳐 가고 심리적인 부담으로 힘들어 했다. 야간 안전사고도 우려되고, 밤을 새도 끝마친다는 보장이 없었기 때문에 우리는 피로에 지쳐 잠시 작업을 중단할 수밖에 없었다.

쉬는 여유를 틈타 단지 입구 본부에서 호출이 있어 갔더니 두꺼운 등산 양말이 준비되어 있었다. 겹으로 끼워 신으니 발이 좀 포근해졌다. 다음 작업을 기다리는 동안 관리 창고에 여럿이 들어가 쪼그리고 앉아 있다 보니 날이 새고 있었다. 하룻밤 사이 21,000두 중 7~800마리밖에 처리하지 못했다. 실망의 눈빛이 역력했다. 그보다는 작업을 마치려면 최소한 5~7일 정도가 예상되어 어려움을 견뎌야 한다는 생각에 더 힘이 빠진 것이다. 지휘부 대책회의 결과, 아침 6시에 밥을 먹고 7시부터 다시 작업을 시작하자고 했다. 야간작업은 밤 11시까지 하고 몇 시간 잠도 자면서 작업을 하기로 강도를 한 단계 낮췄다.

막사 관리실은 보일러 작동이 잘되지 않았다. 추운 방에서 자다 깨다 선잠을 잤다. 새벽 6시경 "아침 식사 왔어요!"라는 식사 배달 담당인 유 선생의 외침이 꿈결처럼 들렸다. 동지가 갓 지난 1월이라 말이 6시이지 아직 깜깜한 밤중이었다.

7시에 작업이 시작된다. 아직도 어둠이 가시지 않은 한겨울이다. 애초에 2일 작업하고 인원을 교체하기로 했다. 하지만 여러 가지 경황으로 보아 우리가 마치고 나가야 한다는 의무감이 앞섰다. 빨라야 4~5일, 늦으면 1주일도 각오했다. 받아 놓은 밥상이었다.

최고의 강심장은 도축사님들이다. 길이 10㎝의 2가닥 쇠스랑처럼 생긴 전기 충격기가 주 무기다. 성돈 10여 마리씩 몰아 주면 녀석들을 사정없이 내리찍고, 옆으로 찌르고 하여 10초 이내로 무너뜨린다. 쉬지 않고 다른 녀석으로 옮겨 가며 찌르자 비명을 지르며 주저앉아 부들부들 떤다. 이것이 살처분이다.

살처분은 연속적으로 순식간에 이뤄진다. 10여 명을 일순간에 쓰러뜨리는 검객을 연상하면 된다. 녀석들은 목숨이 끊어지지 않은 상태로 고래고래 소리를 지르며 발악을 한다. 자세히 관찰하니 목이 급소이다. 위에서 녀석의 목덜미를 찌르면 순간적으로 30㎝ 정도 머리를 쳐들었다가 뻣뻣해지며 주저앉거나 옆으로 고목처럼 쿵 쓰러진다. 그리곤 한참 동안 바들바들 떤다. 나보고 흉내 내라면 자신 있게 할 수 있다. 약간의 피가 흐르며 살 타는 냄새, 피비린내가 주위로 퍼진다. 처참한 광경이지만 그것이 녀석들의 운명인 것이다.

그 모든 과정을 자세히 관찰하는 나도 어느새 독한 인간이 되어 있었다. 도축사님들은 작업이 끝나고 소주 한 컵을 원 샷으로 마셨다. 그럴 수밖에 없는 이유를 알 듯했다. 의사도 큰 수술이 끝나면 독주 한 컵 마신다는 이야기를 들은 바 있다.

우리와 함께 축사 관리인으로부터 숙달된 솜씨로 빠른 돼지 몰이를 하였으나 물밀듯 밀려오는 그 녀석들을 모두 살처분할 수가 없는 형편이었다. 효율적인 작업을 위해서 더러는 산 채로 집어 차에 실을 수밖에 없었다. 때로는 살아서 네 발로 서 있는 녀석, 죽은 녀석, 기절

남대천 개미의 유랑

한 녀석, 다시 깨어나는 녀석을 4~7마리씩 집게차로 덤프에 싣는다.

집게차 기사님들도 강심장이다. 녀석들을 나뭇가지나 쓰레기 집 듯 한다. 머리가 집히는 녀석, 다리만 집혀 끊어질 듯하며 오르는 녀석, 오줌똥을 갈기며 올라가는 녀석, 악다구니를 쓰며 울어 젖히는 녀석, 내장이 터져 나오는 녀석, 고개를 좌우로 흔들며 살려달라고 발버둥 치는 녀석들…. 그런 아우성을 억누르고 집어 올리는 기사님의 심정 또한 어떨까. 백호우 기사님들의 노고도, 덤프트럭 기사님의 노고에도 고개를 숙인다. 도축사님, 장비 기사님들뿐 아니라 이 모든 광경을 지켜본 우리 대원들도 일상으로 돌아오기까지 다소 시간이 걸릴 것 같다.

살을 파고드는 전기 충격으로 주저앉기는 했지만, 생명이 금방 끊어지지 않는다. 매몰지로 옮겨져 백호우로 매몰되기까지 몇 시간 정도 기절한 상태로 대부분 살아있는 것이다. 모돈은 덩치도 크고 힘이 좋아 충격을 가해도 잘 죽지 않고 사람에게 달려들어 위험하다고 한다. 돼지가 사람을 문다는 소리를 도축사님에게서 처음 들었다. 그놈에게 물려 입원한 이야기를 해 주었다. 악이 극에 달하면 무슨 짓인들 못 할까. 그래서 모돈, 종돈은 일부 살처분하지 않고 산 채로 한 마리씩 집어 바로 덤프에 싣는다. 종돈은 농가당 2~3마리뿐이다. 이들이 수천 마리를 번식시킨다. 종돈은 가장 힘이 좋고 사나워서 관리인 등 전문가가 아니면 우리 밖으로 끌어내지 못한다.

모돈은 육성돈보다 2~3배 정도 큰 덩치로 15톤 덤프에 15~20마리 정도를 싣는다. 녀석들은 덤프 위에 중심을 잡고 선 채로 버틴다. 집게로 한 마리씩 집다 보면 산천이 쩌렁쩌렁 울리도록 발악을 한다.

자세히 보니 몰고 나올 때는 그놈들의 눈이 멀쩡하나 살처분 또는 덤프에 집어 올릴 때 보면 새빨갛다. 이 모든 광경을 처음엔 한 번 대충 훑어보고 외면하려 했지만, 곧 익숙해져서 나중에는 자세히 관찰하는 잔인한 인간이 되어 있었다.

소설 속의 인물이지만 삼국지를 비롯한 여러 무협지에 등장하는 내공이 큰 장수들의 고함도 모돈의 '꿱~~'하는 울음처럼 크지 않았을 것이라는 생각을 해 보았다. 길게 울려 퍼지는 녀석들의 울부짖음이 1주일이 지난 지금도 뇌리에 생생하다. 이게 꿈속인지 현실인지 착각하기도 한다. 비몽사몽 환청이 들리는 듯했다. 생명력 또한 끈질기다. 야간작업 운반 중 덤프에서 소하천 다리 밑으로 떨어진 성돈 몇 마리는 얼음이 얼어 있는 웅덩이에 일부 몸이 빠졌으나 아침에 일어나 보니 그 추운 날 몸이 붉게 언 채로 배를 들썩거리며 아직 숨을 쉬고 있었다. 또한, 덤프에 실린 모돈 한 마리가 차에서 뛰어 내리는 것을 보았다. 4m 높이의 제방 사면을 구르고, 다시 4m 높이의 옹벽 위에서 떨어지는 장면을 여럿이 목격했다. 머리 부분부터 떨어졌으나 반사적으로 일어나 하천을 멀쩡하게 걸어 다니고 있었다. 대단한 생명력이다.

양돈 단지에 33명이 같이 들어왔어도 같은 조가 아니면 얼굴도 보기 어려웠다. 반 고립 생활이라고 할까. 그래서 남들은 어떻게 작업을 진행하는지 궁금했다. 그래서 2일 차 되는 날 오후 장비 대기 시간을 틈타 약 500m 떨어진 산 중턱 매립지를 가 보았다. 좁은 공간에서 백호우 8대가 쉴 새 없이 작업하고 있었다. 한 구덩이에 2~3대의 장비를 배분해서 5×10m, 깊이 약 7m 구덩이를 만들고 있었다. 직

남대천 개미의 유랑

원들은 한쪽에선 구덩이 바닥과 사면에 비닐을 깔고, 생석회 뿌리고, 환기통 설치하고, 분주하게 돌아갔다. 윙윙거리는 장비 소음에 돼지 울음소리까지 가쁘게 이뤄지는 대형 공사장을 방불케 했다. 매립지 준비가 안 되면 작업 진도가 나가지 못하는 상황이었다. 한쪽에선 녀석들을 땅에 묻고 있었다. 50% 정도는 숨이 끊어진 상태이고 나머지는 기절 상태로 운반한다. 다시 살아나 버둥거리는 녀석, 다른 녀석을 깔아뭉개고 고개를 내밀며 솟아오르는 놈, 밖으로 도망쳐 나오는 놈, 소리소리 지르는 놈 등 참혹한 광경이 이어졌다. 곧 한 구덩이에 매몰될 운명이지만 숨이 붙어 있는 순간까지 살고자 애쓰는 녀석들을 한참 바라보았다. 그들의 살려고 하는 욕망과 생명력에 자신이 초라해지는 듯했다. 기어 나오는 놈과 동료를 밟고 일어서 움직이는 놈을 백호우 바가지로 사정없이 내리누른다. 그야말로 반죽음이 된 사체 더미는 스펀지처럼, 또한 파도처럼 출렁거린다.

그 광경을 뒤로하고 산길을 되돌아오면서 묘한 감정이 스쳤다. 녀석들은 다른 무리를 살리기 위해 참혹하게 희생되는 것이다. 강심장이 된 나에게도 마음이 울컥했다. 일행 모두 우울증에 빠질 지경이었다. 4일째 되는 날 축사에서 마지막 돼지 몰이를 끝내고 다시 매립지를 가 보았다. 그때 일부 매립 구덩이가 폭발했다. 환기구를 넉넉하게 설치했는데도 불구하고 한 구덩이에서 수천 마리의 부패 가스를 견뎌내지 못한 것 같다. 두께 2m가량 되는 흙을 뚫고 통째로 솟아오른 몇 마리의 사체와, 환기구에서 풍기는 악취를 견디기 어려웠다. 보강 수습하기까지 그쪽 작업자들은 더 큰 고통을 견뎌내야 했다.

2011년 1월 8일 오후, 드디어 3박 4일 주·야간 작업을 마쳤다. 입었던 모든 옷가지를 벗어 던지고 기계 소독 조에 한 사람씩 들어가 알몸 소독을 마쳤다. 온몸에 소름이 돋는다. 가운 하나만 거치고 벌벌 떨면서 900m를 총총걸음으로 걸어갔다. 그리고 미리 대기하고 있는 버스에 올랐다. 큰일도 아닌데 우리 일행을 맞이하기 위하여 부군수님이 직접 오셔서 버스에 오르기 전 한 사람 한 사람에게 악수를 청하며 격려해 주셨다. 단체로 오색그린야드 목욕탕으로 직행했다. 목욕 후 군청에서 미리 준비한 속옷을 입고, 겉옷은 각자 집에서 택배 방식으로 보내온 옷을 입었다.

이때부터 일상생활로 접어들자니 다른 세상에 온 것 같이 모든 것이 신기하게 느껴졌다. 경험은 없지만, 꽤 오랫동안 감옥 생활을 마치고 만기 출소하는 기분에 홀가분해졌다. 목욕 후 다시 버스에 올랐다. 낙산 근처에 있는 어느 식당으로 이동하는 약 40분 동안 모두가 무슨 생각을 하고 있는지, 누구 하나 이렇다 저렇다 말 한마디 꺼내지 않는 침묵 속에, 멍하니 차창 밖을 바라볼 뿐이었다. 잊으려 했지만, 죄 없는 녀석들의 살처분 광경이 마치 영화를 보듯 머릿속에 연속으로 재생되고 있었다. '내가 요 며칠 동안 무슨 일을 저질렀는가!' 다시 기억하고 싶지 않은 일들이 머리를 스치면서 표정 하나 일그러지지 않은 채, 고요히 흘러내리는 눈물을 감추며 휙휙 지나가는 차창 밖을 내다볼 뿐이었다. 만찬 자리에는 군수님도 오셔서 격려해 주셨다.

구제역 여파로 2011년의 시작은 4월에 앞서 잔인한 1월이 되고 말았다.

'Deep Purple'이 부른 'April' 음악을 돈공(豚公)들의 진혼곡으로 바치며, 그곳에 "이웃 마을에 살아있는 돈공(豚公)들과 우공(牛公)들의 종속 유지를 위해, 그리고 인간 세상의 안위와 생존을 위하여 기꺼이 희생된 21,000여 돈공들의 혼이 여기에 잠들다. 2011.1.8."라는 진혼비라도 세워 주면 어떨까 생각해 본다.

특히, 본 살처분 현장에는 작업관련자 외 누구도 들어올 수 없었던바, 기자를 대신하여 졸필이나마 소감을 정리해 보았다. 볼펜도 메모지도 휴대 전화도 소지할 수 없었지만, 충격적인 상황 전개에 완료 후 열흘이 지나도 잊히지 않기에 기억을 더듬어 정리할 수 있었다. 아울러, 33명 대부분 자진 지원하거나 차출되어 공직자로서 할 일을 했을 뿐이고, 공가와 시간 외 근무 등 충분히 보상받았음에도 불구하고 지휘부나 동료들의 과분한 격려와 위로에 감사드린다.

이번에 겪은 살처분 과업은 '개그콘서트'에서 "왕년에 내가 어마어마했거든"이라는 유행어처럼 훗날 그야말로 어마어마한 이야깃거리가 될 것이다. 그리고 한동안은 일상으로 돌아오기까지 후유증이 좀 오래갈 것 같다. (2011.01.17.)

ps. 그 후 10여 년이 지났지만, 엊그제처럼 생생하다. 2023년 5월 15일 충북 청주에서 구제역 발생 보도가 있기에 지난 시절 이야기를 떠올려 본다.

제5부

내 마음의 여백

변화무쌍한 발전을 거듭할수록 삶은 더 삭막해진다.
물질문명의 전자화, 기계화, 인공지능화 되어가는
세상을 뒤돌아보고
생활 속의 여유와 여백을 채워 나간다.

늘 그때가 좋았다.
가정, 일, 친구 등 사회적 관계에서 바쁘게 살 때가
인생 최고의 날들이 아니었나 생각한다.

화양연화는 아직 오지 않았다고 애써 위안을 삼으며,
매 순간순간이 최고의 나날이라는 깨우침을 얻는다.

애창곡도 유행 따라

요즘 트로트 열풍이 불고 있다.

2019년 2월 시작된 TV 조선 '미스 트롯'에 이어 1년 후인 2020년 3월 현재 '미스터 트롯'이 진행되고 있다. MBN의 '보이스 퀸 · 트로트 퀸' 등 트로트가 대세다. 10대부터 6, 70대까지 전 세대를 불문하고 그야말로 트롯 열풍이다. 주~욱 살펴보니 노래는 그 시대를 대변해 주고 삶의 일부로 와 닿는다. 나는 음악에 문외한이기에 감히 도전이라는 단어를 쓴다.

60년대 초교 시절은 누구나 아는 '학교 종이 땡땡땡~, 산토끼~, 송아지~' 등으로 시작한다. 운동장에 전교생이 모여 조회 때 부르는 애국가, 매년 어버이날이면 '높고 높은 하늘이라…'로 시작되는 '어머님 은혜'가 전부였던 것으로 기억한다. 유행가라면 어른들이 부르던 이미자의 '섬마을 선생님'을 흥얼거렸다.

사춘기의 중학 시절은 왕복 15㎞ 도보 통학을 했다. 육체적으로 힘들게 보냈다는 기억뿐 노래와는 거리가 멀게 느껴진다. 당시 어른들이 불렀던 오기택의 '고향 무정', 홍세민의 '흙에 살리라', 김태희의 '소양강 처녀', 남진의 '님과 함께'를 따라 부른 것 같다. 한창 감성이 풍부했던 고고 시절에는 너도나도 기타 배우기가 유행이었다. 또래 친구들과 양희은의 '이루어질 수 없는 사랑', 이장희의 '그건 너' 등 슬로우 록과 고고음악을 접하면서 기타를 배웠을 뿐, 여러 사람 앞에서는 불러본 적도, 부를 기회도 없었다.

열아홉 살이 되던 해 공무원 시험에 합격하여 일찍 사회인이 되었다. 장계현의 '나의 20년'이 나이 때에 맞게 어울렸고, 조용필의 '돌아와요 부산항에'는 폭발적으로 유행되어 국민가요가 되었다. 가난과 열등감, 사회적 불만 등 남에게 책임을 떠넘기고 위안받으려는 심리가 발동하여 샌드페블즈의 '나 어떻게', 이장희의 '그건 너' 등을 부르며 친구들과 어울렸다. '그건 너~너~너 때문이야…'라며 손가락질을 하면서 말이다.

그야말로 야근을 밥 먹듯이 하면서 벅차게 살았던 3, 40대는 노래 부를 시간도 기회도 많지 않았다. 고된 현실을 잊고 이상의 세계로 날고 싶었기에 노래방에 가면 추우나 더우나 라이언스의 '연'을 즐겨 불렀다. 자취 · 월세 · 전세 · 연립을 거쳐 아파트를 꿈꿨던 90년대 초반은 윤수일의 '아파트'(82년)를 많이 불렀다. '기다리던 너의 아파트♬'를 '…나의 연립 주택'으로 가사를 바꿔 부르기도 했다. 요즘 말로 웃픈 시절이었다. 또한, 김광석의 '일어나'로 하여금 암담했던 일상에 희망을 꿈꾸며 한때 나의 애창곡(18번지?)이 되었다.

힘들었지만 50대에 이르러 조금씩 여유가 생긴 듯하다. 그때부터 좋은 노래를 불러야겠다는 생각이 들어서이다. 삶에 찌들고 애환이 담긴 노래는 싫었다. 애절한 가사에 슬픈 곡조로 노래한 천재들이 젊은 나이에 요절했기 때문이다. 차중락의 낙엽 따라 가 버린 사랑, 배호의 마지막 잎새, 김정호의 하얀 나비, 김현식의 내 사랑 내 곁에,

남대천 개미의 유랑

김광석의 슬픈 노래들이 그렇다. 자주 어울리는 사람들과 노래 몇 곡을 들어 보면 그 사람이 어떻게 살아왔는지, 또한 현실이 어떤지 짐작이 간다.

　대부분 친구·선후배·직장 모임 등 심신이 즐거울 때 2차로 노래방을 간다. 물론 잘 안 풀릴 때도 노래방을 찾는다. 지난 시절 불렀던 노래를 기억해 보니 정원의 '허무한 마음', 딕 패밀리의 '흰 구름 먹구름' 등 쾌활한 노래보다 쓸쓸하고 아쉬움이 깃든 노래들이 먼저 떠오른다. 유행과 시대적 분위기를 따랐다고는 하지만 그만큼 침체되고 아등바등 살았던 증거이기도 하다. 그래서 50대 이후부터는 신나고 희망적인 노래를 찾는다. 최신곡은 아니어도 좋다. 배우자의 사랑을 담은 박구윤의 '뿐이고', 우정과 희망을 노래한 김홍의 '내일 다시 해는 뜬다', 잘살겠다는 의지가 담겨 있는 배일호의 '폼나게 살 거야', 박정식의 '멋진 인생' 등이 애창곡이 된 셈이다. 멋지게 잘살겠다고 발악을 하는 건가? 우습기도 하다. 아무튼, 시대의 흐름에 따라 애창곡도 달리해 왔다.

　1991년 시작된 노래방이 2000년을 전후하여 절정기를 누렸고 현재까지도 성업 되고 있다. 노래방 문화로 전 국민이 노래 못하는 사람 드물고, 한과 흥, 희로애락을 노래방에서 풀었다. 그땐 경제도 꽤 좋았던 시절로 기억한다. 지금은 국민소득이 그때보다 훨씬 높지만, 삶의 질은 비례하지 않는 것 같다.

　내게 있어 가장 감명 깊게 들었던 노래는 1978년 논산훈련소 연무관에서 들은 나훈아의 '고향 역'과 '머나먼 고향'이었다. 각자 처한 상황에 따라 다르게 들리겠지만 말이다. 그해 6월 16일 훈련소에 입소하여 3주 정도 되었을 때 실내에서 받는 '정훈 교육'이 있었다. 폭염의 연병장을 벗어나 점심 먹고 대강당에 모였다. 어두운 실내조명이 비치는 가운데 천장에서 몇 개의 대형 선풍기 돌아가는 소리만 스르륵 들릴 뿐, 수백 명의 훈련병들이 들어와 있었지만, 적막이 흘렀다. 피곤함에 지쳐 저절로 잠이 쏟아졌지만 잠들 수가 없었다. 흐르는 눈물 때문이었다. 13시까지 약 30분 정도 여유가 주어진 가운데 나훈아의 노래들이 심금을 울렸다. 훈련병이라는 현실과 고향의 그리움이 사무쳐 눈물을 흘리지 않은 동료가 없었다. 슬픔이 전염된 듯이 조용한 가운데 옆 좌석도 앞 좌석도 눈을 번득이며 어깨를 들먹거렸다. 40여 년이 지났지만, 그 기억이 이처럼 생생한 것은 그만큼 가슴에 와 닿았기 때문이다.

지난번 '미스터 트롯'에서 14세 정동원은 세대를 뛰어넘어 작자 미상의 '희망가'와 최근 히트곡인 진성의 '보릿고개'를 불러, 보는 이로 하여금 눈물을 머금게 했다. 일제 강점기를 거쳐 6.25 전후 우리 부모님 세대의 슬픈 자화상을 그대로 보여주는 노래다. 희망가의 '이 풍진 세상'은 풍요로운 세상인 줄 알았다. 인터넷을 검색해 보기 전까지는. 어릴 때 아버님이 부르던 노래라서 흥얼거린 기억이 아련한데, 풍파를 가져온 힘든 세상으로 해석하고 있다. 지금은 얼마나 살기 좋고 풍요로운 세상인가. 모든 것에 감사할 따름이다.

요즘 트로트 열풍이 그치지 않는다. 종편에 이어 지상파 방송에도

남대천 개미의 유랑

그야말로 트로트 전성시대다. 3월 12일 제11회 TV 조선 '미스터 트롯'의 최종회 시청률은 35.7%로 역대 최고를 기록했다. 성공적인 기획 방송의 영향도 있겠지만 노래방 문화도 일조했다고 본다. 최근 트로트 인기곡을 검색해 봤더니 10위까지 대부분 미스터 트롯에서 부른 노래들이다. 이쯤에서 나도 최신 트로트 한 곡이라도 배워야겠다. 음정 박자는 못 맞추더라도 일단 가사 좋고 신나는 곡으로!

10 · 26 그날의 GOP

언제 영화관에 갔었는지 기억나지 않는다.

오래전 '실미도'를 관람한 이후 영화관에 간 기억이 없다. 못 간 것이 아니고 안 간 것이다. 영화가 싫어서가 아니다. 어찌하다 보니 그렇게 지나 버렸다. TV 채널에서 철 지난 영화가 넘치지만 몇 시간씩 보기는 쉽지 않다. 郡 단위 소도시에서 문화 시설이 부족함을 인지하고 작년 여름에 복지관을 건축하여 일명 '양양 작은 영화관'을 개관했다. 인터넷 검색도 가능하다. 하지만 해가 바뀌도록 한 번도 가 보지 못했다. 시간적 여유가 주어지고, 호기심도 생겨 며칠 전 친구를 불러내어 그 영화관을 찾았다.

이거 얼마 만인가. 제목은 '남산의 부장들'. 2020년 1월 22일 개봉했다. 최신 영화를 지역에서 볼 수 있게 되어 좋았다. 1979년 10월 26일, 그날은 어마어마한 국가적 중대 사건이 일어난 날로 기억된다. 내용을 대충 알고 있기에 그냥 덤덤한 느낌으로 감상했다. 그날의 실화를 바탕으로 제작된 것이라서 영화로 표현하기엔 한계가 있겠지만, 그런대로 좋았다. 내용 전개의 사실 여부와 흥미를 떠나서 오랜만에 영화관에 왔다는 호기심이 앞섰다. 감상하면서 내 머릿속에는 예전 군대 생활이 떠올랐다. 끝나고 친구와 막걸리 한잔하면서도, 집에 돌아오면서도 그 일이 지워지지 않는다. 영화를 보면서 집중이 안 되고 생각이 자꾸 과거로 흘렀다. 그래서 자문한다. '당신은 그날 어디에 있었는가?' 본 영화와 관련되는 이 질문에 답하고자 한다. 결론부터 말하자면 난 그때 GOP 전방 철책선 아래 내 진지에 있었다. 진지는 곧 나의 무덤이라 했다.

시골 마을 초교 동창 9명 중 나와 또 한 명의 친구, 이렇게 둘만이 현역 입대 명을 받았다. 동경사(동해안경비사령부) 지역으로 남들처럼 보충역(방위) 근무가 가능했으나, 타지에서 학교생활 중 주민등록이 발급되어 현역 입대를 했다. 주소지 변동이 없어 보충역 근무로 명을 받은 친구들이 부러웠다. 입대 전, 운명을 神에게 맡기고 3년간 무사히 살아 돌아오게만 해 달라고 기도했었다. 1978년 논산훈련소를 거쳐 전방에 배치되어 훼바(FEBA)에서 1년 반 동안 훈련을 마치고 1979년 연천군 소재 GOP에 투입되었다.

1979년 10월 26일 그날도 여느 때와 같이 저녁 먹고 취침하다가 밤 11시 반에 일어났다. 간식으로 취사병이 밤마다 끓여 주는 라면을 먹고 초소 근무에 임했다. 10월 27일 07시경, 야간 근무를 마치고 반지하 벙커로 돌아왔다. 아침 먹고 오전 시간 나를 비롯한 B조 근무자들은 잠을 청했다. 누운 지 10분 정도 지나 잠들 무렵, 대대 OP에서 무전으로 긴급 1호 비상령이 떨어졌다. 드디어 올 것이 왔음을 직감했다. 오뚝이처럼 벌떡 일어나 담요를 관물대 앞에 밀어 제침과 동시에 옷 입고 군화 신고 철모 쓰고 군장 메고 총 들고 그야말로 쿠당탕거리며 영문도 모른 채 A조 B조 불문하고 부대 전원 담당 초소로 뛰쳐나갔다. 긴장되고 빨리 움직이느라 땀이 흐른다.

평소에도 그렇듯이 M16 탄창에 실탄 장전하고 격발 스위치 잠그고, 개인 지급 실탄 560발과 수류탄 2개 앞가슴에 달고 초소로 달려 나갔다. 물론 초소에는 크레모아 2개의 격발 스위치가 있다. 그야말로 완전 군장, 완전 무장이다. 밤새 근무로 피로가 쌓여 몸이 천근만근이다. 후방에서 5분 대기조 훈련을 많이 받은 지라 어려움은 없었다. 침착하려고 애쓰지만 긴장되고 가슴이 뛴다. 출동 시간 5분도 길다. 군화 끈 매는데 시간이 좀 걸리고, 침상 머리 위에 늘 꾸려져 있는 20kg의 완전 군장을 메고 나가기만 하면 된다. 개인 장비와 물품의 무게도 상당하지만 반복되고 통제된 생활의 정신적 무게에 눌려 온몸에 땀이 흐른다. 10월이지만 후방보다 일찍 추워지는 휴전선의 아침은 초겨울이다.

초소에 도착하여 전방을 살피던 중, 북한 GOP 부근의 벌집 또는 아파트처럼 생긴 대형 확성기에서 '박정희 죽었다!'라는 대남 방송이 또렷하게 들렸다. 그제야 무슨 일이 벌어졌는지 상황을 인지했다. 평소 훈련 때 지휘관으로부터 "너희들의 진지 하나하나가 바로, 너희들의 무덤이다!"라는 말에 세뇌되었지만 그러려니 하고 개의치 않았다. 하지만 그날 그 순간 그 말이 현실로 느껴졌다. '이제 여기서 죽는구나!'라고 생각했다. 입대 전 살아 돌아오게만 해달라고 기도했고, 또한 살아서 돌아오겠노라고 다짐했던 자신과의 약속이 여기서 끝난다고 생각하니 한없이 슬퍼졌다.

그 후 나라가 안정되어 평상시로 돌아왔지만 그러한 긴장과 평온의 반복 속에서도 시간은 흘러 33개월(1000일) 만기 전역했다. 전역식 때 지휘관으로부터 "너희들은 이곳을 나가면 다시는 들어올 수도 없고, 또한 올 필요도 없다. 정말 수고했다."라고 훈시했다. '수고했다.'라는 그 말 한마디에 모든 것을 보상받는 듯했고, 그 짧지 않은 군 생활이 파노라마처럼 스쳐 가는 가운데 눈물이 고였었다.

오늘의 영화 '남산의 부장들'을 감상하면서 만 40년이 지난 지금에도 잊히지 않는 그 날의 사건이 주마등처럼 되살아나기에 끄적거려 본다. 영화 이야기로 시작하여 엉뚱하게 군대 이야기로 끝나게 되네요. 28사 81연대 00중대 0소대의 생사를 같이했던 32명의 전우, 지금 어디서 어떻게 지내는지 보고 싶다. 부디 잘살고 있기를!

내 마음의 여백

'전화기 충전은 잘하면서 내 삶은 충전하지 못하고 사네'

가수이자 시인인 김종환이 작곡하고 14세 정동원이 부른 '여백'의 노래 가사 일부다. 여백의 사전적 의미는 '종이 전체에서 그림이나 글씨 따위의 내용이 없이 비어 있는 부분'을 말한다. 아예 쓰지 않은 것이 아니고 쓰고 남은 부분을 이야기한다. 여백은 곧 만족이다. 더 채우지 않아도 되는 공간이다. 인생에서도 새로운 것이 채워질 수 있도록 여백으로 비워 놓으면 어떨까. 바쁘고 빈틈없이 살아온 삶이기에 이제 장년의 인생을 돌아보면서 여백이 필요하다는 생각이 든다.

여백은 한편으로 여유이고 미덕이다. 예전에는 밥을 차려 주면 먹다가 조금 남겼다. 특히 친척 집이나 이웃집에 가서는 더 그랬다. 아니, 그게 당연한 것으로 알았다. 남긴 밥은 버리지 못했다. 사람이 먹든지 가축이 먹든지 철저히 재활용되는 것이다. 아버지께서 감을 딸때도 그랬다. 나무에 올라 광주리를 걸어 놓고 감을 따면서 윗부분 몇 개는 남겨 두었다. 장대가 짧아서 그런 줄 알았다. 여쭤봤더니 까치밥이라 한다. 산짐승 들짐승과도 공생해야 하는 지혜를 자연스럽게 일깨워 준 것이다. 그때는 배불리 먹을 수 없는 양심이 있었고, 사람이든 동물이든 함께 살아남기 위한 배려이기도 했다. 일상의 하나하나에서 이처럼 검소한 생활 습관이 몸에 배어 있었다. 이것도 여백의

남대천 개미의 유랑

미덕이라고 해야 할까.

여백은 휴식이며 재충전이다. 과거 '올챙이 적, 우물 안 개구리' 시절을 살아왔다. 미래가 암울했지만 극복했다. 지금은 디지털 시대에 살고 있다. 자동차, 전기, 전자, 인공지능에 이르기까지 물질문명이 눈부시게 발전했다. 넉넉하지 못할지언정 부족함이 덜한 세상이다. 늘 채워져 있고 빈틈없이 짠 듯한 일상 속에 '여백'이라는 노래가 현대인들에게 많은 것을 시사하고 있다. 노래 '여백'은 세상 경험이 적은 10대의 어린 가수가 부르기에 새롭게 와 닿는다. 아날로그적인 향취가 느껴진다. 오늘날 기성세대에게 쉴 틈 없이 돌아가는 세상살이에서 쓰러지지 않도록 잠시 쉬었다 가라는 경고처럼 들린다. 앞으로 각자의 삶도 충전하며 살았으면 좋겠다. 배고프면 먹어야 하듯이 마음의 여백도 새롭게 충전이 필요하다.

여백은 생각의 공간이고 보이지 않는 희망 창고다. 관현악기도 속이 비었기에 소리가 난다. 지식이든 지혜든 배운 사람들의 겸손을 나타내는 말인즉, 여문 곡식은 고개를 숙이고 차 있는 깡통은 소리가 나지 않은 것과는 대조되는 말이다. 문득, 거실 그림 액자에서도 여백을 보았다. 공간이 없으면 갑갑한 기분이 든다. 그림이 80%라면 여백 20%가 받쳐 주어 100%를 완성한다. 여백은 안개꽃과도 같다. 꽃다발 속의 장미를 더욱 돋보이게 받쳐 주는 것과 다르지 않기 때문이다.

지금까지 좁은 공간에서 빈틈없이 살아온 지난날이었다면 앞으로는 넓고 끝없는 이상을 꿈꾸며 희망의 날개를 펴리라. 아름다운 보석은 그냥 얻어지는 것이 아니다. 찾아내어 영혼을 담아 갈고 다듬어야 빛난다. 낮에는 별이 보이지 않는다. 보이지 않는다고 없는 것은 아니다. 밤이 되면 하늘에 무수히 빛나는 별을 보면서 어린 시절 맹세했던 언약, 추억, 소망, 꿈들이 떠오른다. 노래 '여백'에서, '…마지막 남은 나의 인생은 아름답게~~ 피~우~리~라~.'의 가사 끝부분처럼 우리들의 인생이 길고 아름답게 이어졌으면 하는 바람이다.

뭉게구름이 아름답게 보이는 것은 푸른 하늘이 있기 때문이다. 구름이 많고 적음에 따라 푸른 하늘이 여백일 수도, 구름이 여백일 수도 있겠다. 적은 것이 여백이다. 이참에 내 마음의 여백을 생각해 본다. 내게 있어 감춰진 여백의 공간은 얼마큼일까. 나에게도 여백이 있기는 한가? 자문해 본다. 망상, 욕망, 번뇌로 차 있어 내 마음속에 여백이 보이지 않는다. 비워 버리자고 마음먹지만 그게 그리 쉽지가 않다.

빈 유리그릇은 빛을 많이 받는다. 무엇을 담는가에 따라 달리 보인다. 무에서 유를 창조하듯이, 비어 있는 공간에서 희망을 꿈꿔 본다. 그러면서, 내 마음의 보이지 않는 감사 · 행복 · 소망 등을 찾아서, 보이지 않는 또 다른 여백으로 남겨 둘까 보다. 필요할 때 꺼내 쓸 수 있도록….

수평적 사회와 문화 아이콘

사회에는 '서열'이라는 게 있다.

특히, 우리 사회는 서열序列을 중요히 여긴다. 전통적으로 나이를 기준 할 때 연장자를 우선시하고 조직 내에서는 지위에 따라 엄격한 서열제가 자리 잡고 있다. 군부대를 예로 들면 건제순建制順에 따라 대대 중대 소대 분대로 편성되어 있다.

내 초등학교 시절이 생각난다. 1학년에 첫 입학하고 제일 먼저 접하는 것이 새 책을 받는 것이다. 새 교과서 과목의 중요도를 나열해 보면, 국어 산수 사회 자연 도덕 음악 미술 체육으로 기억된다. 지금은 어떻게 바뀌었는지 모르겠다. 선진국일수록 음악 미술 체육 등 예능을 즐겼고 또한 발전했다.

중학교 시절 이병우 수학 선생님이 첫 시간에 한 말씀이 기억난다. "외국에서 최고 머리 좋은 천재는 어릴 때부터 음악을 가르치고, 그다음 과학, 세 번째가 수학이다."라고 했다. 수학 선생님이라서 수학이 최고라고 할 줄 알았는데 그렇지 않은 것이 의아했었기에 또렷이 기억하고 있다. 그래서인지 서양은 '불후의 명곡'도 많고, 저 달에도 먼저 착륙했다. 우리나라의 경우 머리 좋은 아이들은 법대 공부시켜 판·검사 되는 것이 1순위였다. 서슬 퍼런 권위주의 세대였다. 지금 어린이들의 꿈은 부모와 다르게 아이돌 스타가 되는 게 1순위가 아

닌가 생각된다. 정치인들의 연설 순서는 직함순이고 예술인의 인기는
그 역순이다. 예를 들자면, 지자체의 행사에 있어 축사 격려사 등은
도지사 시장·군수 의장 순이고, 음악회에서는 맨 마지막에 부르는 가
수가 최고의 인기가 있는 뮤지션이다.

사회적인 서열 또는 건제순은 보는 관점에 따라 다르겠지만 정치
경제 사회 문화 국방 외교… 순으로 생각된다. 그러던 것이 근래에 와
서 많이 바뀌고 있다. 음악 영화 체육 등 문화 예술이 대세다. 80년대
에 이르러 86아시안게임, 88올림픽 등으로 운동선수들이 국위 선양
을 했고, 올림픽 이후로 눈부신 경제 성장을 가져왔다. 오늘날 세계
적 문화 아이콘은 BTS이고, 영화 하면 '기생충과 미나리'가 국제 무대
에 한국의 위상을 드높였다.

어느새 한류가, K-POP이 세계의 젊은이들을 열광케 하고 있
다. 젊은 나이를 벗어난 나 자신도 방탄소년단의 신곡 - 'Life Goes
On(삶은 계속된다)'의 가사에 빠져든다. '… 멈춰 있지만 어둠에 숨지
마, 빛은 또 떠오르니까…' 포스트 코로나로 힘들어하는 요즘, 이 가
사가 얼마나 멋지고 큰 위안을 주는 말인지 가슴에 와 닿는다.

체육 분야에서도 손흥민 선수를 비롯해 야구, 골프 등 세계에 그
이름을 알리고 있다. '체력은 국력이다'는 말이 실감 난다. 나라 안에
서는 남녀노소를 불문하고 '트로트'가 대세이고, 이제 세계적으로 알
려지는 것은 시간문제인 것 같다. 그리고 보면 정치 경제보다 음악 영
화 체육 등 한류 문화의 아이콘이 앞서간다. 시대에 따라 달라지는 건
제순. 그 순서가 바뀌어야 삶의 질이 높아진다고 본다. 물론 안정된

　　　　　　　　　　　　　　　남대천 개미의 유랑

정치 경제가 뒷받침되고 먹을 것이 풍족해야 가능할 것이다.

개인에게도 서열이 있을까. 예를 들어 가족의 서열을 이야기하자면 본인을 기준으로 배우자 자식 부모 순이다. 옛날에는 부모가 먼저였다. 어린아이 눈으로 보면 엄마 아빠에 이어 애완견도 순위 경쟁에 포함된다는데 한갓 우스갯소리이길 바란다. 최근에는 AI 인형도 한몫한다. 얼마 전 중국에서는 AI 성인 인형 업체가 급성장한다는 언론 보도가 있었다. 어쩌면 10여 년 후에는 '리얼돌'을 비롯한 'AI 동반자'가 본인 다음으로 서열 2위가 된다고 해도 놀랄 일은 아닐 것이다. 앞으로 또 어떻게 건제순이 바뀔지는 가늠하기 어렵다. '국어 산수… 미술 체육'에서 몇십 년 단위로 건제순이 뒤에서부터 추월당하는 것을 보면서, 세상에 변하지 않는 것은 없고 고정 관념도 오래가지 못한다는 생각을 해 본다. 변화와 발전의 속도가 너무 빨라지고 있다.

사람 사는 세상에 서열이 만들어지기 마련이다. 그 서열에는 직장에서의 상하 관계도 있겠지만, 경제적 부와 사회적 권력 못지않게 정보력 또한 무시할 수 없게 되었다. 서열 사회에서 바람이 있다면, 수직적인 것보다 수평적인 서열 또는 건제순이었으면 좋겠다는 생각을 한다.

최근 우리 사회 곳곳 다양한 직업 분야에서 재능을 마음껏 발휘하고 있는 '장인 또는 달인'들이 많다. 그리하여 직업에 귀천이 없고 이들처럼 자기가 맡은 일터에서 우대받는 그런 수평적인 서열 사회가 하루빨리 자리 잡기를 기대해 본다.

목장갑에 지게 작대기

목장갑이라고 무시한 적이 있는가.

한번 쓰고 휙 던져 버리지나 않았는지, 물건의 소중함을 생각해 본다. 목장갑(木掌匣)은 면장갑이라고도 불린다. 면은 목화 실로 만든 천인데 나무 木 자를 쓴 것이 의아하다. 손바닥 면을 붉은색이나 노란색으로 코팅한 것이 많이 쓰인다. 방수 기능도 있어 작업장이나 농사 짓는 데 없어서는 안 될 물건이다. 때에 따라 코팅되지 않은 순수한 흰색의 목장갑을 좋아한다. 오른쪽 왼쪽을 구분할 필요도 없고 쓰다가 구멍이 나면 손을 바꿔 끼면 된다. 그래서 더 사랑받는다. 회원들과 가끔 목장갑을 끼고 산행을 한다. 처음에는 어색하고 조합이 맞지 않는다고 생각했는데 익숙해지니 편하다. 멋 내려고 산에 다니는 것이 아니기 때문이다.

산행 시 스틱은 필수인 줄 알았다. 그럴 수도 있다. 몸의 균형을 잡기 위해 스틱을 두 개 갖고 다녔다. 그러나 양손에 쥐면 불편할 때가 많다. 사진을 찍을 때나 비탈길에서 나뭇가지를 붙잡는 등 다른 동작을 할 때이다. 그 후 한 개로 충분했고, 나중에는 한 개도 많아 그냥 집을 나선다. 현지 조달하면 된다.

태어나서 네 발로 기어 다니다 두 발로 걷는다. 나이 들어 지팡이에 의지하게 될 때 세 발이 된다. 지팡이는 두 개씩 들고 다니지 않는다. 할머니들은 유모차같이 생긴 다용도 손수레에 의지하는 걸 보면 발이 여섯 개다. 기어 다니는 아기보다 두 개 많다. '늙으면 애 된다' 는 말이 예사롭지 않다. 그나마 스스로 걸을 수 있을 때까지다.

평소 산행에서 스틱을 준비하지 않은 사람, 스틱 1개 또는 2개를 준비한 일행을 만난다. 답은 없으니 용도와 각자의 취향에 맞으면 된다. 목장갑에 현지 조달 지게 작대기 하나면 산행 준비가 되는 자유로움을 즐긴다. 스틱이든 지게 작대기든 한 개는 꼭 필요하다. 뱀이나 때로는 멧돼지의 공격을 받게 될 때 임기응변으로 몸을 보호할 수 있고 마음의 안정감도 얻는다. 이때는 작대기의 무기화다.

오래전 혼자 산에 오를 때가 있었다. 백암폭포 가는 길이었다. 늦가을이 되니 낙엽이 내려앉는다. 어느 비탈길에는 50㎝, 또는 깊이를 알 수 없는 낙엽이 쌓여 있다. 애초에 목적지 없이, 가는 데까지 가다 되돌아오려 했지만 가다 보니 너무 깊이 들어섰다. 계속 오르면 대청봉이 나온다. 홀로 걷는 길이라서 가랑잎이 바스락거려도 신경이 곤두선다. 그때 생각나는 것이 작대기였다. 호랑이나 곰은 없겠지만, 산짐승이 나타나면 무방비 상태다. 그래서 주변에서 튼튼한 나무작대기를 마련했다. 여차하면 찌르기라도 해야 할 것 아닌가. 점점 무서워졌다. 맹수가 있다면 미리 도망가라고 큰기침과 소리를 벅벅 지르면서 걸었다. 돌아올 때는 뭔가 따라오는 것 같아 가끔 주변과 뒤를 돌아보면서 말이다. 그 작대기가 내게 큰 힘과 위안을 주었다. 산행에서 목장갑에 지게 작대기는 사치스럽지 않고 운치도 돋보여 적절한 조합을 이룬다.

내 인생의 책 한 권

지난 2월 16일 어느 신문에서 '내 인생의 ㅇㅇㅇ' 시리즈를 시작한다는 기사를 읽었다. 사회 지도층이나 경제계 리더들의 삶의 원동력으로 삼는 취미나 물건을 소개하는 내용이다. 평범한 사람들에게는 뭐가 없을까 생각해 본다. ㅇㅇㅇ안에 들어갈 정답이 없으니 이것저것 글자 조합을 만들어 본다. 우선 생각나는 것이 '내 인생의 첫사랑'이다. 아울러 내 인생의 글쓰기 · 마라톤 · 명리학 · 군 생활 · 화양연화 등이 떠오른다. 하나하나 써 볼 작정이다.

먼저 '내 인생의 첫사랑'은 접기로 했다. 특별한 사연이 생각나지도 않고, 있다 해도 아직은 비밀로 남겨둘까 해서다. 그보다는 제목이 같은 '모니카 마틴'의 노래가 먼저 떠오른다. 청년 시절 즐겨 들었던 음악으로 잔잔한 감성을 느낀다. 그다음 '내 인생의 글쓰기'를 넣어 본다. 책 한 권 분량의 글쓰기. 경험은 적지만 지금 쓰고 있고 앞으로도 써 나갈 것이니까.

초교 시절 어머니의 파란만장한 이야기를 들으면서 자랐다. 시골에서 겨울철은 농한기이다. 해가 일찍 저무니 저녁밥을 일찍 해결하고 이웃 어르신들이 우리 집에 놀러 오신다. 부모님이 마음씨가 너그러워 그런지 우리 집이 아지트인 셈이다. 그때 많은 이야기를 들었다. 안방 아랫목에서 놀다가 동네 어르신들이 오시면 얼른 윗방으로

남대천 개미의 유랑

올라가곤 했고 호기심에 문지방 너머로 말씀을 엿듣곤 했다. 재미있고도 슬펐다. 6.25 피난 시절 이야기가 제일 긴장감 있고 극적으로 와 닿았다. 피란을 가다가 옆 사람이 파편에 맞고 죽어가는 이야기, 엄마의 남쪽 피난 생활 중 된장을 얻으러 어느 집에 갔더니 구더기가 버글버글한 것을 퍼주는데 그것도 고마워서 잘 먹었다고 한다. 그 후 어머니는 된장국을 좋아하지 않으셨다.

동네 어느 분은 군복무 시절 전쟁을 겪으면서 구사일생으로 살아왔다고 한다. 전쟁 중 상처를 입고 쓰러져 있는데 적군 몇 명이 오고 있더란다. 순간적으로, 여러 시체 옆에 누워서 죽은 체하고 있는데, 낌새가 이상했던지 적군이 지나가면서 '저 사람 찔러 볼까?' 하더란다. 옆 사람이 '찔러 보긴 뭘 찔러 봐!'라며 그냥 지나는 바람에 살아왔다는 이야기다. 우리 마을에 사는 그 주인공이 누군지 나도 알고 있다. 얼마나 소름 끼치는 순간인가. 같은 적이라도 그 사람이 생명의 은인 아닌가.

글을 쓰고자 하는 동기는 어머니의 한숨에서 나왔다. 어느 날 어머니께서는 식구들 있는 자리에서 이렇게 말씀하셨다. "너희들이 세상을 뭘 알겠니, 전쟁과 피란 생활, 자식 잃은 슬픔 등 평탄치 못했던 삶의 이야기를 소설로 써도 몇 권은 된다."고. 소설이 뭔지도 모르시는 어머님 아닌가. 체념하듯 슬픈 넋두리다. 그보다 더 어려울 수 없다는 마지노선인 셈이다. 그런 어려움도 견디며 살았는데 뭔들 못하겠냐는 다짐이 내면에 깔려있다. 그 푸념이 어쩌면 삶의 원동력일 수도 있다. 유언 같은 그 말씀이, 살아오면서 머릿속에서 지워지지 않았다. 개인의 역사이기도 한 어머니의 그 한을 기록으로 남기고 싶었다.

학창 시절에는 교과서 말고 책을 사 본 기억이 없다. 내게 있어 독서는 군 제대 후부터 시작되었다. 무협 소설 등 흥미 위주로 책을 읽었다. 그때 나도 재미있는 글을 써 보고 싶었다. 그러나 얼마 못 가 글을 쓰려는 마음을 이내 접었다. 매년 1월 신춘문예 글을 신문에서 읽었는데 당선자들의 프로필을 보니 대부분 문예창작과, 국문과를 나온 분들이었다. 대학 진학을 꿈도 못 꾸는 나는 감당할 수 없었다. 현실을 직시했다. 이후부터 책을 읽기도 싫어졌고 글쓰기의 관심을 접었다. 무엇보다 공무원으로서 현직에 충실해야 했기 때문이다. 밤낮을 가리지 않고 일을 해도 업무는 늘 쌓여 있었다.

10여 년이 지난 어느 날 어떤 책인지 기억나지 않지만 '토인비'의 "역사는 창조하려는 생각과 소신을 지닌 소수의 사람에 의하여 이루어진다."라는 말이 내 마음을 붙잡았다. 그 '소수의 사람'에 용기를 얻었다. 그래, 나도 할 수 있다. 세상에 많이 배우고 유명한 사람들이 넘쳐나도 평범한 나는 나대로의 이야기가 있는 '소수의 인간'이라며 위안으로 삼았다. 그때부터 나는 작가가 되지는 못하더라도 퇴직 전 '내 인생의 책 한 권'을 출간하리라 마음먹었다. 몇 줄의 메모에 불과했지만 '내 인생의 글쓰기'를 시작했다. 퇴직 1년 전 그것들을 정리했다. 그야말로 1㎝도 거짓이 없는 진담이지만 그것마저 헛소리이자 개**에 불과하다는 생각이 들었고, 그놈의 품위를 생각하여 제목을 '견담'이라 정했다. 어머니의 한이 선물해 준 내 인생의 책 한 권, '견담(犬談)'은 이렇게 세상에 나왔다.

남대천 개미의 유랑

그 후 다시는 글을 쓰지 않겠다고 마음을 굳혔다. 퇴직 후 여행도 다니며 그간 누리지 못했던 세상의 자유를 선물 받았다. 백수 생활 2년이 지난 어느 날 우연히 지인의 도움으로 '현대계간문학'에 인연이 되었다. 퇴직 후의 세상 이야기를 조금씩 만들어 가고 있다. 많이 부족하지만, 새로운 호기심을 찾아 끄적거리곤 한다. 쓰던 글을 잠시 멈추고 앞서 이야기했던 모니카 마틴이 부른 '내 인생의 첫사랑'을 듣는다. "내 인생의 첫사랑/ 사랑은 지나가고/ 당신은 또 그렇게 멀리 있습니다 …."

그러면서 '내 인생의 000' 속에 '책 한 권'을 넣어 본다. '내 인생의 책 한 권'. '犬談'이 60세 이전의 이야기였다면 지금 쓰고 있는 글들은 60대 후반이 될 것이다. 여전히 진담이 될지는 모르지만, 주위에서 일어나는 소소하고도 변화무쌍한 이야기를 쓰고 싶다. 개개인의 삶도 우리 시대를 살아가는 역사다, 그 소중한 삶의 역사는 속일 수 없으니까.

귀신보다 무서운 사람

어느 해 늦여름이었다.

도로 업무를 보던 시절, 농어촌 도로 지정을 위해 임도 노선을 답사하게 되었다. 수많은 임도가 개설되었지만 가보지 않은 길이 많았다. 읍내에서 멀지 않은 임도이지만 처음 가는 길이다. 그날따라 안개가 끼어 30m 앞이 잘 보이지 않았다. 퇴근 시간도 다가오고 해서 다음날로 미룰까 하다가 조사 기일이 임박하여 늦더라도 조사를 해야만 했다. 퇴근 시간 맞춰 퇴근하기란 수십 년 동안 손가락으로 헤아릴 수 있는 날들이었으니 말이다. 거리는 차량 계기판으로 측정하면 될 것이니 그리 어려울 것은 없었다.

양양 송이밸리휴양림에서 남쪽 방향 임도로 접어들었다. 비포장에다 구불구불 굴곡이 많고 급경사가 이어진다. 처음 가는 길이라 호기심이 많았다. 한참을 지나 산 능선에 이르고부터 급경사가 덜하다. 평탄 길을 돌아가다 보니 다시 급경사가 나온다. 임도를 따라 6㎞ 위치에 '오상 영성원'이라는 이름의 기도처가 있다. 그곳이 기도원인지 나중에 알았다. 근래에 널리 알려진 '38선 디모테오 순례길'이기도 하다. 그 길에서 서쪽을 바라보면, 북으로 흐르는 양양 남대천이 구불구불 매우 아름답다. 임도를 계속 가면서 강 건넛마을과 서쪽 백두대간을 이루는 지형을 감상하면서 즐길 수 있다.

낮은 오르막길에서 평지를 지나니 영성원 앞으로 내리막길이다. 길 양쪽으로 높이 7m 정도 되는 소나무가 우거져 있다. 폭 3m 정도 좁은 길이 더 좁아 보인다. 안개가 꽉 끼어 있다. 평소 사람과 차량 왕래가 거의 없는 길 같다. 임도 입구에 들어서면서부터 조금 무서운 생각이 들었다. 정상에 오르며 20분가량 가는데도 차도 사람도 마주치는 일이 없다. 너무 한적하여 더 무서워진다. 안개가 끼었는데 낮이라 헤드라이트를 켜는 것도 잊었다. 동물들이 놀랄까 봐 지프차의 노란색 안개등만 켠 것으로 기억된다.

그러면서 서행을 유지했다. 소나무가 빽빽하게 우거진 좁은 내리막 도로를 시속 5㎞ 정도로 매우 천천히 주행했다. 갑자기 30m 앞에 검은색 물체가 보였다. 안개가 흐르고 있어 언뜻언뜻 보인다. 순간적으로 '사람인가, 귀신인가?' 하는 생각에 소름이 돋는다. '전설의 고향'에 등장하는 저승사자를 만난 듯했다. 가까이 다가가면서 보니 머리를 조금 숙이고 있어 얼굴은 볼 수 없었다. 검은 옷과 두건을 쓴 두 사람이 걸어오는 것은 분명했다. 순간적으로 몸이 얼어붙는가 싶었다. 브레이크를 살짝 밟으며 그들을 돌아보며 지나쳤다. 눈이 마주치지는 않았다. 족두리를 쓴 데다 고개를 약간 숙이고 걷고 있었다. 흰 얼굴은 반쯤만 보여 더 작아 보였다. 내 머리칼이 서는 듯 두피가 당겨왔다. 소리를 지를 뻔했다. 수녀님이었다. 수녀임을 인식하자 긴장이 풀리며 식은땀을 났다. 허깨비나 귀신은 아니어서 안도했다. 살아오면서 사람보고 이렇게 놀란 적이 있었던가. 귀신보다 살아있는 사람이 무섭다더니….

외길 임도였기에 가던 길을 계속 갔다. 차 뒤에 누군가 따라오면 어쩌나 하는 상상을 했다. 뒤를 돌아볼까 싶은 충동을 느꼈지만 돌아볼 용기가 나지 않았다. 여전히 안개에 가려 백미러나 룸미러는 안개 짙은 회색일 뿐이다. 그대로 앞만 보고 운전했다. 3㎞ 정도 더 가니 군도 2호선과 만나는 '부소치' 정상이 나왔다. 정상에서 내리막길을 내려오다 보니 안개가 조금씩 걷히고 있었다. 그때 수녀임을 인식했으면 성모 마리아님이 나를 보살펴 주신다고 생각했을 텐데, 사람을 보고 그처럼 놀라다니 그때 내 심신 상태가 매우 불안했었나 보다.

남대천 개미의 유랑

얼굴 없는 마네킹

어쩌다 그 길을 걷게 되었다.

7번 국도 38 휴게소에서 남쪽으로 1km 내려가면 오른쪽으로 작은 길이 나온다. 비스듬하게 100m 걸어가면 구 철도 길로 이어진다. 50m 떨어진 국도와 평행을 이룬다. 조금 가다가 서쪽으로 작은 길이 보인다. 드나든 흔적도 없이 고요하다. 길 양옆으로 싸리나무 등이 우거져 사람만 겨우 다닐 수 있는 좁은 길이다. 호기심이 생겼다. 이전부터 그곳에 산장이 있다는 말을 들었기 때문이다. 그 좁은 길을 따라 100m 정도 걸었더니 농막 주택처럼 생긴 건물들이 몇 채 있다. 산장이라 불린 숙박 시설이다. 그 옛날 부유층과 고급 인력들이 다녀간 별장이다. 지난날 호황을 누렸던 곳으로 추정된다. 국도에서 불과 100m 정도 거리지만 너무 고요해서 오싹한 기분이 들었다. 그야말로 '산천은 의구한데 인걸은 간데없네.'라는 느낌이 절로 나온다.

되돌아 나와 다시 구 철길을 따라 북쪽 38선 쪽으로 걸었다. 150m 가면 쓰레기 매립장이 있다. 용량이 채워져 더 쓰레기를 버릴 수 없어 문을 닫은 매립장이었다. 그래서 철문으로 입구를 막아 놓았다. 바다 안개가 밀려왔다. 저녁이라서 금방 어둑해진다. 주변이 음습하다. 쓰레기 무단 투기를 방지하기 위함도 있고 악취 나고 험한 꼴 안 보이게 하려는 조치일 수도 있다. 나는 철제문 옆으로 겨우 비집고 들어갔다. 천천히 걸어가던 중 산비탈 쪽 길 어깨 부근이었다. 그곳에 작은 나뭇가지들에 기대고 서 있는 검은 물체가 나타났다. 숨어서 나를 엿보는지 머리는 보이지 않았다. 1:1로 맞서게 되었다. 되돌아 나올 수도 없었다. 나의 담력을 시험해 보듯 겁을 잔뜩 먹은 채 가까이 다가가니 매끈한 몸매의 사람이 틀림없었다.

해가 넘어가면서 어두워지고 있었다. 바람이 휙 불어왔다. 내가 움찔하는 사이 그 사람이 옆으로 툭 쓰러졌다. 얼마나 놀랐는지 소리를 지르며 뒤따라오는 일행을 불렀다. 뒤에는 아무도 없었다. 철문을 넘기 어려워 따라오지 않은 것이다. 머릿발이 선다. 되돌아가면 환영처럼 어른거릴 것 같아 자세히 보기로 했다. 쓰러진 그놈을 살폈다. 머리가 보이지 않았다. 몸에 짝 붙은 옷을 입고 있었는데 다리도 매끈하고 통통하여 머리가 훼손된 죽은 사람인 줄 알았다. 이상하다 싶어 작대기로 몸을 돌렸더니 얼굴이 없었다. 더욱 기겁하면서 보니 가발을 쓴 머리가 180도 돌아가 있었다. 자세히 보니 마네킹에 검은 잠수복을 입혀놓은 데다 긴 머리 마네킹 머리 부분을 돌려서 끼워 놓은 허수아비였다. 아무리 강심장이라도 그처럼 섬뜩할 수가 없었다. 허수아비인 줄 알아차렸음에도 얼굴이 화끈거리며 심장이 콩콩 뛰었다.

가까운 앞바다 주변에 작은 어촌 마을이 많은지라 어느 분이 이곳에 아무렇게나 버린 것을 또 다른 분이 장난삼아 세워 놓은 것인지는 알 수 없다. 아니면 악취 나는 매립장에 사람 못 들어오게 허수아비 역할이라도 하듯 갖다 놓을 수도 있다. 나중에 마네킹을 버린 사람이 이곳을 다시 찾는다면 그도 놀라 도망칠 판이다.

남대천 개미의 유랑

나는 잠수복을 입혀 놓은 그 마네킹을 쓰러져 죽은 사람인 줄 알고 놀란 것이다. 얼굴만 없을 뿐 형클어진 머리며 사람의 형체가 너무 완벽했다. 확실하게 속아 넘어갔다. 안개 낀 날 산길을 가다 보면 그때의 오싹한 느낌이 문득 떠오른다. 뒤에서 내 머리를 당기는 듯한 착각을 하면서 말이다. 앞서 귀신보다 사람이 무섭다는데 이번에는 허수아비 귀신, 즉 허깨비에 놀란 것이다.

끝장 드라마

잠이 깨니 새벽 4시다.

12 지지(地支)에서는 호랑이가 활동한다는 인시(寅時)다. 종교 활동 하는 분들의 기상 시간이기도 하다. 이때 일어나 글을 쓰는 분도, 운동하러 집을 나서는 분도 계신다. 이 시간 조간신문은 벌써 와 있다. 재벌 회장님의 기상 시간일 수도 있다. 기업인 중 아침형이 많은 것 같다. 한편, 출근 준비에 바쁜 시간일 수도, 3교대 근로자의 근무 교대 시간도 될 수 있다. 이른 봄의 새벽 4시는 한밤중이다. 이 시간 에 잠이 깨면 다시 잠을 청하는데 어제 만난 군대 친구의 인생 드라마 가 오버 랩 되면서 잠이 더 오지 않는다.

2019년 등단했을 때 "내게도 이런 친구가 있다는 것이 자랑스럽 다."라고 소셜미디어에 축하 댓글을 달아준 친구가 있다. 군 시절 만 난 친구다. 어제 그 친구를 만났다. 대기업 간부로 해외에서 근무하 다 최근 퇴임했단다. 군시절 이야기를 비롯하여 현재 처해있는 상황 과 앞으로 살아갈 이야기도 나눴다. 보통 60세 전후 현역에서 물러나 게 된다. 그때부터 '제2의 인생'이라는 수식어가 따라붙는다. 좋은 말 로 포장해 놓은 듯하다. 제2의 인생이라고 생각하는 순간부터 "이제 전성기는 지났구나, 나이 들어가고 있구나."라고 인정하며 의욕과 기 세가 한풀 꺾인다. 그러면서 75세까지가 제일 살기 좋은 인생의 황금 기라고 말한다. 아직 일할 수 있고 재미있게 살 수 있다는 덕담인가 싶다. 조금의 위로는 되지만 사탕발림에 지나지 않는다.

현역에서 한발 물러나 뜻있게 살라는 의미지만 몸과 마음은 한창이고 이루지 못한 일들이 아직 남아있기에 내심으로는 발버둥 치는 모습으로 들린다. 제2의 인생은 두 번째의 삶이니 덤으로 사는 것이라서 마음 비우고 보람되게 살아가라는 가르침으로 받아들인다. 하지만 지금 100세 시대 운운하는 마당에 그 말을 동감해야 할지 부정해야 할지 혼란스럽다. 회갑이 지나면 '제2의 인생'이란 말이 오래전에 만들어진 것이라면 지금은 75세 이상부터 '제2의 인생'이라고 해야 어울리지 않을까 생각해 본다.

아무튼, 서로에게 위안을 주고받으며 친구와 이런저런 이야기를 나눴다. 그러던 중 충격적인 말을 털어놨다. 누구나 한두 가지 비밀을 간직한 채 살아간다. 자존감 잃을까 봐 말하지 않을 뿐이다. 아니 말할 수가 없다. 그야말로 어마어마한 비밀 이야기를 내게 말할 용기, 그는 진정한 친구다. 비밀을 지켜주겠다고 했더니 '이젠 말해도 돼!'라는 뜻밖의 답이 돌아왔다. 그래도 난 그 비밀을 지켜줄 테다. 다른 친구들에게 자연스럽게 알려질 때까지 말이다. 한편, 내게 비밀을 털어놓을 수 있는 친구가 있다니. 나도 못되게 살아오지 않은 것 같다는 자부심이 든다. 잠깐의 착각이지만 나쁘지는 않다.

약간 떨리는 목소리로 말했다. 무슨 말인가 하니 친구 왈, "32세 때 어머니가 돌아가셨는데 친어머니가 아니었다."라고. 이 무슨 청천벽력 같은 소리인가. 그 말을 믿으라고? 요즘은 어린아이를 입양해 키워도 철이 들면 사실대로 말해 준다고 한다. 그런데 32년간 어떻게 감쪽같이 속일 수 있었단 말인가. 철이 들어도 수십 번이 들고 강산도 세 번 변한다는 30년 넘게 비밀을 간직하다니…. 생각이 혼미해진다. 그것도 어머니 돌아가신 지 얼마 후 친척이 사실을 말해 주더란다. '이것이 인생이다'를 보는 것 같다. 유명 연예인이라면 매스컴에 난리가 났을 거다. 소설을 써도 베스트셀러감이다. 출생의 비밀 등을 기막히게 묘사해 인기를 끄는 '막장 드라마' 같은 이야기다. 글에 붉은 줄이 가기에 검색해 봤더니 '끝장 드라마'로 안내한다. 말이야 그렇지, 막장이든 끝장이든 거기서 거기 아닌가.

그 후 친구는 수소문해서 한 번도 본 적 없는 친모를 만날 수 있었단다. '잃어버린 32년', 이런 표현도 어색하지 않다. 한참 철든 나이에도 밥까지 떠먹여 주며 애지중지 홀로 키워왔다는 분이 친어머니가 아니었다니. 드라마도 이런 생 드라마가 없다. 누군가 부러워하는 대기업의 최고 임원으로 성공하도록 길러준 어머니의 사랑이 사무치게 그립다며 눈이 반짝인다. 열심히 활동한 공로를 인정하여 사오정, 오륙도를 뛰어넘어 60이 한참 지나 퇴임한 친구와 단둘만의 자리에서 이런 기막힌 이야기에 취하지 않을 수 없다. 주(酒)님을 모신 탓도 있지만, 새벽 4시에 잠이 깬 이유이기도 하다.

평소 드라마를 즐겨 보지 않는다. 거실에서 TV를 시청하다가 짝꿍이 드라마를 볼 때면 나는 안방으로 가서 다른 것을 본다. 서먹해진다. 아침 시간대에는 생동감 있는 '아침마당'을 보라고 한 성원 한다. 그래도 짝꿍은 그 시간 때 방송하는 드라마에서 벗어나기 어렵다. 끝장 드라마는 한번 빠져들면 헤어나지 못하는 마약 같은 끌림을 가져오는 것 같다. 그래서 본방송을 못 보면 나중에 다른 채널을 통해 재방송을 보게 만드는 것이다. 그것이 나쁜 것도 틀린 것도 아니다. 개인의 취향일 뿐이다. 여기에서 어떤 국민성과 힘을 느낀다. 드라마의 힘인가? 대한민국 아줌마들이 이끄는 한류의 힘인가. 어제 친구의 이야기를 듣고 생각해 보니 짝꿍이 보는 끝장 드라마가 조금 이해가 간다. 방송국에서 나 같은 사람을 싫어할 것 같다. 시청률을 떨어뜨린다고…, 하하. 그나저나 앞으로는 짝꿍과 같이 드라마도 재미있게 봐야 할 것 같다. 모처럼 친구 이야기를 듣고 보니 정말 살아가는 자체가 드라마 아닌가. 이름하여 현실이 된 '끝장 드라마!'.

내 인생의 화양연화

대청봉을 오르다가 갑자기 '화양연화'라는 말이 떠오른다.

스쳐 지나는 바람처럼 말이다. 오르막 내리막, 때로는 급경사를 반복한다. 어느 산이든 정상이 가까워질수록 경사가 급한 편이다. 육체적으로 힘들기 때문일까.

정상에 오르면 세상을 다 얻은 듯하다. 그러나 막상 정상에 오르고 나면 그 기쁨과 환희, 성취감은 금방 지나가 버린다. 그 짧은 시간도 분명 최고의 순간이다. 한때 '별의 순간'이란 말이 정치권에서도 유행을 탔다. 화양연화는 영화 제목이기도 하다. 제목만 기억할 뿐 그 영화를 본 적은 없다.

인생 최고의 순간이라는 그 화양연화는 언제인가. 지나갔을까, 아직 오지 않았을까. 아니면 지금 이 순간인가. 누구나 한 번쯤은 이런 생각을 해 봤을 것이다. 최고로 기억됐던 순간도 시간이 지나면 밋밋해지고 또 다른 순간을 만들어간다.

그나마 행복했을 때는 언제였던가 떠올려 본다.

우선, 어머니의 웃는 모습을 보거나 웃음소리를 들을 때 행복했다. 직장에서 승진했을 때, 대통령상을 받을 때, 훈장 받을 때도 행복했다. 첫 수필집을 냈을 때, 그리고 퇴직 후 등단했을 때도 기뻤다. 중학 졸업 후 농사일 도우면서 1년간 책 한번 보지 않고 고교시험에 합격했을 때도 행복했다. 108배 100일간 세 차례(32400회)를 끝냈을 때도 좋았고, 무엇보다 군에서 살아 돌아왔을 때도 행복했다. 첫 마라톤 풀코스 42.195㎞ 완주했을 때도 빼놓을 수 없다. 이런 일들이 최고의 순간이긴 하지만, 그 한 가지를 고르기는 쉽지 않다.

그렇다면 슬프지 않을 때가 행복한 것일까. 슬펐을 때를 떠올려 본다.

초교 시절, 6학년이 되면서 자리 배치할 때, 중학 진학 못 하는 초교 친구들을 한교실에서 따로 앉혀 수업받을 때 알 수 없는 슬픔을 느꼈다. 그때 철이 들기 시작한 것이다.

진달래 나무를 베어다가 도장을 새겼다. 내 이름 세 글자를 거꾸로 써서 팠다. 인주를 묻혀 찍어 보니 이름 세 글자가 선명했다. 또래 친구들도 그렇게 했다. 뿌듯한 성취감에 빠져 있을 때 아버지께서는 한숨을 쉬셨다. 허튼 재주 부리다가 힘들게 살아가는 것을 우려한 것이다. 중학교도 못 보내면서 내게 무엇을 기대하느냐는 반발심이 일었다. 그것이 내겐 첫 번째 좌절의 슬픔이었다.

아홉 살 되어도 초교 입학을 하지 못한 막내아우를 잃고 문지방에 힘없이 기대어 초점 잃은 모습으로 앞마당을 내다보는 어머니를 보았을 때도 표현하지 못할 슬픔이 밀려왔다.

중고 시절, 돈이 없어 수학여행을 가지 못했을 때 말도 없이 슬펐다. 강릉 자취방에 쌀과 반찬 만들어 주시고 터미널로 발길을 돌리는 어머니의 뒷모습을 지켜볼 때도 한없이 슬펐고, 어머니가 보이지 않을 때까지 서 있었다. 이건 슬픔이 아니고 진정한 사랑인가 보다.

군 생활, 가랑비 내릴 때 치렁치렁한 판초 우의를 입고 야외 작업할 때 슬펐고, 뜨거운 여름 가파른 산 중턱에 윤형 철조망과 40kg 철주를 어깨에 메고 운반, 설치 작업을 하며 몸에 상처 입을 때도 슬펐다. 아직도 손과 팔에 그때의 상처가 남아 있다. 혹한기 훈련 때 지하 벙커에서 촛불에 의지하며 며칠 생활했다. 그때 전우들과 하얀 반합 속 뚜껑에 오가피주 따라 마시며 고향 생각날 때도 슬펐다. 남들이 몇 번씩 갖는 면회가 어떤 건지 느낌을 알려고 GOP 들어가기 전 어머님을 오시라 했던 내 인생 단 한 번의 면회도 기쁨보다는 슬픔으로 기억에 남는다. GP 안에 들어가 작전 수행 중 녹 쓸고 구멍 뚫린 철모를 발견할 때도 알 수 없는 슬픔이 전해온다.

일상에서, 혼수상태에 놓인 짝꿍의 얼굴에 내 눈물 한 방울 떨어질 때가 그랬다. 말하지 않았기에 짝꿍은 그때 무슨 일이 있었는지 알지 못한다. 육체적인 고통은 슬픔이 아니고 아픔일 뿐, 아픔보다 더 크게 다가온 슬픔의 무게에 짓눌렸다. 중국 산샤댐 협곡에서 소수 민족 여성들이 남성을 보쌈으로 데려가는 공연에서 울려 퍼지는 슬픈 음악을 들을 때도 마음이 애잔했다. 어쩌면, 이러한 슬픈 일들은 내가 그만큼 행복했다는 증거일까.

이처럼 슬펐던 기억들은 쉽게 떠오른다. 슬픔과 기쁨의 차이는 무엇일까. 살아오면서 어쩌면 기쁨보다 슬픈 일이 더 많은 것처럼 느껴진다. 기쁜 일은 잠깐이고 또한 빨리 잊히지만, 힘들고 슬펐던 일은 오래 기억에 남는 것 같다. 그러니 어찌 보면 바쁜 가운데서 그때그때의 성취감에서도 작은 행복을 발견하며, 그야말로 매 순간순간이 화양연화처럼 살아가면 좋겠다. '가장 아름다울 때, 지금!'이란 말처럼.

남대천 개미의 유랑

에필로그

열아홉 살 고3 때 토목직 지방공무원에 들어왔다.

재직 중 공사 현장의 느낌과 사는 이야기를 담은 수필집 '견담犬談'을 2016년 출간한 바 있다. 외적으로는 철근 콘크리트처럼 단단하고 각박한 세상을 살아오면서도 내면의 감성을 숨길 수가 없었다.

현직에서 물러나면 이와 반대로 자유분방하면서도 외유내강의 패턴으로 삶을 이끌어가고자 마음먹었다. 퇴임 후 불규칙한 생활을 이어 오다가 우연히 문단에 등단했다. 그렇지만 '견담' 이후 다시 책을 내겠다는 생각을 해 본 적이 없다. 2016년 출간한 '견담'에 모든 것을 쏟아부었고. '견담'은 생애 처음이자 마지막이라 생각한 단 한 권의 책이기 때문이다.

41년간 공직에 머물면서 세뇌된 규칙적인 생활도 퇴직 후 몇 년 지나니 어느 순간 허물어지더라. 마음을 다잡아 보지만 나태해지고 무료한 일상이 반복되었다. 등단하지 않았더라면 지금의 나는 카스, 페북 등 SNS에 재미있고 때로는 엉뚱한 글을 쓰며 만족해 있을 거다. 등단이라는 새로운 길이 나에게 문학에 대한 열정을 가져다주었다. 어둠 속에 불빛이 보였고, 아직 할 이야기가 남아 있다는 것이 신기했다. 그러면서 주변에서 일어나는 크고 작은 이야기들을 소재로, 무료함도 달랠 겸 그간 써 놓은 글을 모아 두 번째 에세이집을 출간하게 되었다.

고난을 이겨 내며 살아남은 개미의 유랑을 쓰다 보니, 그 개미의 여정이 곧 내가 살아온 분신과도 같다는 생각에 울컥하기도 했다. 개미를 통해 나를 비춰 보는 작은 생각들이 오늘날 학업과 취업, 결혼 등 힘을 잃어가는 젊은 세대들에게 용기가 되고, 꿈을 이루기 위한 작은 희망의 메시지가 될 수 있다면 더 바랄 것이 없겠다.

아울러 자신에게도 글을 쓰는 동기부여가 되고 인문학적 성취를 한 단계 끌어 올리는 계기가 될 것으로 믿는다. 이 책을 출간하면서 작은 욕심을 부린다면 '주인공이 된 개미가 양양 남대천을 유랑하는 이야기'를 소재로 10분짜리 애니메이션을 제작했으면 하는 바람이다. 어쩌면 이다음에 챗 GPT가 만들어 줄 수 있겠다는 생각도 가져 본다.

끝으로, 부족한 제게 등단을 비롯하여 글을 쓸 수 있도록 기회와 용기를 주신 현대계간문학 박종래 대표회장님과 제 글에 날개를 달아 주신 이복수 박사님께 큰 감사를 드린다.

또한, 저의 두 번째 원고를 선뜻 받아 준 도서출판 '책과나무'의 양옥매 사장님과 늘 곁에서 희로애락을 같이하는 짝꿍 김순희에게도 한없는 고마움과 사랑을 전하며, 내 글의 원천이 되어 주신 하늘에서 지켜보시는 어머니께 이 책을 바칩니다.

문상훈 에세이집 〈남대천 개미의 유랑〉에 부쳐

•

이복수 박사(전 강원수필문학회장)

1. 수필의 본질에 관하여

양양 남대천 방둑 노변 전원에서 도시 초보농부를 자처하는 문상훈 수필가 – 그의 에세이집『남대천 개미의 유랑』을 상재한다.『남대천 개미의 유랑』은 그가 공직 재직 중 50대 후반에 첫 출간한『견담』에 이어 공직을 정년 퇴임한 후 예순여섯 나이에 두 번째로 세상에 내놓은 산문집이다. 그런 까닭에 '책머리에'에서 보듯 행여 자신의 글이 독자들에게 누가 될까봐 노심초사하는 모습이 역력하다. 그만치 문상훈 수필가는 그의 외모와 언행처럼 늘 과묵하고 사변적이다.

필자는 지금으로부터 46년 전, 文 작가와 공직에서 처음 만났다. 아마도 기억하기로는 1977년 봄, 필자가 근무하던 강현면사무소에 그가 초임 발령을 받고 부임했을 때다. 그는 갓 고등학교를 졸업한, 학생티가 물씬 나는 새내기 공무원이었다. 필자가 본청을 거쳐 1980년 가을 강원도청으로 떠난 후, 오랫동안 그와의 만남은 성사되지 못하였다. 그러다 정말 우연치 않게 2년 전 연락이 되면서 문학적인 교류가 이루어지게 되었다. 결정적으로는 필자가 이곳 손양면 삽존리에 귀촌을 하게 되면서 자주 만나 문학적으로 두터운 교류를 하며 누구보다도 그의 진면목을 터득하는 사이가 되었다.

그냥 스쳐 갈 수도 있었을 인연인데… 46년 만에 재개된 만남 – 퍼뜩 이것이 인연이라면 참 더없이 좋은 인연이 아닐 수 없다는 생각을 한다.

한마디로 문상훈의 글은 막힘이 없다. 마치 물 흐르듯 자연스럽게 흐른다. 문장의 언어들이 시냇물이 하류를 따라 서로 꼬리를 물고 어깨동무라도 하듯 부드러운 호흡과 묘한 마력을 지니고 있다. 그 부드럽고 묘한 마력은 무엇보다 그 속에 진한 휴머니티가 자리 잡고 있기 때문인지 모른다. 지난 2년간 이곳 삽존리 산방에서 그와 함께 교류하면서 이런 추측이 가능한 것은 그에게서 풍기는 인간적인 진솔함에 기인한다. 프랑스의 박물학자 뷔퐁은 '글은 곧 그 사람의 인격'이라고 말한 바 있다. 그의 글을 대하고 있노라면 그런 품격이 행간 곳곳에서 자연스럽게 느껴지기 때문이다.

문상훈 작가의 에세이집을 평하기에 앞서 먼저 떠오르는 명제가 있다. 그것은 문학의 한 장르로서 수필문학이 갖는 함의含意이다. '수필隨筆은 무엇인가'. 수필이 과연 무엇인지에 대한 담론에 앞서 한번쯤 맞닥뜨리는 화두가 '사람들은 왜 글을 쓸까' 하는 점이다. 이에 대한 답은, 조지훈 교수가 말했듯이 '인간은 누구나 자신의 가슴 속 저 깊은 곳에 생각의 싹'을 키우고 있기 때문일 것이다.

문상훈에게 있어 그 생각의 싹은 언제부터 움트기 시작했던가…
아마도 그 시원始原은 저 남대천 상류 〈원일전리〉에서부터 비롯된 것
이라 여겨진다. 왜냐면 한 사람의 생애에서 인격의 형성기라 할 10대
- 그 질풍노도의 시기에 작가의 심혼心魂에 결정적인 자양분이 되어
준 것은 그가 태어난 고향, 그 뿌리가 그에게 지대한 영향을 미치기
때문이다.

　　앞서 제기한 수필은 무엇인가에 대한 해답을 바로 여기에서 찾을
수가 있다. 한마디로 수필은 자신의 삶을 토로하는 고백이자 자화상
의 문학이다. 수필은 대개 개인적이고 인생적인 토로와 모습을 통해
한 인간으로서의 진면목을 그대로 반영시키고 있다. 문학의 장르 중
픽션(허구)인 소설과 달리 논픽션인 수필의 경우 사실적 체험을 근거
로 쓰는 글이기 때문에 우리는 작품을 통해 작가의 진솔한 삶과 그의
내면세계를 만나게 되는 것이다.

　　따라서 작가의 작품들은 그의 생生과 무관하지 않다. 우리는 수필
작품을 통해 작가의 정신적 배경과 그의 삶에 대한 철학과 사상까지
를 엿볼 수가 있는 것이다. 작가의 진솔한 내면을 들여다 볼 수 있으
며, 그가 살아온 시대상황과 인간적 고뇌 그리고 삶의 모습과 태도까
지를 작품을 통해 가늠해 볼 수 있다. 그런 연유로 독자들 또한 좋은
수필을 대하면 마치 자신이 직접 글 속의 화자인 듯한 감정이입과 공
감에 빠지게 되고 이러한 과정을 통해 치유의 시간을 공유하게 된다.

　　수필은 결국 작가 자신의 체험과 사념적 세계에 의미를 부여하고
그 의미를 재해석함으로써 독자들에게 공감과 감동을 이끌어낸다는 점
에서, 이것이 수필쓰기의 매력이자 산문정신의 근간이라 여겨진다.

2. 고향 그리고 어머니

현 존재로서 문상훈 수필가가 자신의 고향과 가문의 뿌리를 찾아가는 작업으로서의 작품들은 〈황금 눈의 이무기〉와 〈그 이름 양양 남대천〉, 〈할머니와 개구리〉, 〈살모사와 어머니〉, 〈어머니의 삶과 사주〉, 〈단 한 번의 면회〉, 그리고 〈신축년 소 이야기〉 등이다.

1) 고향

문상훈 작가가 태어나 자란 곳은, 그 옛날 산촌 오지인 양양군 현북면 〈원일전리〉 샘말이다. 원일전리元日田里란 지명의 유래는 그다지 특별하지는 않다. 마을에 고을원이 살았다 하여 원일전리가 되었다고 하고, 일설에는 오대산에서 발원하여 남대천으로 흐르는 대천大川이 평탄한 이 마을 중심부에 이르러 비로소 노기를 푸는 듯 소리 없이 흐르는 모습이 마치 잠을 자는 것과 같다 하여 와천동臥川洞이라 하였다고 전한다. 또 다른 이야기는 원일元日이라는 화전민이 이곳에 들어와 전토를 개척하여 점차 주민이 입주를 하게 되었으므로 "원일전리"라고 칭하게 되었다는 설이 전해져 내려오고 있다.

작가는 이곳에서 유년을 보냈다. 유년시절에 특별히 떠오른 이야기를 엮은 작품이 〈황금 눈의 이무기〉이다. 이 작품은 마을회관에서 서쪽 하천 계곡을 따라 1.2㎞ 거리에 '칡소폭포'의 무서운 전설에 얽힌 이야기다. 소沼 주변에는 나무가 울창하여 햇볕이 들지 않아 물빛이 늘 검푸르게 보여 음산한 느낌이 드는 곳이었다. 거기에 더하여 이무기가 마을의 소를 잡아먹었다는 무시무시한 괴담 때문에 어린 작가

의 눈에는 매번 그곳을 지나갈 때마다 무서움과 경외의 대상이 되었
노라고 고백한다.

양양 읍내에서 59호선 국도를 따라 남쪽으로 17㎞를 가면 원일전리
마을이 나온다.

그곳 마을회관에서 서쪽으로 계곡과 하천을 따라 1.2㎞ 거리에 '칡
소'라는 이름의 폭포가 있다. 폭포 높이가 약 20m로 높은 편은 아니
지만, 소(沼) 주변에는 나무가 울창하여 햇볕이 들지 않는다. 그래서
맑은 물이지만 검푸르게 보인다. 바닥이 보이지 않으니 수심이 얼
마나 깊은지 알 수가 없다. 폭포 옆으로 6, 70년대 지엠시 트럭이 다
니던 산판길이 놓여 있다. 그곳을 지날 때는 나무가 우거진 계곡 사
이로 언뜻언뜻 폭포를 바라보게 된다. 그럴 때면 누군가 뒤따라오
는 듯하여 머리카락이 곤두서면서 소름이 끼친다. 그래서 일부러
노래를 부르거나 "야호!, 호랑이 나와라!"라고 내 위치를 알리며 소
리를 지르곤 했다. 그곳이 무서운 이유는 어릴 때 아래와 같은 이야
기를 들었기 때문이다.

(중략)

그 옛날 이 마을에서 밭을 개간하고 가축을 기르며 사는 농부가 살
았다. 평소와 같이 칡소 주변에 10여 마리의 소를 풀어놓아 풀을 먹
였다. 그런데 그날 소 한 마리가 없어졌다. 처음이 아니라 한해에 한
두 마리씩 소가 없어지곤 했다. 그날도 사방을 찾아 헤맸지만 찾지
못하여 손실을 보고 말았다. 그 일 때문에 늘 고민에 빠진 농부는 갑
자기 떠오르는 바가 있었다. 시퍼런 그 폭포 속이 베일에 가려져 있

　　　　　　　　　　남대천 개미의 유랑

어 평소 그곳을 의심하곤 했다. 그래서 생각했던 바를 실험해 보기로 했다. 어느 날 일부러 칡소 가까이에 소 한 마리를 묶어 놓았다. 밭에 일하러 갔다 저녁에 와 보니 이게 웬일인가. 고삐가 끊긴 채 소가 없어진 것이다. 그때 깊고 시커먼 칡소를 들여다보니 번들번들 광채가 나는 두 개의 물체를 발견했다. 징 2개로 보이는 물체였는데 그것이 무엇인지 도무지 알 수가 없었다. 비가 쏟아지는 어느 날 그곳을 지나는 어떤 사람이 폭포 아래에서 용처럼 생긴 큰 괴물체를 목격했는데 그것이 나중에 알고 보니 이무기였다고 한다. 내가 태어난 원일전 마을의 칡소폭포는 어릴 때부터 땔나무하고 뱀 잡고 봉양 캐러 다닐 때 저만치서 바라보며 드나들던 곳으로 그 전해 내려오는 이야기가 신기할 정도다. 지금도 여름철이면 녹음이 우거진 그곳 주변 길을 지날 때면 황금 눈의 이무기가 살았던 칡소폭포의 전설에 소름이 끼친다.

- 〈황금 눈의 이무기〉 일부

2) 어머니

동서고금을 막론하고 어머니를 향한 그리움은 끝이 없다. 그것은 무엇으로도 설명할 수 없는 영원한 아픔인지 모른다. 서정주 시인은 말한다. "네 꿈의 마지막 한 겹 홑이불은 영혼과 그리고 어머니뿐이다."라고. 이중삼 시인은 '내 자라 어른 되걸랑은 천년만년 어머니와 행복하게 살겠다던 골백번 언약이 왜 그리 낯이 선지, 길은 석양을 짊어지고 가슴 북 치는데 어머니는 저 먼 눈빛으로 하늘 끝만 보입니다'고 통곡한다.

무엇보다도 문상훈 수필가의 에세이 전편에 흐르는 테마는, 어머니에 대한 끝없는 사랑과 짙은 회한이다. 문상훈 수필가는 어느 날 가을 송이를 찾아 나섰다가 불쑥 뱀을 만난다. 살모사다. 벌거숭이 묘지 언저리에 똬리를 틀고 있는 독사를 보며 30년 전 어머니 생각이 떠올랐다. 어머니는 가족의 생계를 위해 가을 송이 산을 찾아 나섰다가 그만 살모사에게 물렸고, 맹독의 혼수상태에도 그 녀석을 산 채로 붙잡아 돌아오셔서 단지에 보관하였다는 것이다.

혼수상태인 어머님을 뵙던 중 주변 사람들로부터 기막힌 소식을 들었다. 어머니께선 살모사에 물리고도 그놈을 산 채로 붙잡아 왔다는 것이다. 이유는 한 가지다. 그 당시 시골에서 독이 있는 뱀은 돈이 되었기 때문이다. 나도 시골에 살면서 한때 뱀을 잡으러 다닌 적이 있다. 운이 좋아 두세 마리만 잡아도 하루 일당은 버는 셈이었다. 어머니는 버섯을 찾아다니던 중 살모사에게 물렸거나, 아니면 살모사를 발견하고는 가족의 생계를 위해 생포하려다가 물린 것일 수도 있다. 어쨌거나 살모사에 물려 혼미한 상태에서도 끝내 그놈을 붙잡아 왔고 옆집 뒷마당 단지에 보관하고 있다고 했다.
나는 즉시 달려가 그 살모사를 단지에서 꺼냈다. 몸이 가늘지만 40㎝는 되어 보였고 연한 회색에 붉고 노란 반점 등 다양한 무늬를 지녔다. 삼각 모양의 머리로 보아 살모사가 분명했다. 마침 그 집 뜨락에, 소나무 뿌리에 맺힌 약초 복령을 캐는 쇠꼬챙이가 있었다. 그것으로 그놈 머리를 송곳 찌르듯 내리 찌르고 또 찔렀다. 악행이라는 생각에 소름이 돋았지만 악이 받쳤다. 분노의 눈물을 흘리면서 머

남대천 개미의 유랑

리의 형체가 흐물거리도록 짓이겼다. 그래도 몸통은 한참 동안 꿈틀거리는 것을 지켜봤다. 지금 이 글을 쓰는 순간 당시의 일을 회상하니 울컥해진다. 그렇게 원수를 갚았다는 생각에 잠시라도 속이 후련했었다.

- 〈살모사와 어머니〉 일부

3. 남대천 – 그 영원의 뿌리를 찾아서

1) 그 이름 양양 남대천

문상훈 수필가의 에세이집에서 눈여겨 볼 대목은 그의 가문에 대한 깊은 고뇌와 성찰과 함께 그 뿌리를 찾으려는 끈질긴 탐색과 서술의 작가정신이다. 그 삶의 뿌리는 바로 남대천이다. 왜냐면 강江은 생명의 시원이자 어머니 그 자체이기 때문이다. 인간은 언제나 본질적인 존재로서 자유로울 수가 없으며, 문상훈 수필가 또한 예외일 수 없다. 인간의 존재의식은 공통적인 문제의식으로서, 그는 장 폴 사르트르가 말한 '실존實存이 본질에 선행한다'는 명제처럼 현존재로서의 실존적 삶을 구가하는 데 주저함 없이 진솔하고 열정을 다하려고 애쓴다.

독일의 철학자 하이데거는 '언어는 존재의 집'이라 했다. 존재의 집으로서 언어는 문장 속의 글이고, 그 글은 작가의 분신으로서 존재한다.

문상훈에게 있어 또 하나 잊을 수 없는 곳이 자신이 태어난 원일전리를 품어 안은 저 커다란 강 – 남대천이다. 작가는 襄陽을 '남대천의 선물'이라 말한다. 남대천의 최상류인 법수치리에서부터 굽이굽이 내려오는 마을 이름들을 소개하면서, 그 옛날 질 좋은 법수치, 어성전의 황장목을 운반해 온 종착 집하장인 남대천 하구 황계목의 지명에 더하여 고려시대에 만들어진 동해신묘東海神廟의 역사적 의미까지 전한다. 이처럼 작가는 작품 한 편 한 편에도 자신의 경험과 지식, 사적 고증 등의 노력을 쏟아붓는 열정과 집념을 보인다. 이것이 작가정신의 발로가 아닐 수 없으며, 이러한 자세가 문상훈 작가를 돋보이게 하는 점이라 하겠다.

강은 생명의 근원이다. 고대 이집트 도시도 강에서부터 비롯되었다. 아프리카의 나일강, 남아메리카의 아마존강, 중국의 양쯔강이 있다면 우리나라에는 한강이 있다. 눈부신 발전상을 라인강의 기적, 한강의 기적이란 이름이 붙었다. 그렇듯 최근 양양의 발전은 남대천을 중심으로 낙산 일대와 연계하여 놀랍도록 발전하고 있다. 양양 남대천은 발원지가 오대산 기슭에서 발원하여 낙산 앞바다에 이르기까지 56㎞에 걸쳐 3개면 20여 개 마을을 통과하는 하천이다. 유역 면적은 474㎢이다.

남대천 주변 마을 이름도 그냥 붙여진 것이 아니듯, 저마다 유래와 의미가 있다. 아래의 이야기는 양양군청 홈페이지 '지명유래'를 일부 참고하였고, 그간 알려지지 않았던 어릴 때 들은 이야기를 떠올려 나름대로 정리해 보았다.

상류 마을 법수치리(法水峙里)는 물 흐름이 불가의 법수(法水)와 같다는 뜻에서 지은 이름으로, 하천 바닥이 대부분 암반으로 이뤄졌다. 그러므로 구불구불한 작은 계곡으로 여울과 소를 반복한다. 암반 속에서 샘물 터지듯 그 맑은 것은 말할 것도 없다. 부근에 용화사 절이 있어 마을과 연관이 있는 듯하다.

- 〈그 이름 양양 남대천〉 일부

文 작가는 "江은 살아 있는 모든 것들의 어머니로서, 동식물이든 그 생명의 중심에 양양 남대천이 존재한다"며, 지금까지 함께 살아왔듯이 앞으로도 유유히 흐르는 저 남대천과 함께할 것이라는 원대한 포부를 밝힌다.

2) 뛰어난 상상력 : 남대천 개미의 유랑

글을 쓰는 작가에게 공통된 고민이 있다면 그것은 어떻게 하면 좋은 글을 쓸까 하는 점일 것이다. 그렇다면 과연 어떤 글이 좋은 글인가. 좋은 글이란 상상력과 메타포가 가미된 글이라 하겠다. 글의 생명이 거기에 있기 때문이다. 평범한 이혼녀였던 영국의 〈조앤 롤링〉이 일약 스타덤에 오른 것은 그의 소설 '해리포터' 때문이었다. 이 소설의 성공은 한마디로 환상소설이란 사실에 있다. 모든 사람들이 꿈꾸는 그 환상幻想 – 판타지를 이야기로 입힌 것이 주효한 것이다. 반지의 제왕이 그것이다. 그런 점에서 문상훈 작가의 〈남대천 개미의 유랑〉은 참으로 멋진 환상을 통해 드러난 수작秀作이라 평하여도 부족함이 없다.

작가는 책머리에서 말한다. 오월 어느 날, 남대천 산책을 나섰다가 우연히 물에 빠진 개미 한 마리를 발견한다. 떡갈나무 잎에 올라탄 개미가 남대천 강물에 떠밀려 유랑하며 겪는 갖가지 고초가 마치 우리 인간들이 겪는 희로애락과 다르지 않음을 깨달으며 작가는 유쾌한 상상을 한다. 이러한 뛰어난 상상력과 멋진 비유가 이 글을 빛나게 하는 점이라 하겠다.

> 자연의 순환도, 인생도 이처럼 순탄치 않다. 가다 보면 중간중간 위기도 닥치고 기회도 생긴다. 온갖 모험을 이겨내며 유흥도 즐긴다. 개미의 유랑처럼 고난과 평온을 반복하면서 인생의 희로애락을 맛본다.
>
> 목적지를 찍고 돌아오는 길에 휘파람새가 운다. 고요한 가운데 구슬프게 들린다. 흉내 내기 어려운 맑고 신비한 울음소리에 명상이 저절로 된다. 울음의 높낮이가 예술이다. 발걸음이 가벼워진다. 멀어져 가는 산새 소리를 듣다 보니 슬슬 졸음이 온다. 모쪼록 신록의 5월과 함께 나도 힐링 한번 잘했다. 나뭇잎 배와 개미의 유랑을 상상하면서….
>
> — 〈남대천 개미의 유랑〉 일부

4. 자연 그리고 작은 행복

프랑스의 작가 몽테뉴는 그의 수상록에서 '나의 자아는 나의 책의 바탕이다.'라고 술회한 바 있다. 이것은 전술한 바와 같이 수필은 작가의 체험을 바탕으로 관조와 사색을 통해 자신을 진솔하게 드러내는 문학이라는 점을 말해주는 대목이라 하겠다.

어느새 예순이 넘은 문가에게 커다란 영향을 미친 것은 전술한 바와 같이 자연이다. 그 중심에 남대천이 자리 잡고 있다. 그의 표현대로 흐르는 물과 같이 자연 순환의 법칙에 따라 적응하고 자연과 더불어 마음의 안정과 힐링을 얻기 때문일 것이다.

자연과 더불어 살며 그 속에서 느끼는 작지만 확실한 행복의 이야기들을 그린 작품이 〈3월에 내린 첫눈〉, 〈새로운 봄〉, 〈봄날은 간다〉, 〈음양의 균형〉, 〈농자천하지대본〉, 〈태양초〉, 〈 내 마음의 여백〉, 그리고 〈내 인생의 화양연화〉 등이다.

봄날은 왜 그리 빨리 왔다가 우리들 곁에서 사라지는지 작가는 봄꽃을 통해 진한 아쉬움을 토로한다.

꽃피는 4월이다. 완연한 봄이 온 것이다. 입춘이 지나고 2월 중순쯤 되면 제일 먼저 복수초를 발견한다. 복수초는 눈 속에 핀다. 그리고 3월이 되면 진달래, 생강나무, 목련, 개나리, 벚꽃 등 봄꽃으로 이어진다.

깊은 산에 가면 4월에도 복수초를 구경할 수 있다. 복수초는 뭐가 그리 급하여 일찍 피어나는 걸까. 누구에게 보여 주려고 피는 것은 아닐 테다. 여러 종류의 꽃들도 나름대로 피는 시기와 목적이 있겠지만, 인간은 알 수가 없다. 알려고 할 필요도 없다. 꿀벌도 나오기 전이다. 산새들이 알아줄까, 눈과 바람이 알아줄까. 알아준다 해도 예쁘다는 감정을 표현할까. 사람에게 발견되지 않아도 그뿐이다.

구태여 누구를 기다리지도 않는다. 보여 주려고 자랑하지도 않는다. 안 봐줘도 섭섭해하지 않는다. 다만 누군가에게 들키지 않으면 혼자 피었다가 지는 것이 아쉽기는 하다. 참으로 겸손하다. 그저 자연의 섭리일 뿐이다.

(중 략)

새해 복을 부르는 복수초를 시작으로 온갖 피어나는 봄의 꽃들이 우리에게 좋은 기운을 가져다준다. 이 또한 호기심과 희망으로 다가온다. 묘령의 여인이 입은 '붉은 저고리와 녹색 치마'도 결국은 꽃과 숲이다. 꽃이 피고 온 세상이 초록으로 물드는 사월이다. 추위가 물러가고 이제 겨우 봄인가 싶더니 어느새 5월이 저만치 다가오고 있다. 이렇게 나의 봄날은 간다.

- 〈봄날은 간다〉 일부

문상훈 수필가의 작품들은 그 밑바탕에 서정적인 미적 정서가 짙게 깔려있다. 그의 미적 이모션(emotion)은 그의 따뜻한 인간애에 근거하고 있기에 자연스럽게 발로된다. 앞에서 적시한 작품들이 그렇고, 정년 퇴임 후 남대천 방둑 아래 초보 도시농부로서 전원생활을 통해 쓰여진 자연과 동식물들에 대한 대부분의 소재들이 그러하다.

이제 그가 생의 후반길에서 꾸는 꿈은 무엇일까… 그 단초의 일부를 우리는 다음 작품에서 유추해 볼 수가 있다.

지금까지 좁은 공간에서 빈틈없이 살아온 지난날이었다면 앞으로는 넓고 끝없는 이상을 꿈꾸며 희망의 날개를 펴리라. 아름다운 보

석은 그냥 얻어지는 것이 아니다. 찾아내어 영혼을 담아 갈고 다듬
어야 빛난다. 낮에는 별이 보이지 않는다. 보이지 않는다고 없는 것
은 아니다. 밤이 되면 하늘에 무수히 빛나는 별을 보면서 어린 시절
맹세했던 언약, 추억, 소망, 꿈들이 떠오른다. 노래 '여백'에서, '…마
지막 남은 나의 인생은 아름답게 피우리라.'의 가사 끝부분처럼 우
리들의 인생이 길고 아름답게 이어졌으면 하는 바람이다.

- 〈내 마음의 여백〉 일부

5. 다시 청춘을 꿈꾸며

뱌양근 교수는 '좋은 수필 창작론'에서 '모든 존재는 의미와 삶의
향기를 지닌다.'라며 '수필에는 삶 자체가 아니라 삶의 여적이 묻어나
야 한다'고 말한 바 있다. 그렇다. 작가의 삶의 여적이 촘촘히 그리고
담백하게 묻어난 글이야말로 좋은 수필의 요건이 된다. 그런 의미에
서 문상훈 수필가의 글은 지나온 삶의 여적이 고스란히 묻어나는 진
솔한 글이라 하겠다. 이제 여기에 짙은 서정성까지 가미된다면 금상
첨화가 아닐 수 없을 것이다.

문학의 기본은 어디에 있는가. 미국의 교육자 알버트 가야르(A.
Guerard)는 문학의 기본을 '서정성 또는 서정주의에 있다.'고 언급한
바 있다. 서정성이야말로 인간의 밑바탕에 깔린 이모션(emotion) 즉
정조情操를 근본으로 하고 있기 때문이다. 수필문학은 삶 속에서 느
끼는 희로애락을 형상화하고 의미를 부여하는 작업이다. 이런 다양한

체험과 감정들이 '미적 정서'로 승화되는 순간, 그때 비로소 좋은 수필이 태어나는 것이다. 수필의 참맛은 작가 자신의 개성적인 정서에 있으며, 수필문학의 에센스는 서정성에 있어야 하고, 그럴 때 '신변잡기'라는 오해에서 벗어날 수 있게 될 것이다. 문상훈의 작품들은 그 밑바탕에 서정적인 미적 정서가 짙게 깔려있으며, 이러한 미적 이모션은 그의 따뜻한 인간애에 근거하고 있기에 자연스럽게 발로된다.

또 하나 우리가 주목해야 할 점은, 예순이 넘은 나이에 두 번째 글쓰기에 도전한 작가의 뜨거운 열정이다. 미국의 시인 '사무엘 울만'이 우리에게 말한다. 사람은 언제 늙어 가는가. 사람은 세월만으로 늙어가는 게 아니라 열정을 잃는 그 순간 비로소 늙어간다. 따라서 '청춘靑春'이란 단순히 나이의 적고 많음에 따라 결정되는 게 아니라, 꿈과 이상과 열정을 가졌는가에 따라 정해진다는 것이다. 그런 의미에서 누구보다 열정의 에너지가 충만한 문상훈 수필가야말로 다시 청춘이며 소년인 것이다.

이상에서 문상훈 수필가의 작품세계를 개관해 보았다. 문상훈의 수필작품에서 일관되게 유지되는 것은, 고향 원일전리와 인간 그리고 사물에 대한 따뜻한 시선과 포용력이라 하겠다. 일상적인 체험 속에서 겪는 삶의 의미를 부단히 탐색하고 천착하려는 노력을 기울이고 있다.

행간마다 읽혀지는 그의 휴머니티에 박수를 보내며 공직 은퇴 후 두 번째 수필집 발간을 축하한다. 늘 탐구하는 자세로 좋은 수필을 쓰기 위해 고심하고 있는 올곧은 자세의 문상훈 수필가, 그의 세 번째

문집이 벌써부터 기다려지는 것은 필자만의 바람은 아닐 것이다.

글쓰기는 '神이 주신 축복'이지만 그 축복의 뒤안길은 '피를 찍어 쓰는' 형극의 가시밭길이라는 사실을 기억하기 바라면서, 앞으로 더 넓고 더 깊은 수필의 세계를 향해 정진하기를 기대해 마지않는다.